MARIO LENZ
DES MÖRDERS RACHE

Mario Lenz

Des Mörders Rache

Thriller

P.A. Rom.
2004v259-043n030-425o
2004v252-031n013-424o
2004V251-047,1n010-430o927m
Schicklgruber

Kapitel 1

Seit nunmehr 40 Jahren führte Renate Lange ihren kleinen ‚Tante Emma Laden' inmitten des Berliner Stadtbezirks Prenzlauer Berg. Seit in den Nachwendejahren die Supermärkte wie Pilze aus dem Boden schossen, warf der Laden wenig bis nichts ab. Nur ein paar tattrige Omis, die nicht bis zum nächsten Discounter latschen wollten, kamen noch zu ihr. Bei der Gelegenheit konnte man noch ein wenig tratschen. In den heutigen Supermärkten hatte man für einen anständigen Klatsch wie zu Konsum-Zeiten keine Muße mehr. Zum Schließen war ihr der kleine Laden aber zu schade.

Renate Lange war nicht anspruchsvoll. Zum Leben reichte der Ertrag. Außerdem: Zu mühevoll war es gewesen, den privaten Laden gegen die Verhinderungsmethoden der DDR-Behörden aufzubauen. Sie fühlte sich mit ihren 68 Jahren auch noch ein bisschen jung für die Rente. Und was hatte sie nicht alles in ihrem Laden erlebt: Den Nervenzusammenbruch von Frau Bahlke, von dem diese sich nie wieder richtig erholt hatte.

Oder dieser Hirni aus der Grellstraße, der sich vor dem Laden immer mit seiner Geliebten getroffen hatte – solange bis ihn der Ehemann der Geliebten, der Fäuste wie Räucherschinken besaß, anständig verprügelte.

Oder als die Staatssicherheit von ihrem Laden aus den konspirativen HiFi-Laden gegenüber beobachtete. Angeblich baute der Inhaber heimlich Antennen zum besseren Empfang von Westfernsehen. Fiel ja kaum auf, dass der graue Barkas-Kastenwagen mit der Aufschrift ‚Obst und Gemüse' tagelang vor ihrem Laden stand. Wo man doch als privater Laden bei der Zuteilung von Obst und Gemüse nicht gerade verwöhnt wurde - da hätte auch ein Fahrrad mit größerem Korb zur Lieferung gereicht. Hauptsache ein Gemüselieferwagen vor der Tür, aber kein Gemüse in der Auslage.

Oder die wenigen glücklichen Gesichter, wenn sie mal Bückware hatte. Mal Südfrüchte, mal einen Kasten Radeberger. Einmal hatte sie sogar eine Sonderzuteilung Mamba in petto.

Viel hatte sie erlebt in den Jahren, aber was das Schicksal ihr diesmal für ein Ei ins Nest gelegt hatte, war schon sagenhaft ...

Es begann an einem tristen, grauen Dezembertag. Ein typischer Tag, an dem man sagte: „Früher waren die Winter noch richtige Winter, da hat es wenigstens mal geschneit. Die heutigen Winter könnte man getrost abschaffen."

Überall hingen Lichterketten, man wurde mental in die Weihnachtsstimmung gezwungen. Zu den Geschäften, in denen man das Gefühl bekam, die Weihnachtszeit beginne im Allgemeinen im August, zählte Renate Langes Laden nicht. Sie begann mit dem Schmücken relativ spät. Der Flugdrachen und das Plastik-Herbstlaub wichen nun dem Weihnachtskitsch. Eine Krippe hier, ein Jesusbaby dort, man hätte das Gefühl bekommen können, sich direkt in den Stall von Bethlehem verlaufen zu haben. Fehlte nur noch, dass man vor der Tür mit den ‚Drei Weisen' zusammenstieß.

Frau Lange war gerade dabei, einen Stoff-Joseph mit einer riesigen Nase neben einer Stoff-Maria zu drapieren und dachte frei nach dem Motto: „Wie die Nase eines Mannes... da muss Maria ja viel Freude gehabt haben", als das Türglöckchen bimmelte.

Ein Mann kam herein. Er sah attraktiv und südländisch aus. Frau Lange, deren Heinz 1987 spontan beschlossen hatte, er bräuchte ab jetzt eine zehn Jahre jüngere Frau, und die seitdem keinen Mann mehr gehabt hatte, musste mehrfach tief durchatmen. Ihre Körpertemperatur stieg um nullkommadrei Grad.

Der Südländer fragte mit sehr sexy klingendem italienischem Akzent nach einer bestimmten Zigarettensorte.

Und wieder nullkommadrei Grad mehr!

Sie entdeckte an seinem Hals eine dicke Narbe in der Nähe der Halsschlagader. Seine Attraktivität sank um zwei Punkte, ihr Interesse stieg um vier. Er schien Anfang fünfzig zu sein und hatte schönes grau meliertes Haar, welches in einem wunderbaren Kontrast zu seiner dunklen Haut stand. Dass er eine Aktentasche bei sich trug, entging ihrer Aufmerksamkeit erst einmal.

Nachdem sie ihm die gewünschten Zigaretten ausgehändigt hatte, fing er mit seinem angenehmen Akzent ein Gespräch an. Er erzählte belanglose Sachen, wobei er das Haus gegenüber nicht aus den Augen ließ.

Dieses Haus, in dem sich früher der HiFi-Laden des Antennen-Aufmotzers befand, beherbergte jetzt ein kleines Hotel. Nichts Schickes freilich, schließlich war man hier ‚uffm Prenzlberg'.

Er sprach übers Wetter und über das bevorstehende Weihnachtsfest, doch dann begann er das Gespräch so langsam auf das gegenüberliegende Hotel zu lenken.

„Ist es gut besucht?", wollte er wissen und ob die Polizei hier öfter vorbeischaut. Auch ob nachts dort viel los ist, interessierte ihn offensichtlich.

Jeder andere hätte gedacht: „Nachtijall, ick hör dir trapsen". Aber Frau Lange, die gerade verloren geglaubte Instinkte wieder entdeckte, hörte nichts mehr trapsen, und gab bereitwillig Auskunft.

So ausgestattet mit Informationen aus erster Hand und Informationen über sämtliche Nachbarn, auf die er gerne verzichtet hätte, verabschiedete sich der Südländer, versprach aber wiederzukommen.

Frau Lange kam ein Weilchen nicht zur Ruhe und dachte:

„Achtundsechzig Jahre alt, aber die Hormonproduktion scheint noch voll im Gange zu sein."

***

Gegenüber des ‚Tante Emma Ladens' von Frau Lange befand sich das kleine Hotel ‚Zum Prenzlberg'. Es gehörte Tanja Szerpinsky. Sie besaß zudem einen Puff drei Straßen weiter.

Früher war sie im Ostberliner ‚Palasthotel' von der Staatssicherheit auf Politiker und Wirtschaftsgrößen aus dem nichtsozialistischen, klassenfeindlichen Ausland angesetzt worden. Mit ihrer Handfertigkeit, ihrer Mundfertigkeit und anderen Fertigkeiten hatte sie ihre Rüden zum Winseln gebracht. Dabei war der eine oder andere schon mal ins Plaudern geraten. Oder der Verwöhnte hatte so nett in die versteckte Kamera gelächelt oder gestöhnt, dass er anschließend dem Arbeiter- und Bauernstaat auf Gedeih und Verderb ausgeliefert war. Nach dem Umbruch ließ sie dann auf selbständige Art ihr Miezchen schnurren. Ihr Miezchen schnurrte fleißig, so machte sie eine gute Mark. Sie konnte sich zuerst ein kleines Bordell einrichten, dann das Haus kaufen und das kleine Hotel eröffnen. So machte sie jetzt einen guten Euro.

***

Als Luigi den Laden der alten Schachtel verlassen hatte, war er zufrieden mit sich und dem, was er herausgefunden hatte. Immer wenn er seinen Akzent einschaltete, den er selbst als seinen Dosenöffner bezeichnete, lagen ihm die Weiber zu Füßen. Selbst die alten.

Er beschloss, in seine Bleibe im Park Inn Hotel am Alexanderplatz zurückzugehen und den kleinen Erfolg ein bisschen zu feiern. Mindestens mit einer Hure, etwas Champagner und einer ordentlichen Portion kolumbianisches Erfrischungspulver. Vorher würde er noch in die oberste Etage des Hotels fahren und in dem dortigen Casino etwas Kohle verzocken. „Mann, kann das Leben schön sein, man muss bloß wissen, wie!", grinste er vor sich hin.

Luigi erwachte nach einer langen Nacht. Er war der Sohn italienischer Einwanderer. Das musste den beiden Huren, mit denen er die Nacht verbracht hatte, gut gefallen haben, denn sie hatten sich besonders viel Mühe gegeben. Oder in Berlin waren die Nutten einfach besser. Aber wenn er literweise Champagner intus hatte und bis zum Stehkragen voll Koks war, gefiel ihm das Vögeln sowieso viel besser. Leider waren die beiden Damen schon weg. Schade. „Früher sind die Weiber noch bis morgens geblieben, wenn man für eine ganze Nacht bezahlt hat", murmelte er heiser. „Die Nutten sind auch nicht mehr das, was sie mal waren."

Er duschte ausgiebig und zog sich an. Dann legte er sich eine weiße Bahn auf den Spiegel, um erstmal in die Gänge zu kommen und ging frühstücken. Anschließend musste er zum Hotel ‚Zum Prenzlberg', um sich dort einzumieten. Das gefiel ihm nicht, er war Besseres gewöhnt. Aber es war nötig - er hatte einen Job zu erfüllen.

Als er dort ankam, stand eine Vettel hinter dem Empfangstresen, die in jüngeren Jahren eine Prostituierte gewesen sein könnte. Während sie seine Daten eintrug, studierte er schon mal die Speisekarte. Bauernfrühstück auf der Abendkarte … na super! Als er den Schlüssel erhalten hatte, wanderte er durch das Foyer. Da - ein Regal mit Ausleihbüchern. Er ging näher ran. „Na toll", dachte er, „was ist das denn für ein Autor? Hans Lebek - laut Infozettel soll er in Berlin recht bekannt sein? Hans Lebek statt Stephen King, Rotkäppchen Sekt statt Champagner und Bauernfrühstück statt Hummer. Das kann ja heiter werden. Wahrscheinlich kann man hier nicht mal 'ne anständige Hure unter fünfzig Jahren organisieren?"
Er ging nach oben und inspizierte sein Zimmer. In den Hotels, in denen er normalerweise verkehrte, wäre das nicht mal die Besenkammer gewesen. Karger Tisch, karges Bett, Wände schön plastikverkleidet. Elektroleitungen lagen über Putz. Auf dem Tisch stand ein Gummibaum, dessen Blätter an den Rändern schon braun wurden. Irgendwie waren die Ostzeiten hier noch nicht ganz ausgezogen.
Zur Mittagszeit saß er unten im Gastraum und prüfte die Mittagskarte. Er bekam nicht gerade Appetit beim Gedanken an fetttriefende Bratkartoffeln oder etwas, was Soljanka hieß. „Ich dachte, die Kommunisten wären schon vor etlichen Jahren abgezogen", ging es ihm durch den Kopf.
Er entschied sich für eine Portion Kesselgulasch, bestellte es und sah sich im Gastraum um. Alles war in dezentem Dunkelbraun gehalten. An der Wand hinter dem Tresen hing ein Schild mit der Aufschrift:

REDEN WAS WAHR IST
ESSEN WAS GAR IST
TRINKEN WAS KLAR IST
VÖGELN WAS DA IST

„Vögeln was da ist – sehr lustig", dachte er, „womöglich noch die Thekenvettel. Früher mag sie ganz gut ausgesehen haben, doch ihre besten Jahre sind unwiederbringlich vorbei. Ihre Titten hängen wahrscheinlich faltig herunter, wie ausgelöste Airbags eines Autos nach einem Unfall."

Es schüttelte ihn bei diesem Gedanken. Er zündete sich eine Zigarette an, wartete auf das, was sie hier Essen nannten und fragte sich zum wiederholten Male, warum zum Teufel sein Auftrag ihn hierher in dieses Loch geführt hatte.

***

Frau Lange erkannte sofort, um wen es sich handelte, als Luigi in das Hotel gegenüber ging. Frau Lange sah auch, wie unmittelbar nach dem Taxi des attraktiven Italieners ein silberner BMW hielt, und ohne dass jemand ausstieg und vor dem Hotel stehen blieb.

„Wahrscheinlich die eifersüchtige Ehefrau", dachte sie, wobei es in ihrem Hormonspeicher schon wieder ein wenig rumorte. „Die hat auch allen Grund zu, den würden nicht viele Frauen von der Bettkante stoßen."

„Kann ich noch eine Schachtel Churchill haben Frau Lange?", unterbrach Oma Luise aus dem Nebenhaus ihre Gedanken. Renate Lange hatte Mühe, nicht ungehalten zu werden.

***

Martin Zimmermann hielt mit seinem silbernen BMW vor dem kleinen Hotel. Der Mann, den er verfolgte, stieg aus und betrat das Hotel durch den schäbigen Eingang.

Martin war Kommissar beim Landeskriminalamt. Er hatte einen Bilderbuch-Lebenslauf: Abitur, Bundeswehr, Ausbildung im gehobenen Polizeidienst. Danach Dienst im Rauschgiftdezernat. Aufgrund seiner Erfolge wurde schnell das LKA auf ihn aufmerksam. So kam es, dass er, mit Anfang dreißig, Kommissar beim LKA wurde und seitdem zuständig für organisierte Kriminalität war.

10

Privat lief es für ihn eher weniger gut. Er heiratete früh und wurde früh Vater. Als seine Frau aber erkannte, dass er immer mehr seinen Beruf zu seinem Hobby machte und immer weniger Zeit für die kleine Familie hatte, verließ sie ihn kurzerhand. Sie hielten noch eine Weile Kontakt, aber auch dieser wurde schnell immer seltener. Als Krönung teilte sie ihm zu guter Letzt mit, seine Tochter wolle nichts mehr mit ihm zu tun haben. „Eine Sechsjährige kann auch selbstständig solche Entscheidungen treffen", grollte er oft in sich hinein.

***

Luigi versuchte sich den Ekel zu verbeißen. Das Essen übertraf seine schlimmsten Befürchtungen. Die Fettaugen auf der Oberfläche des Gulaschs animierten seine Würgereflexe. Zum Essen hatte er sich ein Buch von ‚Stephen King für Arme' aus dem Bücherregal geholt: ‚Doppelte Gefahr'. Er schwebte hier auch in doppelter Gefahr: Vergiftung durch das Essen und Blindheit beim Anblick der Hotelmutter. Aber das Buch war wider Erwarten gut. Wahrscheinlich lebte der Autor in einer Villa am Wannsee.

Er sah auf, als ein Mann die Treppe herunter kam. Dieser war hager und trotzdem muskelbepackt – und hatte eine ungewöhnlich blasse Gesichtsfarbe. Der Mann kam ihm bekannt vor. Rasch schaute er die Fotografie an, die er in der Innentasche seines Mantels bei sich trug.

Treffer!

Jetzt hieß es schön dranbleiben.

Kapitel 2

Rückblende

März 1945: Deutschland liegt im Zangengriff der alliierten Heere. Die rote Armee hat die Oder schon genommen. Deutsche Radiosender verkünden trotzdem immer neue Erfolgsmeldungen: „Hitler hat neue Armeen aufgestellt. Wartet, bis die Vergeltungswaffe einsatzbereit ist! Lange dauert es nicht mehr! Haltet aus - der Führer haut Euch raus!"

Während im Osten schon die Stalinorgeln ihre todbringende Musik spielen, ist es im westlichen Harz noch relativ ruhig. Jahrhunderte lang wurden unter dem Gebirge im Westharz Erze abgebaut. Immer tiefer fraßen sich erst Spaten und Spitzhacke ins Gestein, später dann schon Maschinen. Tonnennweise gab die Erde her, was die Menschen brauchten. Doch nun will man der Erde etwas zurückgeben. Fragwürdig ist, ob die Erde es will. Sie wird nicht gefragt.

Inmitten dieser Gebirgsidylle befindet sich ein Trupp SS-Leute von circa fünfzig Mann. Gerhard Brunner ist der jüngste der Kameraden. Er war erst sechzehn Jahre alt, als er die Mütze mit dem Totenschädel aufsetzen musste. Inzwischen ist er siebzehn geworden. Mein Gott, er hatte noch nicht mal mit einem Mädchen geschlafen. Doch der Krieg scheint bald zu Ende zu sein – so oder so.

Brunner hat zwei Ziele: Sich so kurz vor Kriegsende nicht noch eine Kugel zu fangen - und nicht in die Hände der Russen zu fallen! Deswegen hatte er sich für diese Mission freiwillig gemeldet. Sie führte ihn direkt aus dem Berliner Umland in den Harz, weiter weg von den Russen, die sich wohl aufführten wie die Barbaren.

In Strausberg hatten sie achtzig bis hundert schwere Kisten auf Lastwagen gehievt. Manche davon waren so schwer, dass man sie nur mit zwölf Mann heben konnte. Hier im Harz sollen die Kisten in einen Schacht eingelagert werden. Der Sinn des Unternehmens ist Brunner völlig unklar. Auch über den Inhalt der Kisten wurden sie im Unklaren gelassen. Aber Gerhard Brunner wäre nicht Gerhard Brunner, wenn er seine Neugier besiegen könnte. So fragt er während einer Zigarettenpause einen seiner Vorgesetzten: „Herr Sturmbannführer Müller, was ist eigentlich in den Kisten?"

„Eigentlich geht es dich einen Scheißdreck an", knurrt dieser, „aber weil du noch so grün hinter den Ohren bist, will ich es dir sagen. Es sind Teile und Papiere der V2, der Vergeltungswaffe. Denn wie sollen wir den Feind besiegen, wenn er unsere wichtigste Waffe in die Hände bekommt? - So, Pause vorbei, wir machen jetzt weiter!"

Bis zum Abend sind alle Kisten tief im Berg eingelagert. Die Männer sind nun fix und fertig. Sturmbannführer Müller befiehlt bei den Kisten zu bleiben, bis Ablösung kommt. Er selbst und die anderen Höherrangigen wollen in einem Gasthof im nahe liegenden Ort die als Belohnung bestellten Eisbeine mit Sauerkraut und Erbspüree abholen.

„Eisbein mit Sauerkraut und in Sicherheit vor den Russen. Besser kann es ja gar nicht mehr kommen" denken nicht wenige der Kameraden.

Gerhard Brunner kennt die Geschichten von den Errichtern der Pharaonengräber nicht, die anschließend sterben mussten. Er hat sich nicht um die Arbeiter gekümmert, die im Stolleneingang Bohrungen setzten und in diese dünne Stangen einführten. Als es eine starke Detonation gibt, gilt sein letzter Gedanke der einzigen Frau, die er jemals geliebt hat – seiner Mutter.

Der Eingang zum Stollen blieb für Jahrzehnte verschüttet.

Kapitel 3

Der Mann, der die Treppe herunterkam, war Detlef Meichsner. Er fühlte sich hier wohl. Dieses Hotel hatte den Charme vergangener Zeiten an sich. Das Essen schmeckte hervorragend. Unentwegt zog eine gemütliche Rauchfahne durch die Gaststube. Um das Rauchverbot scherte sich hier niemand. Tanja stand wie immer hinter dem Tresen. „Mann, was würde ich die gern besteigen", dachte Meichsner lüstern, „gut gehalten hat sie sich ja."

Er schaute sich um. Man musste vorsichtig sein, wenn man derart viel Wissen mit sich herumtrug, wie er. „Aber na ja, wer soll schon darauf kommen, mich hier in einem solch romantischen Hotel inmitten des Prenzlbergs zu suchen", überlegte er und bestellte bei Tanja eine Portion des delikaten Kesselgulaschs. Dort schwammen immer besonders viele Fettaugen drauf. Und auf Fettaugen hatte er sehr lange verzichten müssen.

Hmm, lecker!

***

Luigi beobachtete Meichsner, wie dieser freudestrahlend ein Kesselgulasch bestellte. „Er hätte auch meine Portion haben können - das Fehlende hätte ich ihm auch in die Schüssel zurückgekotzt. Das würde mir vermutlich ein Magengeschwür ersparen", murmelte er leise.

Danach schaute er unauffällig zu, wie der Mann ausgiebig mit der Bedienung flirtete. Sie flirtete ebenso intensiv zurück. Ob sie über ihn Bescheid wusste, fragte er sich. Ob dieser Hirni bei ihr mit seinem Wissen angab? Das musste er unbedingt herausfinden. Das bedeutete italienischen Akzentmodus einschalten und zirpsen, was das Zeug hält. „Hoffentlich reicht das dann auch", überlegte Luigi, „zu mehr wäre ich nicht in der Lage - da sei Gott vor."

Hierfür würde Koks nicht reichen, da müssten stärkere Sachen her. Aber er wusste: er würde es tun, wenn es sein müsste.

Detlev Meichsner genoss die Gemütlichkeit und das gute Essen. Auf zu viel hatte er die letzten achtzehn Jahre verzichten müssen. Er aß mit Genuss und dabei ließ er sein Leben Revue passieren.

Nach dem Wehrdienst bei der NVA war er direkt zur Staatssicherheit gegangen. Er war intelligent, hatte aber keinen guten Schulabschluss zustande gebracht. Bei der Stasi reizte ihn die Möglichkeit der Karriere - anders hätte er keine gemacht.

Er war in die Abteilung zur Aufklärung von NSDAP-Verbrechen gekommen. Hauptaufgabe war es, Nazi-Verbrecher zu ermitteln, gerne im Osten, noch lieber im Westen. Er war der jüngste im Fünf-Mann-Kollektiv.

1989 ermittelten sie gegen den ehemaligen SS-Sturmbannführer Anton Müller, dem die Organisation von Devisenschiebereien, Waffenhandel und Kunstraub in der Nazizeit vorgeworfen wurde und der im eigenen Staat lebte. Bei ihm fanden sie Papiere, die eine Sensation enthalten konnten. Allerdings waren in den Papieren einige Details unleserlich. Außerdem ein Code, der unlösbar war. Müller weigerte sich trotz Repressalien, diese Details und die Auflösung des Codes preiszugeben. Als dann das Ende der DDR drohte, verstärkten sie ihre Bemühungen. Aber Müller rückte nicht mit den geforderten Informationen heraus.

Während eines Verhörs verlor Meichsner die Beherrschung und trat dem Mann seitlich gegen den Oberkörper. Der Vierundachtzigjährige fiel vom Stuhl und brach sich das Genick.

Seine vier Kollegen zogen sich schnell zurück und wollten mit der Sache nichts mehr zu tun haben. Als ob so etwas das erste Mal passiert wäre.

Meichsner versuchte die Sache zu vertuschen. Die Leiche wurde in den Keller gebracht. Auch das geschah nicht zum ersten Mal. Es war sogar ein Raum wie eine Pathologie eingerichtet. Müllers Ermittlungsakten und Papiere versteckte er außerhalb des Gebäudes.

Früher wurde nicht viel Wind gemacht, wenn mal wieder aus Versehen ein Toter im Keller lag. Den Angehörigen wurde Beileid ausgesprochen - wie bedauerlich, dass der Arme an der roten Fußgängerampel nicht stehen geblieben war.

Aber das war jetzt vorbei. Die DDR war jetzt anders geworden. So war er einer der letzten, die vom DDR-Rechtssystem verurteilt wurden. Auch alle Kollegen aus dem Kollektiv sagten gegen ihn aus. Sogar einige ältere Todesfälle wurden ihm in die Schuhe geschoben, wo er doch höchstens an dem einen oder anderen Fall beteiligt gewesen war. Es waren doch nur Arbeitsunfälle gewesen. Trotzdem wurde nur er verurteilt.

Im Namen des Volkes: fünfundzwanzig Jahre! Während andere ehemalige Stasi-Angehörige beim BND, in der Wirtschaft oder in kriminellen Organisationen Karriere machten, saß er ein.

Nun war Meichsner seit Kurzem wieder frei, nach achtzehn Jahren vorzeitig entlassen. Jetzt zählte Wiedergutmachung. Seine Art der Wiedergutmachung. Aus dem Rest seines Lebens wollte er noch etwas machen. Er musste die Papiere von Müller wiederkriegen. Das erwies sich zwar als schwierig, aber er würde sie bekommen.

Bei   Gott,   er   würde   sie   bekommen!!!

Kapitel 4

Frau Lange sah auf, als das Türglöckchen bimmelte. Ein unauffälliger Mann kam herein, im Trenchcoat, den Kragen hochgeschlagen. Auf dem Kopf über dem unauffälligen Gesicht saß ein karierter Hut. „Guten Tag", sagte er. „Ich bin vom Ordnungsamt. Sagen Sie, wie lange steht denn der silberne Wagen schon vor dem Hotel dort drüben?"

„Eine Weile", schniefte Renate Lange überrascht, „eine ganze Weile."

Daraufhin verließ der Unauffällige den kleinen Laden und stapfte im Dezembergrau davon.

„Der ist doch bekloppt", dachte Frau Lange verwirrt, „der hätte doch bloß zum Wagen rüber gehen brauchen. Schließlich sitzt dort jemand drin!"

***

Martin Zimmermann ermittelte schon einige Monate gegen Luigi Rosso. Dieser wurde verdächtigt, die Drecksarbeit für dubiose Waffenschieber und Kunsthändler zu übernehmen. Inzwischen hatte sich dieser Rosso eindeutig hervorragende Kontakte erarbeitet und übernahm immer mehr die Vermittlung von gestohlener Kunst. Dabei erwirtschaftete er hohe Provisionen und führte ein aufwändiges Leben.

Einige kleine Kunstraube hätte Martin ihm nachweisen können, aber er wartete auf die dicken Brocken. Doch in den letzten Tagen stockten die Ermittlungen. Er wurde anscheinend von oben behindert. Auf einmal erhielt er keine Akteneinsichten mehr. Plötzlich war der Rechner in seinem Büro kaputt. Das Auto stand ihm nicht mehr unbegrenzt zur Verfügung. Dann entzog ihm sein Boss den Fall mit der Begründung, das BKA sei jetzt an dem Fall dran.

Zur Krönung sollte er jetzt einen Fall bearbeiten, bei dem es darum ging, dass der König-Friedrich-Bronze in der Straße ‚Unter den Linden' Teile abgesägt worden waren.

Das war Sachbeschädigung und Metalldiebstahl, aber kein Fall für einen Kunstexperten. Während er nun offiziell den König Friedrich Fall bearbeitete, überwachte er trotzdem weiter den ‚Schönen Luigi'.

Er bemerkte noch, wie ein Mann in den kleinen Laden auf der anderen Straßenseite ging. Dieser sah sehr unauffällig aus. Martin registrierte den Trenchcoat und den karierten Hut. „Sieht fast ein bisschen wie ein Geheimdienstler aus" dachte er belustigt.

Ausschnitt aus dem Berliner Generalanzeiger:

Mitte (fi): Das König Friedrich Monument ist einem mysteriösen Anschlag zum Opfer gefallen. Der Schweif des Pferdes, auf dem König Friedrich sitzt, ist abgesägt worden, der Fuß des Königs ebenso. Merkwürdig ist, dass die Statue den ganzen Tag eingezäunt war, da ein Team die Graffitis entfernt und die Figur gereinigt hatte. Unmittelbar nachdem der Bretterzaun entfernt worden war, bemerkten Zeugen den fehlenden Schwanz. Ob es sich dabei um einen Metalldiebstahl oder einen politischen Anschlag handelt, ist unklar, sagte Polizeisprecher Grabowski. Der Staatsschutz ist informiert, so Grabowski weiter. Die Aussagen von Zeugen, dass auch mehrere Polizeiwagen während der Reinigung vor Ort waren, wollte er vor der versammelten Presse nicht kommentieren.

Luigis Augen waren verbunden. Er war nackt. Seine typisch südländische Körperbehaarung richtete sich auf, als er gestreichelt wurde. Er lag im Bett und wurde verwöhnt. Erst wurde er am Hals liebkost, dann an der Brust. Danach wanderten die Hände herunter zu seinen Schenkeln und deren Innenseiten. Dann war der Körperteil dran, der für die Produktion der Fortpflanzungsflüssigkeit zuständig ist. Er blieb liegen, doch ein Teil von ihm stand auf. Dieser Teil wurde nun von einer zärtlichen Hand umschlossen. Sie bewegt sich auf … und ab … und auf … und ab. Dann schneller und weniger zärtlich: auf, ab, auf, ab. Nun wurde sein Teil von etwas anderem umschlossen, es war feucht und weich, und doch irgendwie fest. Auf, ab, auf, ab. Irgendetwas klatschte wiederholt gegen seine Brust. Er riss sich das Tuch von den Augen und sah, dass es die alten und faltigen Brüste der Thekenvettel waren, die beim Reiten gegen seinen Oberkörper schlugen. Sie grinste dabei und flüsterte: „Ich sag dir alles, was du wissen willst, Darling!"

Schweißgebadet wachte er auf. „Wer nach so einer widerlichen Portion Kesselgulasch einen Mittagsschlaf macht, ist ein Idiot" schalt er sich. „Da muss man ja Alpträume bekommen."

Trotzdem war da eine Beule in der Bettdecke, für die er sich vor sich selbst ein bisschen schämte.

Kapitel 5

Detlef Meichsner fuhr mit der Straßenbahn zum Alexanderplatz. Dort stieg er in die S-Bahn um. Dass er damit seine Verfolger abschüttelte, wusste er nicht. Am Alex kann man nicht einfach sein Auto abstellen, um in die S-Bahn einzusteigen. Nach vielen Stationen und drei Mal russische Musikanten erduldend, die in der Bahn für Geld musizierten, kam er am Flughafen Berlin-Schönefeld an. Schon von weitem sah er die Flotte weißer Flugzeuge mit den orangefarbenen Heckflossen. Low Cost Carrier waren in Schönefeld stark im Kommen.

Meichsner fuhr mit der Rolltreppe im Hauptgebäude ins obere Geschoss. Hier betrat er das Restaurant, kaufte sich einen Kaffee, begab sich dann auf die Aussichtsplattform. Dort bezahlte er den Eintritt und trat hinaus. Er stand ganz vorne auf der Terrasse und betrachtete das Vorfeld. An dieser Stelle hatte er auch vor fast zwanzig Jahren gestanden, nachdem er die Papiere Müllers in Sicherheit gebracht hatte. Von hier aus war er damals zur Dienststelle gefahren, wo er schließlich verhaftet wurde. „Ich muss die Papiere wiederbekommen", dachte Meichsner, „ich muss, ich muss, ich muss!"

Er beobachtete mehrere Stunden die Abläufe auf dem Flughafen und fuhr anschließend zurück ins Hotel.

Am nächsten Tag kehrte Detlef Meichsner zum Flughafen zurück. Dieses Mal etwas früher und diesmal, ohne seine Verfolger abzuschütteln.

Viertel vor Eins war er dort. Auf dem Parkplatz hielt er Ausschau nach Flughafenarbeitern. Es dauerte nicht lange, da erspähte er einen. Die typisch für Vorfeldmitarbeiter leuchtend gelbe Uniform war schon von Weitem zu erkennen.

Schnell schlich er sich an, und als der Airportmann an seinem geöffneten Kofferraum stand, um seine Tasche herauszunehmen, schlug Meichsner ihn mit der Handkante in den Nacken. Der Mann mit dem gelben Anzug fiel mit dem Oberkörper in den Kofferraum und blieb dort ohnmächtig liegen. Meichsner zog ihm hastig die Flughafen-Klamotten aus. Er achtete dabei ganz automatisch darauf, keine Stelle am Fahrzeug zu berühren, auf der Fingerabdrücke haften bleiben konnten. Gelernt war eben gelernt.

Der Flughafen-Ausweis, ausgestellt auf den Namen Bernd Beyer, war praktischerweise gleich an der Jacke befestigt. Morgen wäre Mr. Airportman neununddreißig Jahre alt geworden. Geschickt rollte Meichsner die Kleidungsstücke zu einem kleinen Bündel zusammen. Dann zog Meichsner eine kleine Pistole mit Schalldämpfer aus seinem Mantel. Diese Waffe hatte er sich gleich in den ersten Tagen seiner neuen Freiheit besorgt. Durch seine frühere Tätigkeit und seine Knastbekanntschaften war es für ihn kein Problem gewesen.

Sich kurz umblickend, schoss er seinem Opfer in den Kopf. Danach verstaute er den Mann komplett im Kofferraum, warf den Deckel zu und ging scheinbar ruhig Richtung Flughafengebäude davon. Unterwegs wischte er seine Pistole in der Manteltasche gründlich ab und warf sie unauffällig in einen dichten Busch. Für sein kommendes Vorhaben würde sie nur hinderlich sein.

Das alles beobachtete Luigi Rosso aus sicherer Entfernung.

Aus einem anderen Blickwinkel beobachtete ein unauffälliger Mann, bekleidet mit kariertem Hut und einem Trenchcoat, diesen Vorgang.

Martin Zimmermann beobachtete nichts. Er untersuchte den Fall der verstümmelten Bronzestatue des „Großen Friedrich".

Kapitel 6

Detlef Meichsner zog sich in der Flughafentoilette die Airport-Montur an. Danach ging er zur Sicherheitsschleuse. Er grüßte mit zwei Fingern kurz die Frau vom Flughafen-Sicherheitsdienst. Diese drückte ohne aufzusehen den Türöffner. Damit hatte Meichsner gerechnet. Wer den leuchtenden gelben Drillich der Vorfeldleute anhatte und obendrein noch einen Ausweis vorzeigte, der gehörte einfach zum Flughafen. Er gelangte über eine Treppe zum Gepäckkeller, wo sich ein riesiges Gepäckband endlos bewegte. Über eine Rutsche fielen Koffer und Taschen auf dieses Band und wurden dort von den gelb Uniformierten auf Hänger und in Container verteilt. Dabei sah es so aus, als wollten sich die Arbeiter gegenseitig darin übertreffen, so viele Koffer und Taschen wie möglich, samt ihrem Inhalt kaputt zu schmeißen. „Wer die meisten Fluggäste geschädigt hat, wird wohl Mitarbeiter des Monats", dachte Meichsner.

Er meldete sich bei einem Mann, der sich in der Kleidung von den Anderen unterschied. Dieser hatte eine marineblaue Hose und ein ebenso blaues Hemd an. Supervisor Bönig stand auf einem Schild auf seiner Brusttasche. „Guten Tag", sagte Meichsner zu ihm, „ich komme vom Airport Tegel und soll hier aushelfen."

Das war dem Supervisor neu aber er dachte: „Wahrscheinlich haben sie Schichtleiter Rosenberg Bescheid gesagt, aber das fette Arschloch wird es wie immer vergessen haben. Wird Zeit, dass der seinen Übergewichts-Herzinfarkt bekommt, dann kriege ich endlich seinen Posten, und den habe ich mir verdient."

An Meichsner gewandt, knurrte er: „Na dann los, ran ans Band. Für den Moskau-Flug hat der Check In viel zu spät begonnen, es wird ganz schön eng. Aber aufpassen, dort ist eine Menge Transfer-Baggage nach Ulan-Bator dabei, nicht dass die im Local-Container landen."

Meichsner glotzte ziemlich verständnislos und sagte: „Transfer? Local? In Tegel habe ich nur Gepäckwagen geschoben."

„Na super", brummelte Bönig in sich hinein, „die Pisser in Tegel schickten nur Leute, die sie selbst nicht gebrauchen können. Und obendrein erscheint Beyer nicht, obwohl dessen Auto oben auf dem Parkplatz steht."

Er ging mit Meichsner an das Gepäckband und zeigte ihm, was er zu tun hatte.

„Das ist doch schon die halbe Miete", freute sich dieser.

***

Der unauffällige Mann mit dem unauffälligen Gesicht, dem Trenchcoat und dem kariertem Hut wurde des Wartens allmählich überdrüssig. Schließlich waren schon zwei Stunden vergangen. Aber Auftrag ist Auftrag und er hatte einen zu erfüllen. Mit seinen Auftraggebern war nicht zu spaßen. Außerdem war er Beamter. Und wenn er auf diese Art und Weise die Bundesrepublik zu beschützen hatte, dann tat er es halt. Er wartete weiter.

***

Luigi war Meichsner in sicherer Entfernung zur Sicherheitsschleuse gefolgt. Er beobachtete, wie dieser scheinbar ohne Probleme diese Hürde passierte. Der Sinn dieser Unternehmung war ihm unklar. „Wahrscheinlich will dieser Spinner sich an Bord eines Flugzeugs schmuggeln und ins Warme fliegen", dachte er, „aber schießt man dafür einfach irgendjemandem eine Kugel in den Wirsing?"

***

Martin Zimmermann befragte einige Zeugen des König-Friedrich-Pferdeschwanz-Absäge-Falls. Es wurde immer mysteriöser. „Nein, Nein", sagte gerade eine sechsundsiebzigjährige Dame zu ihm. „Während der Reinigungsarbeiten an der Statue kann es nicht passiert sein. Da wimmelte es nur von Polizei um die Statue herum."

„Aber wann dann?", fragte sich Martin. „Sonst ist die Bronze frei einsehbar. Und nachts hätte man in jedem Fall den Trennschleifer gehört."

„Außerdem ist die Straße ‚Unter den Linden' eine der Hauptattraktionen Berlins. Gerade jetzt, wo die Linden weihnachtlich geschmückt sind, ist der Prachtboulevard auch nachts noch gut von Touristen besucht", überlegte er weiter. „Oder sollten die Täter unter den Augen der Ordnungshüter den Kunstfrevel begangen haben? Weshalb war überhaupt soviel Polizei vor Ort gewesen? Die Verkehrseinschränkungen hatten sich in Grenzen gehalten und konnten nicht der Grund für den Polizeieinsatz gewesen sein."

Er kam einfach nicht weiter. Martins anfängliches Desinteresse war in glühendes Verlangen, den Fall aufzuklären, umgeschlagen. Er stand am Fenster und starrte in das schlechte Dezemberwetter hinaus. „Da steckt mehr dahinter", sagte er sich.

„Darf ich jetzt gehen, Herr Kommissar?", fragte die resolute Sechsundsiebzigjährige. „Mein Egon will heute Kohlrouladen essen und ich hab noch keinen Kümmel gekauft."

Sie durfte.

***

Meichsner stand mit einem Arbeiter am Gepäckband. Der Mann hieß Alexander Kirschnick, aber alle Kollegen nannten ihn ‚Entenarsch'. Detlef Meichsner bekam schnell mit, warum das so war. Fortwährend schnatterte er. Sein Mund ging ständig auf und zu – eben wie ein Entenarsch.

Sie stapelten die Moskau-Koffer auf verschiedene Hänger, die Sortierung hatte Meichsner nicht verstanden und sie war ihm auch egal. Dann muss sich eben jemand an seinem Zielort, wenn dessen Gepäckstück nicht dabei war, eine neue elektrische Zahnbürste, einen neuen Gürtel oder auch einen neuen Vibrator kaufen.

„Bla, bla, bla", kam es aus dem Schnabel von ‚Entenarsch'. Zeitweilig hörte Meichsner schon gar nichts mehr, sondern sah nur Entenarschs Futterluke auf- und zugehen. Ständig kamen die Flugzeugabfertiger mit ihren Elektro-Mulis in den Gepäckkeller gefahren und holten die Hänger oder Container ab, und hetzten die Kellerleute zur Eile. Meichsner hatte Probleme, sich auf seine Mission zu konzentrieren. Aktuell laberte ‚Entenarsch' über Airport-Interna. Dass er schon mal einen Highloader kaputtgefahren hatte. Dass er schon mal eine Boing 747, einen so genannten Jumbo Jet, eingewunken hatte. Dass er einen Winter bei den Enteisern mitarbeiten durfte. Für Meichsner kamen nichts als Fragezeichen aus Alexander ‚Entenarsch' Kirschnicks Mund. Dabei bepackten sie einen Hänger so, dass er schon über zwei Meter hoch war. Wie die Vorfeld-Heinis den unbeschadet zum Flugzeug bringen wollten, war Meichsner unklar.

Er hörte nicht mehr zu. Er war in seiner eigenen Problematik gefangen. Nun fragte er ‚Entenarsch' wie es hier mit den Pausen wäre.

„Du kannst zwischendurch einfach essen gehen, feste Pausenzeiten haben wir nicht. Für mich ist das auch gut so", meinte Entenarsch. „Ich habe ziemlich oft Dünnschiss, da ist es gut, jederzeit auf den Topf zu dürfen."

„Na supi", dachte Meichsner, „das war 's für heute mit meinem Appetit. Aber wenigstens kann man sich hier ab und zu mal abseilen. Das ist gut, wenn man etwas Bestimmtes vorhat."

Kapitel 7

Rückblick

Ost-Berlin, 27. November 1989:
Nun ist es schon fast zwei Monate her, dass die DDR-Regierung mit ihren
Freunden und ihren vermeintlichen Freunden den vierzigsten Jahrestag der
kleinen Republik feierte. Vor dem Palast der Republik pompöse Feiern, im Palast
die tanzende Altherrenriege, hinter dem Palast das protestierende Volk. ‚Gorbi,
Gorbi'- Rufe wallen durch die Abendluft.

Dann, nur zwei Tage später, die große Montagsdemonstration in Leipzig. Es
folgte bald der Rücktritt Honeckers ‚aus gesundheitlichen Gründen'. Schließlich
der Tag, als dieser Idiot Schabowsky vor der versammelten Weltpresse die
Meldung verliest, das die Grenzübergänge ab sofort offen seien.

Wenige Tage später wird Hans Modrow Ministerpräsident. Eine merkwürdige
Zeit, besonders wenn man Anhänger des Systems ist, das nun im Sterben liegt.

Das alles geht dem jungen Detlef Meichsner durch den Kopf. Auch für ihn
waren die zurückliegenden Wochen sehr schwer. Doch nun war er da, der
absolute Tiefpunkt. Er hatte die Nerven verloren. Na und? In einem Verhör
hatte er einen Greis vom Stuhl getreten. Seine Halswirbel brachen wie ein Bund
Stroh. Die Gewissensbisse waren es nicht, die ihm zu schaffen machten. Bei der
Stasi wurde man dafür ausgebildet, mit solchen Situationen fertig zu werden.
Die möglichen Folgen machten ihm Angst. Die DDR war jetzt anders
geworden. Der Staat schützte seine Beschützer nicht mehr. Und bei dem
Versuch, sich nun als Rechtsstaat zu präsentieren, kam den neuen alten
Machthabern jedes Bauernopfer gerade recht.

Was nun tun? Meichsner wusste nicht so richtig weiter. Jede Minute konnte
seine letzte in Freiheit sein.

„Könnte man alles noch vertuschen?", überlegte er mit einem Anflug von
Panik in seinen Gedanken. Er ärgerte sich dieses Mal über das, was er getan
hatte.

„Vor allem: Für was hab ich's getan?", fragte er sich. „Es wäre nicht mal
wichtig für den Staat gewesen. Selbst wenn, diese DDR wäre sowieso nicht zu

retten gewesen. Zu lange hatten die Greise die Regierung besetzt. Und für das alles soll ich büßen?"

Meichsner war verunsichert.

"Nein", dachte er, "niemals. Ich muss die Papiere mitsamt diesem mysteriösen Code und die Ermittlungsakten verschwinden lassen. Dann kann mir keiner etwas."

Er konnte ja nicht ahnen, dass seine Kollegen ihn längst verraten hatten, um ihre eigene Haut zu retten.

Der Leutnant der Staatssicherheit Detlef Meichsner lief durch die Novembernacht. Er hatte einen Entschluss gefasst und neue Hoffnung geschöpft. Zeitweilig hatte er daran gedacht, sich in den Westen abzusetzen. Diese Gedanken verwarf er jedoch schnell wieder. Es zeichnete sich ab, dass sich die beiden Staaten vereinigen würden. Dann hätte er nichts gewonnen.

"Im Gegenteil, die Siegerjustiz würde grausam sein", überlegte er. "Ich werde hier bleiben. Ich werde die Ermittlungsakten und besser auch diesen verdammten Code vernichten und dann könnten sie mich da, wo die Sonne nicht hin scheint."

Und damit meinte er nicht Bitterfeld!

Die Papiere und Akten hatte er schon aus dem Dienstgebäude geholt. Nun saß er in einer kleinen Stampe am Alexanderplatz. Hier wollte er die Akten langsam in Fetzen reißen und Schnipsel für Schnipsel im Aschenbecher verbrennen. Doch dann bekam er Bedenken: "Wenn die Mauer erstmal richtig gefallen ist, könnte ich mit dem Inhalt sehr viel Geld verdienen. Vieles steht darin. Ich könnte diese Papiere dem Nachrichtenmagazin verkaufen, dass damals die vermeintlichen Hitler-Tagebücher gekauft hatte. Vieles deutet doch darauf hin, dass das Versteck der Leichen von Adolf Hitler und seiner Eva in dem Papier zu finden ist. Oder handelte es sich um etwas anderes, nicht minder wertvolles. Es ist zwar alles ein bisschen mysteriös umschrieben, aber ...."

An die eigentliche Sensation, die die Papiere enthielt, wagte Meichsner gar nicht zu denken. Man müsste nur den Code für den Ort knacken, dann könnte man...

Auf gar keinen Fall würde er die Papiere vernichten. Er musste sie nur sicher verstecken. "In ein paar Monaten ist Gras über die Sache gewachsen", dachte er noch. "Dann hole ich mir die Papiere wieder und dann gehöre ich zu den Gewinnern dieser komischen Zeit!"

„Wo verstecken?", war sein nächster Gedanke.

Zuerst fiel ihm der Friedrichsstadtpalast ein. Hier hatte er schöne Stunden erlebt. Durch seine Beziehungen hatte er immer Karten bekommen. Der MfS-Ausweis war auch die Eintrittskarte für die hinteren Katakomben. Seine zahlreichen Begleiterinnen waren immer hin und weg, wenn er sie in den Bereich führte, der im anderen Teil Deutschlands ‚Backstage' genannt wurde. Hinterher, wenn er und seine Begleiterin bei ihm oder ihr waren, dann hatte er noch mal sehr schöne Stunden.

Nun schwelgte er vollends in Erinnerungen. Er hatte 1987 drei Karten für ‚Udo Jürgens im Friedrichstadtpalast' bekommen. Das war zwar nicht ganz seine Musikrichtung, aber bei Künstlern aus dem Westen war man nicht wählerisch. Er hatte zu dem Konzert zwei Damenbekanntschaften mitgenommen. Diese standen zwar auch mehr auf Rock, aber sie waren trotzdem begeistert. Anschließend in seiner Wohnung hatten sie sich zu bedanken gewusst. Und das mehrere Male! Das würde er nie vergessen.

Würde der Friedrichsstadtpalast ihm auch bei seinem aktuellen Problem helfen? Könnte er dort seinen Schatz verstecken? Mit seinem Dienstausweis würde er überall hineingelangen.

Doch er entschied sich dagegen! Wenn erstmal keine Sau mehr die kulturellen Einrichtungen im Osten nutzen wollte, dann könnte der Palast ruckzuck geschlossen werden. Dem folgte Verfall und Plünderung. Und schon wären seine wertvollen Papiere in Gefahr.

„Diese Idioten rennen alle wie die Blöden in den Westen, stehen sich an der Grenze die Beine in den Bauch, als ob es im Osten nichts mehr zu fressen gibt", fluchte Meichsner. „Vom Osten und seinen Angeboten will niemand mehr etwas wissen. Scheiße!"

Er brauchte unbedingt ein sicheres Versteck, eines, wo nicht jeder hin durfte. Am besten eines, wo nur besondere Leute hindürfen. Zum Beispiel Leute, die den Ausweis hatten, den er selbst mit sich trug.

Nun fiel ihm ein Ereignis aus dem Jahre 1988 ein. Er war auf dem Rückweg von einer Schulung in Moskau. Die Tupolev 154 aus Moskau landete in Berlin-Schönefeld. Die Toilette im Flugzeug kam für ihn nicht in Frage, er litt leicht an Klaustrophobie. Er musste sehr dringend, und vergaß in der Eile seine Aktentasche oben im Gepäckfach. Nachdem er seinen Verlust bemerkt hatte, wandte er sich an den erstbesten Flughafenmitarbeiter. Als er ihm seinen Ausweis vorzeigte, setzte der Mann Himmel und Hölle in Bewegung, um die

Tasche wiederzubeschaffen. Meichsner wurde höchstpersönlich vom Follow Me Fahrzeug übers Rollfeld zum Flugzeug gefahren und durfte die Tasche selbst aus dem Flieger holen.

Er war damals sehr erleichtert gewesen, die Vorgesetzten hätten ihm das Fell über die Ohren gezogen, wenn diese Tasche verloren gegangen wäre. Auch diesmal könnte ihm sein Ausweis wieder Tür und Tor öffnen. „Nur wo auf dem Flugplatz kann ich meine Papiere verstecken? Wo wird sie über Monate niemand finden?", fragte er sich.

Da - eine Idee zuckte wie ein Blitzschlag in seinen Kopf.

„Wo geht niemand gerne hin? Was wird selbst an den modernsten Orten der Welt ein wenig stiefmütterlich behandelt? Wo wird über Monate niemand einsteigen? Solange an dem Ort, an den ich jetzt denke, alles reibungslos funktioniert, steigt dort auch in Jahren niemand hinein", sagte er sich.

In seinem Kopf wuchs ein Plan. Er fuhr mit dem Bus zurück in die Dienststelle. Dort ging er zuerst zur Materialausgabe. Der alte Harald Oehlke steckte seinen kahlen Kopf aus dem Ausgabefenster und fragte mit seiner polypengeschädigten näselnden Stimme: „Detlef, alte Hütte! Was machst du `n noch hier? Der Staat geht sowieso vor die Hunde. Brauchst eigentlich nich mehr soviel Zeit investie´n."

Oehlke musste Polypen in der Größe von Hühnereiern haben. Ganze Silben verschluckte er mitunter schon.

„Schon richtig", meinte Meichsner, „aber irgendwer muss ja hier noch etwas machen. Reicht ja, dass du dir hier den ganzen Tag die Klötzer schaukelst."

„Der is gut", prustete der Alte. „Was willst´n nu?"

„Gib mir mal so eine wasserdichte, nicht rostende Box", antwortete Meichsner. „Die mit der Magnetplatte dran!"

„Was willst´n damit?", fragte der Kahlkopf. „Willste in die Kanalisation West-Berlins einsteig`n, zur Wasserversorgung vordring`n un dann die Bevölkerung vergift`n?"

„Nee", wehrte Meichsner ab. „Ich will bei dir zu Hause in deinem Pool heimlich eine Unterwasserkamera installieren!"

„Na dann viel Spaß, wenn du filmst, wie meine Alte mit ihr´m Fettarsch in den Pool springt, dann stell dich schon mal auf ne´ Essstörung ein!", posaunte Harald und gab ihm die gewünschte Box.

„Brauchst nicht unterschreib`n, brings einfach wieder!" ergänzte er.

Jetzt wo niemand mehr wusste, wie es mit dem Sicherheitsdienst weitergehen würde und ob es bald überhaupt noch einen geben würde, zog eine gewisse Lockerheit ein. Früher wäre es undenkbar gewesen, dass man ohne Unterschrift und ohne Angabe des Falls Material bekommen hätte. „Mal sehen, ob ich beim Auto auch so ein Glück habe", dachte Meichsner.

Er hatte. Nun war er in einem fast fabrikneuen Lada 2107 auf dem Weg zum Flughafen Berlin Schönefeld. Er hatte einen selbst geschriebenen Untersuchungsauftrag in der Tasche. Darauf hatte er mit einer in Stempelfarbe gedrückter Münze einen stempelähnlichen Abdruck gemacht. Das kam dem Stempel seiner Vorgesetzten sehr nahe und wurde von Laien meistens als Dienststempel anerkannt. Dieses Vorgehen war Usus in seiner Behörde. Er konnte nur hoffen, dass der Sicherheitsdienst des Flughafens ebenso darauf hereinfiel.

Er hätte sich keine Sorgen machen müssen. Er fuhr an das Tor der Einfahrt zum Flughafen. Dort stieg er aus. Es war Sonnabend und es lief ‚Ein Kessel Buntes'. Einer der Sicherheitsleute hatte vermutlich von seiner West-Sippe einen tragbaren Fernseher bekommen und die Pfortenbesatzung ließ es sich gut gehen.

Das hätte es vor zwei Monaten noch nicht gegeben, war sich Meichsner sicher. Er wies sich aus und sagte in Befehlston: „Das kann ja wohl nicht wahr sein, Genossen. Unseren Informationen zufolge ist der Flugplatz von einem Anschlag konterrevolutionärer Kräfte bedroht und ihr schaut in die Röhre. Das wird ein Nachspiel haben."

Die Sicherheitsleute schauten betreten drein und einer stammelte: „Verzeihung Genosse Leutnant, aber wir waren trotzdem aufmerksam."

„Schon gut. Aber ich brauche sofort einen Mann, der mich begleitet und mich überall auf dem Platz hinführt."

Dieses wurde ihm sofort zugestanden und er fuhr mit seinem Begleiter los. Bevor er sein eigentliches Ziel aufsuchte, ließ er sich zum Schein das Tanklager und die Hangars zeigen. Dann ließ er sich dorthin führen, wo er vorhatte, seine Kiste zu verstecken. Sein Begleiter musste im Auto warten und er betrat allein das Gebäude. Es stank widerlich. Im Boden waren mehrere, circa achtzig mal achtzig Zentimeter große, viereckige Löcher ausgespart, die von einem Deckel verdeckt waren.

Meichsner musste würgen, er befand sich an der Ablassgrube für die Fäkalien aus den Flugzeugen. Dort drinnen würde er die wasserdichte Kiste verstecken. Er öffnete einen Deckel, beißender Gestank schlug ihm entgegen. Er konnte sich nicht mehr halten und kotzte direkt in die Grube. Als er damit fertig war, legte er sich an das Loch und legte sich die Kiste so in die Hand, dass die Magnetplatte nach oben zeigte. Er langte durch das Einflussloch und heftete die Kiste eine Armlänge vom Lukenrand entfernt an die Decke der Grube. Erleichtert richtete er sich auf.

„Jetzt zurück zur Dienststelle fahren", dachte er sich, „und in drei, vielleicht vier Monaten hole ich die Kiste dann ab."

Im Namen des Volkes ergeht folgendes Urteil:

Der Angeklagte wird wegen Mordes zu 25 Jahren Haft verurteilt.

Begründung:

Der Angeklagte des zugrunde liegenden Falls - ein Angehöriger des Staatssicherheitsdienstes - hat am 27. November 1989 den 84-Jährigen Anton Müller bei einem Verhör aus Wut über dessen Aussageverweigerung so wuchtig getreten, dass dieser vom Stuhl fiel und sich das Genick brach. Erschwerend kommt hinzu, dass der Angeklagte im Dienst des Volkes stand die Bürger eigentlich zu schützen geschworen hatte ...

Kapitel 8

Jetzt, achtzehn Jahre später stand Detlef Meichsner mit Alexander ‚Entenarsch' Kirschnick am Gepäckband im Keller des Flughafens Schönefeld und überlegte, was zu tun sei.

Er musste unbedingt zur Kloakengrube. Dort wartete sein Schatz. Hoffentlich.

Er sagte zu ‚Entenarsch': „Ich mach mal jetzt ein bisschen Pause."

„Okay", erwiderte dieser, „mach mal, ich halt hier die Stellung."

Meichsner verschwand aus dem Keller und spazierte über das Vorfeld und schaute sich um. Niemand nahm daran Anstoß, er hatte ja de leuchtendgelbe Kluft der Vorfeldarbeiter an.

Da, an einer Boing 737 stand er – der Kloakenwagen. Der Fahrer schloss gerade den ‚Scheiße-Schlauch' an das Flugzeug an.

„Meine Chance", dachte Meichsner und schlenderte in diese Richtung.

Am Fahrzeug angekommen, beobachtete er den Vorgang des Absaugens. Auf dem Kacke-Tank prangte dasselbe Firmenlogo wie an seiner gestohlenen Jacke. „Aha", murmelte Meichsner, „sozusagen ein Kollege."

Als der schon ältere Fahrer des Pumpenfahrzeugs ihn bemerkte, knurrte dieser: „Na, willste mir kontrollieren, oder wat?"

„Nein, Kollege", antwortete Meichsner lächelnd, „ich wollte bloß mal beobachten, wie das funktioniert."

„Wat soll daran schon so interessant sind? Ist doch *Scheiße* langweilig. Die Betonung liecht uff Scheiße", schloss er kichernd.

„Wieso, du hast doch einen geilen Job, du hast wenigstens deine Ruhe. Ich muss mich mit den Idioten da drinnen rumärgern, ich hätte lieber deinen Job. Von mir aus können wir tauschen."

„Keen Problem", antwortete Kloaken-Heinrich, „den Job will sonst kaum eener machen. Wir sind froh über jeden, der zu uns kommen will. Musst du mal den fetten Schichtleiter Rosenberg fragen, der ist für die Einteilung zuständig. Frag aber lieber gleich, der könnte jeden Moment seinen schwer verdienten Herzkasper kriejen!"

„Lass mich erst mal eine Runde bei dir mitfahren", wünschte Meichsner. „Dann kann ich sehen, wie es wirklich ist, bevor ich den Dicken frage."

„Von mir aus jerne, mal is it ooch schön, eenen dabei zu ham", berlinerte Kloakenheinrich noch schlimmer. „Ick bin übrijens Paule. Aber wern se dir nich vermissen am Band?"

„Nö, hab sowieso Feierabend. Prinz Schwarte hat mich zu einer ganz bekloppten Schicht eingeteilt. Ich bin der Detlef."

Und schon saß er im Fahrzeug neben seinem neuen Freund Kloaken-Paule. Erst fuhren sie noch zwei Flugzeuge an, dann war der Tank voll. Sie mussten zur Ablassgrube. „Endlich!", dachte Meichsner. „Endlich! Endlich! Endlich!"

Sein Puls schnellte in besorgniserregende Höhen. Ihm war ein bisschen schwindlig. „Wird es noch da sein?", fragte er sich. „Da, das Gebäude!"

„Das haben sie ja umgebaut! Lieber Gott, lass sie nicht die Kacke-Becken erneuert haben", jammerte er innerlich. „Lieber Gott, lass es noch da sein!"

Je näher sie dem Gebäude kamen, umso schlechter wurde ihm.

„Ogottogottogottogottogottogott", schwirrte es durch seinen Kopf.

Selbst Kloaken-Heinrich bemerkte, dass etwas nicht stimmte mit seinem neuen Kumpel.

„Wat is los mit dir?", fragte er besorgt.

Meichsner konnte nur noch stammeln: „Krieg bloß schlecht Luft. Manchmal tut die kalte Winterluft meiner Lunge nicht gut."

Da waren sie schon drinnen in dem Gebäude, das die Ablassgrube beherbergt. Dort lag etwas in der Luft, was seiner Lunge wirklich nicht gut tat. Ein beißender Gestank wallte um ihn. Seine Zunge war sofort belegt. Für einen Moment vergaß er, warum er überhaupt dort war. Für einen klitzekleinen Moment vergaß er das, worauf er achtzehn lange Jahre gewartet hatte. So bestialisch stank es in diesem Gebäude!

Kloaken-Heinrich zog einen der Deckel auf und fuhr mit dem Tank über die Öffnung. Dann ließ er das aus dem Tank, was sich hunderte Fluggäste mühevoll aus dem Leib gepresst hatten. Ihre Mühe konnte man förmlich riechen.

Ein tüchtiger Schwall internationaler Luft wehte Meichsner ins Gesicht. Ihm schwanden fast die Sinne. Er drohte tatsächlich ohnmächtig zu werden. „Nein", rief er sich zur Ordnung. „Du kannst doch jetzt nicht abtreten. Meichsner, du alter Schlappschwanz, du weißt, warum du hier bist!"

Er kam langsam wieder voll zur Besinnung. „Schwein gehabt", dachte er.

Doch gleich darauf der nächste Schock. Er sah sich um. „Verdammt! Das Gebäude ist komplett modernisiert worden. Scheiße", fluchte er in sich hinein. „Damals konnte ja keiner ahnen, dass sie diesen Provinzflughafen zum drittgrößten Luftdrehkreuz in ganz Deutschland ausbauen wollen! Hab ich das Versteck doch nicht so gut gewählt?"

Panik flatterte ihm durch die Gedanken. „Nicht die Nerven verlieren, Meichsner", ermahnte er sich. „Sonst merkt Kloaken-Paule noch was, und dann muss ich ihn in der Kacke-Grube ersäufen."

So langsam kam wieder Klarheit in seine Gedanken. „Wie nun weiter", fragte er sich.

Da kam ihm Kloakenfahrer Paule entgegen: „Icke muss jetzte mal scheißen jehn. Immer wenn ick Scheiße so intensiv rieche, muss ick selba scheißen. Kannst ja so lange warten."

„Alles klar", erwiderte er, „lass dir Zeit"

Als der Alte davonstakste, sah sich Meichsner nach einem Versteck um, wo er sich verstecken konnte, bis nachts keine Kloakenfahrer mehr ablassen mussten. „Zum Glück", grinste er „dass Berlin so ein schreckliches Provinzkaff ist, wo nachts kaum Flugzeuge fliegen dürfen."

Er entdeckte ein monströses Reinigungsgerät, mit der vermutlich die Halle gereinigt wurde. Hinter dieser versteckte er sich und hoffte, dass heute keiner die Halle saubermachen kam. Hatte sie auch nicht nötig, sie roch ja kaum!

Kapitel 9

Luigi wusste langsam nicht mehr, wie er sich noch weiter die Zeit vertreiben sollte. Nun wartete er schon fünf Stunden in der Nähe der Sicherheitsschleuse. Die Herren von der Bundespolizei wurden mittlerweile schon aufmerksam auf ihn. Er hatte das Gefühl, dass jede Kamera, die der verdammte Airport besaß, auf ihn gerichtet war. Er entschied, nicht länger zu warten. Vielleicht war der Idiot wirklich in den Gepäckraum eines Fliegers gehüpft und wie ein Zugvogel in den Süden geflogen. Vielleicht saß er aber auch irgendwo fest auf diesem Mini-Flughafen, der irgendwann, wenn er mal groß war, der BBI sein sollte.

„Berlin Brandenburg International, das hört sich an, als ob ein märkischer Bauer mit einem russischen Traktor auf dem Kudamm an aufgetakelten, Kuchen essenden, pikiert dreinschauenden alten Damen vorbeiröhrt", fand Luigi.

Er lief zum S-Bahnhof, der zwar Flughafen Berlin-Schönefeld hieß, aber eine gefühlte Drei-Tage-Wanderung vom Airport entfernt war. Es war schon eine Weile her, seit Luigi mit dem öffentlichen Personennahverkehr unterwegs war. Seine Fortbewegungsmittel hießen Auto und Flugzeug. Aber da dieser Idiot, den er zu verfolgen hatte, sich vornehmlich per Armentaxi fortbewegte, musste er eben auch mal S-Bahn fahren. So stieg er in die S-Bahn Richtung Innenstadt, nicht ahnend, dass er einen unauffälligen Mann mit Trenchcoat und kariertem Hut im Schlepptau hatte.

Eine knappe Stunde später kam Luigi am Hotel an und beschloss, auf einen kurzen Schwatz bei Frau Lange einzukehren.

****

Frau Lange sah auf, als das Türglöckchen bimmelte. „Mein Gott", dachte sie. „Mein armes Herz, bleib ganz ruhig!"

Luigi war heute etwas legerer gekleidet und hatte eine Jeans an. Frau Lange registrierte eine ganz ordentlich Ausbeulung vorne an der Hose und dachte: „Mein Gott Walter, da würde ich trotz meines Alters die Beine noch schön weit auseinander kriegen."

„Buona sera", schnurrte Luigi. „Wie geht es Ihnen heute?"

„Oh ganz gut, junger Mann", antwortete sie. „Und Ihnen?"

„Auch ganz gut. Sagen sie, was gibt es Neues in der Nachbarschaft?"

Sie erzählte fleißig. Dass Herr Schultz wieder ordentlich soff und seine Frau jetzt wieder häufiger in der Badewanne ausrutschte. Dass im Dönerstand drei Häuser weiter ordentlich mit Drogen gedealt wurde und... und... und...

„Außerdem stehen neuerdings öfter mal Autos vor dem Hotel da drüben. Und deren Fahrer steigen nicht aus, sondern beobachteten nur."

Auch den unauffälligen Mann verschwieg Frau Lange nicht.

***

Luigi pfiff leise durch die Zähne. „Na, das sind ja schöne Neuigkeiten", dachte er sich. „Wer mochte das wohl alles sein? Der Unauffällige wird wohl der Aufpasser meiner Auftraggeber sein. Hätte mich auch gewundert, wenn es nicht so gewesen wäre. Aber wer ist dann der Typ im silbernen BMW?", fragte sich Luigi. „Vielleicht ein Bulle."

Vor den Bullen hatte er keine Angst. Die Normalen waren zu dumm, um ihm gefährlich zu werden. Und die vom LKA - er kannte keinen, der sich soviel von dem weißen Glück in die Nase steckte, wie die Herren vom LKA. So ein teures Hobby konnte sich keiner auf Dauer leisten, der nur ein normales Beamtengehalt bekam. Die LKA-Heinis ließen sich mit allem bestechen, was es gab. Er hatte sie schon mit Geld, Drogen und Huren bestochen. Einem hatte er dabei geholfen, dass seine Frau einen tödlichen Unfall erlitt.

Das wäre also nicht das Problem. „Hauptsache es ist nicht irgendwelche Konkurrenz", sinnierte er. „Auch andere könnten scharf sein auf das, was ich jage."

Von jetzt an hieß es aufpassen.

Kapitel 10

Ein Geräusch weckte Meichsner. „Ach du Scheiße", dachte er verschlafen.

„Verdammt Kacke", gleich hinterher. „Ich bin tatsächlich eingeschlafen. Bei diesem bestialischen Gestank bin ich eingeschlafen!"

Er starrte unter dem Reinigungsgerät hindurch. „Oh Gott", sagte er leise, bei dem, was er sah.

Er sah einen Schwarzen, schon älter, aber sehr muskulös gebaut. Seine kräftigen Kiefer mahlten auf einem Kaugummi herum. Diese Kauwerkzeuge sahen aus, als ob sie einen seiner Finger mühelos mit Hilfe der vermutlich großen Zähne abtrennen könnten.

Meichsner bemerkte, dass ihm der Schweiß in Strömen dem Rücken hinunter lief. „Was mache ich nun?", fragte er sich. „Wenn der mich in die Finger kriegt, ruft er die Bullen oder macht Kleinholz aus mir!"

Vor dem Kleinholzmachen hatte er weniger Angst. Vor den Bullen schon eher. Er wäre dann Ruckzuck wieder im Knast und würde bestimmt mit der Kugel im Kopf seines Parkplatzopfers ganz schnell in Verbindung gebracht werden. Er lief ja immer noch in dessen Klamotten und mit dessen Namensschild herum.

Der Schwarze vor ihm hatte einen grauen Overall an, den alle Mitglieder der Reinigungstruppe des Flughafens anhatten. Der Gestank der Fäkalien mischte sich nun mit seinem eigenen Schweißgeruch. Wenn dieser ‚Mike Tyson' ihn hier hinter der Reinigungsmaschine fand, wurde es eng.

Dieser hielt genau auf die Reinigungsmaschine zu. Einen Meter noch, dann war er da. Plötzlich hielt der Schwarze inne. „Scheiß drauf, ich mach erstmal Pause", murmelte er und ging wieder in entgegengesetzter Richtung davon.

Erleichtert atmete Meichsner auf. „Glück gehabt", dachte er. „Wahrscheinlich bin ich soeben ganz knapp einigen Knochenbrüchen entgangen."

Auf einmal drehte sich der Schwarze wieder um und brummte: „Ich mach doch erstmal fertig", und kam zielstrebig auf die Reinigungsmaschine zu.

In Meichsner stieg Panik hoch. „Wie soll ich dem beikommen?", fragte er sich.

Da zog der schwarze Riese auch schon die Reinigungsmaschine weg. Er schien den an der Wand kauernden Meichsner erstmal gar nicht zu bemerken. Seine Kaumuskeln kamen mindestens zwanzig Zentimeter heraus, während er seinen Kaugummi bearbeitete. Der Mann warf die riesige Maschine an, die gleichzeitig Hochdruckreiniger, Sauger, Kehrmaschine und Bohnerautomat war. Sie machte einen Heidenlärm. Als er sich bückte, um einen bestimmten Hebel zu betätigen, drehte er den Kopf so zur Seite, dass er den sich elend fühlenden Meichsner, der kalkweiß an der Wand lehnte, entdeckte.

Der Schwarze erstarrte für einige Sekunden. Deutlich war seinem Gesichtsausdruck die Verblüffung anzusehen. Und die Frage, wie er sich nun verhalten sollte. Den Mann ansprechen? Festhalten? Den Sicherheitsdienst rufen?

Meichsner wollte die Antworten gar nicht wissen. Er hatte für seine Stasi-Tätigkeit eine gute Nahkampfausbildung erhalten. Auch im Gefängnis hatte er genug Gelegenheit gehabt, seine Schlägerfähigkeiten zu trainieren.

Er sprang auf und versuchte dem schwarzen Riesen einen Schlag in die Seite mitzugeben. Er traf aber nicht. Dafür landete er recht unsanft auf der Seite, wo die Leber sitzt. Ihm blieb die Luft weg und nun setzte der Riese zum Gegenangriff an.

Aus dem Liegen heraus ließ Meichsner die Beine hervorschnellen und trat den Riesen in den Bauch. Dieser flog einen Meter rückwärts, brauchte aber nicht allzu lang, um sich wieder aufzurappeln. Der nächste Angriff folgte. „Wie soll ich bloß mit dem verrückt gewordenen Kackewegschrubber fertig werden?", dachte Meichsner verzweifelt, als eine große schwarze Faust auf seinen linken Oberarm einschlug. Er verlor das Gleichgewicht und knallte auf den Boden. In seinem linken Oberarm explodierte ein Schmerz, der ihn an die Schmerzen einer Tetanus-Impfung erinnerte, aber zwanzigmal heftiger war.

Und schon rollte die nächste Angriffswelle auf ihn zu. Der Schwarze schien seinem Urinstinkt zu folgen und zog Meichsner zu sich ran, um ihn noch ein bisschen zu bearbeiten. Als er Meichsner fast an sich dran hatte, stieß dieser seinen Kopf kräftig nach vorne und brach so ein dickes schwarzes Nasenbein.

Erschrocken ließ ihn der Schwarze los und stieß ihn von sich weg. Meichsner atmete erstmal durch und beobachtete den Riesen, wie dieser sein defektes Nasenbein betrauerte.

Aber die Trauerphase dauerte nicht allzu lange. ‚Mike Tyson' war schon wieder auf dem Vormarsch. Da fiel Meichsner der Reinigungsautomat ein. Er spurtete in die Richtung, wo dieser stand. Da spürte er, wie zwei Hände nach seinen Füßen griffen. Der schwarze Riese musste nach ihm gehechtet sein. Er schlug schon wieder der Länge nach hin und landete mit seiner Nase auf dem Beton. Als ob das noch nicht reichte, griff der liegende Riese in seine Haare, zog seinen Kopf in ausreichende Höhe und ließ ihn kräftig auf den Beton aufklatschen. Und weil es so schön war - gleich noch mal. Und noch einmal. Gefühlte eine Million Sterne explodierten vor Meichsners Augen. „Das war's", dachte er.

Aber er war noch nicht ganz am Ende. Er bewegte sich einfach nicht mehr und stellte sich ohnmächtig.

Auch den Riesen hatte der Kampf sichtlich mitgenommen. Er lag immer noch auf dem Boden und gönnte sich, da jetzt sein Gegner wehrlos am Boden lag, eine kleine Pause und atmete kräftig durch.

„Erst mal Hilfe holen", murmelte der und sah sich nach seinem Funkgerät um.

Er hatte es beim Kampf verloren, entdeckte es aber ein paar Meter weiter. Schnell krabbelte er dorthin.

Meichsner hatte sich inzwischen soweit gesammelt, dass er aufspringen konnte und zum Reinigungsgerät sprinten konnte. Dünne Blutfäden liefen ihm dabei aus der Nase. Sie fühlte sich aber nicht gebrochen an. Die Reinigungsmaschine lief noch. Er brauchte sich nur den Schlauch zu schnappen, den Hebel auf die Funktion Hochdruckreinigen zu stellen und auf den Schwarzen zu halten. Der war gerade wieder auf dem Weg zu ihm und griff überhastet an. Meichsner wehrte ihn mit einem Fußtritt ab, und als der Riese dabei war zurückzutaumeln, sprang der Wasserstrahl an. Der Schwarze schrie und schrie. Er taumelte unter dem Wasserstrahl immer weiter zurück, ohne zu merken, dass er der Öffnung der Ablassgrube ziemlich nahe kam. Meichsner bemerkte das schnell und lenkte ihn mit dem Hochdruckstrahl immer weiter Richtung Öffnung.

Tausende kleine Nadeln mussten in die Haut des Schwarzen stechen. Meichsner kannte das.

Sein Gegner wich immer weiter zurück. Der Mann hatte keine Chance. Einer der offenen Deckel der Ablassgrube lag ihm im Weg, er stolperte darüber und fiel rückwärts - genau in Richtung Öffnung. Eine Rolle rückwärts noch – da hing er schon in der Ablassgrube. Er konnte sich noch an der Kante festhalten. Meichsner ging auf ihn zu und rief: „Tschüss, schwarzer Mann!"

Grinsend hielt er ihm dann den Hochdruckstrahl direkt ins Gesicht.

Der schwarze Riese stürzte in die Grube und versank in der stinkenden Scheiße.

Vor ungefähr drei Stunden hatte er noch überlegt, was er seiner Frau und seiner süßen Tochter zu Weihnachten schenken sollte.

Kapitel 11

Der unauffällige Mann mit dem Trenchcoat und dem karierten Hut hieß Walter Peters. Er hatte den Auftrag, Detlef Meichsner zu überwachen. Worum es bei diesem Auftrag ging, wusste er nicht. Er wusste nur, er hatte die Bundesrepublik Deutschland zu beschützen und stellte keine Fragen. Sein kleines Diktiergerät lag immer neben ihm auf dem Beifahrersitz oder wenn er zu Fuß unterwegs sein musste, so wie jetzt, steckte es in seiner Jackentasche.

Er war Meichsner zum Flughafen gefolgt und hatte Stunden dort gewartet. Schnell hatte Peters bemerkt, dass Meichsner noch durch jemand anderen beobachtet wurde. Von Luigi.

Als dieser Luigi wieder zum Prenzlauer Berg fuhr, hatte er in der S-Bahn hinter ihm gesessen. Nun stand er in der Nähe des kleinen Tante Emma Ladens und wartete. Dass Luigi in den Laden gegangen war, hatte Walter seinem Diktiergerät schon mitgeteilt. Wenigstens war der Idiot vom LKA nicht hier, der hatte anderweitig zu tun.

Es war kälter geworden. Morgen war dritter Advent. Peters war das egal. Er hatte keine Familie. Er hatte nur den BND. Das war seine Familie. Für diese Familie würde er sterben, wenn es sein musste.

***

Meichsner lag auf dem stinkenden Boden und pumpte wie ein Maikäfer. „Er hätte ruhig vorher den Boden schrubben können, bevor ich ihn in die ewigen Jagdgründe schickte", ging es ihm durch den Kopf.

Ihm entfuhr ein verrückt klingendes Lachen. Da hatte er an einem Tag gleich zwei Menschen gekillt. Das gefiel ihm. Nicht zwei auf einem Streich, aber zwei an einem Tag. „Ich bin das tapfere Schneiderlein der Neuzeit", überlegte er und fühlte ein Stück Wahnsinn in sich aufsteigen.

Sollte er sich ein Gürtel anfertigen lassen, mit der Aufschrift ‚Zwei an einem Tag'?

Fast zwanzig Jahre musste er sich zusammennehmen. Jetzt brannten seine Sicherungen durch. Er spürte es – und es war ihm nicht unangenehm – es verlieh ihm ein Gefühl der Macht. Blanke Mordlust stieg in ihm auf. Er kannte noch mindestens vier Menschen, die seiner Meinung nach den Tod verdient hätten.

Aber nun musste er sich erstmal zusammennehmen! Er hatte ein Ziel und war nicht zum Spaß hier.

Er legte den internen Schalter wieder auf Vernunft um. Das fiel ihm nicht leicht. Er könnte schon wieder morden, aber erstmal gab es wichtige Dinge zu tun.

Gründlich sah er sich in dem penetrant stinkenden Raum um. Alles sah anders aus, als vor achtzehn Jahren. Es war moderner geworden. Helle Feuchtraumlampen gab es jetzt. Blanker Edelstahl ersetzte die Ost-Fliesen. Wenn man den Gestank wegdenken würde, könnte man in einer Großküche sein. „Was da wohl für ein leckerer Eintopf unten in den Behältern schwimmt?", fragte er sich belustigt. „Aber nun zum Geschäft!"

Er rief sich zur Ordnung. „In welche Öffnung habe ich damals die Magnetkiste eingeführt?" überlegte er. „Da ganz rechts außen, da müsste sie hängen."

Schnell krabbelte er auf allen Vieren dorthin, wie das schnellste Baby der Welt. Aufgeregt schob er sich über die Öffnung und langte weit hinein. Er tastete von unten die Oberdecke der Ablassgrube ab. Dabei berührte er Sachen, die er zum Glück nicht sah. Aber keine Kiste war zu spüren!

„Scheiße", entfuhr es ihm und Panik flatterte in ihm hoch. Auf allen vier Seiten neben der Öffnung keine Kiste.

„Welche Drecksau hat meine Kiste gestohlen!", brüllte er laut und die Wände brüllten zurück.

Er schlug vor Wut mit der Faust auf den Stinkebeton ein. Das Ergebnis hatte sich dadurch nicht geändert, wie er feststellte, als er wieder in die Grube hineinlangte. Er spürte nur Spinnenweben und Klopapierfetzen und was sonst noch alles. Diesmal verzichtete er darauf, den Beton zu verprügeln. Stattdessen wurde er ganz ruhig. Seine Gedanken ordneten sich.

„Gründlich nachdenken!", befahl er sich und sah sich noch mal in dem riesengroßen Raum um.

„Ist das wirklich die richtige Öffnung, die ich untersucht habe? Ist es vielleicht die Öffnung, ganz links außen?", fragte er sich. „Schließlich ist es schon zwanzig Jahre her, dass ich die Kiste hier versteckt habe. Außerdem ist inzwischen gründlich modernisiert worden. Alles sieht anders aus! Zur Not untersuche ich jedes verdammte Scheißefallloch. Und wenn ich dann bis zum Hals mit Spinnenweben und Scheißhauspapier eingedreckt werde!"

Er ging zu der Öffnung, die ganz links außen war. Er legte sich hin und griff weit hinein. Mit der ganzen Armlänge ruderte er durch die Luft und tastete die Grubendecke ab. Keine Kiste!

„Verdammt noch mal", schrie er frustriert. „Das gibt es ja nicht!"

Er wiederholte die ganze Prozedur. Rumschreien, auf den Beton boxen, wieder beruhigen. Langsam schwoll seine Faust ein wenig an, der Beton war nun mal härter, stinkend oder nicht! Als er sich dann erneut beruhigt hatte, sah er sich noch mal um.

„Spinn ich, oder was?", murmelte er. „Es muss eine der Öffnungen ganz außen sein, das weiß ich ganz genau!"

Er überprüfte erneut beide Öffnungen.

Keine Kiste. Es war zum Verrücktwerden.

Mutlos sackte er in sich zusammen. Am liebsten würde er den Toten wieder aus der Ablassgrube holen und ihn anständig verprügeln. Der Wahnsinn machte sich wieder in seinen Gedanken bemerkbar. „Na toll, mal einen aufregenden Tag gehabt und schon werde ich ein verdammter Psycho!", dachte er.

Plötzlich entdeckte er seinen Irrtum. Die Grube rechts außen gab es damals noch gar nicht. Wenn man genau hinsah, sah man, dass sie sich im Aussehen von den Anderen unterschied. Sie sah ein bisschen moderner aus. „Dieser Begriff passt vielleicht nicht zu einen Fäkaliengrube", grinste Meichsner, „aber es ist nun mal so!"

Seine Grube musste die zweite von rechts sein. Das war damals die, die ganz rechts außen war. „Schnell hin und reingefasst", motivierte er sich. „Kiste schnappen und verpissen ist angesagt."

Bei der Grube angekommen, legte er sich vor die Öffnung. Allmählich hatte er nun Übung darin, sich auf scheißeverschmierten Beton zu legen. Er ruderte und tastete, grabschte und tätschelte, spürte aber keine Kiste.

Er resignierte. Zusammengesunken kauerte er auf dem Boden und heulte. „Sollte alles umsonst gewesen sein? Achtzehn Jahre hab ich gewartet. Zwei Menschen umgelegt. Meine Nase wurde auf dem Beton von einem riesigen Neger breiig geschlagen. Seit Stunden robbe ich hier durch die Scheiße. War das alles für die Katz?", jammerte er. „Das ist ja nicht zu fassen, was ist das denn für eine ungerechte Welt? Wofür gibt es denn einen Gott, wenn er nicht in der Lage war, solche Ungerechtigkeiten zu verhindern?"

Er wollte sich damit nicht abfinden. „Noch einmal probieren!", gab er sich selbst den Befahl. „Noch mehr Mühe geben!"

Wieder tat er das, was er inzwischen recht gut konnte: hinlegen, Geruchssinn abschalten und tasten, was das Zeug hält. Ganz lang machte er sich. Sein Schädel ragte schon ziemlich weit in die Grube hinein. „Ekelerregend", brabbelte er.

Die Finger wurden immer länger - und - er spürte etwas. „Meine Kiste" jubilierte er innerlich. „Da ist sie endlich!"

Er hätte schon wieder heulen können. Diesmal vor Freude. „Aber wie soll ich die Kiste dort rausbekommen?", überlegte er. „Ich komm ja kaum ran. Wie hab ich sie damals so weit rein bekommen? Hatte ich damals längere Arme? Die Grube wird ja kaum gewachsen sein."

Es half nichts, er musste weiter in die Grube rein. Er schob den riesigen Reinigungsapparat zur Öffnung und ließ den dicken Absaugschlauch in die Grube hängen. Danach hangelte er sich, Stoßgebete zum Himmel schickend, in die Grube. Er schwitzte wie ein Schwein. Mittlerweile wusste er nicht mehr, wer mehr stank, die Grube oder er selbst. Er kletterte den Schlauch hinunter. Sein Herz schlug ihm bis zu Halse. „Wenn der Schlauch nicht hält, dann kann ich bis in alle Ewigkeit mit dem Neger mit Kackewürstchen spielen", brummte er.

Nun war er schon mit dem Kopf unter dem Grubenrand. Da sah er seine Kiste. Sie war mit einer dicken Borke bedeckt. „Was das ist", dachte er, „möchte ich besser nicht wissen."

Er grabschte hastig nach der Box. Sie war glitschig und seine Hand rutschte ab. „Na toll!", rief er in die Grube, „wie soll ich die Kiste abbekommen?"

Er presste die freie Hand an die Kiste und zog kräftig, rutschte ab. Leider brauchte er seine andere Hand zum festhalten. „Und noch mal", machte er sich Mut. „Anpressen und ziehen."

Sie löste sich. Doch durch den Schwung rutschte ihm die Box aus der Hand.

Vor seinem geistigen Auge sah er die Kiste schon in der Stinkebrühe versinken. Das wäre das Ende! Einer der Dichtgummis der Kiste löste sich vom Deckel und diesen bekam er zu fassen. Kiste gerettet! Er begann, sich einarmig am Schlauch hoch zu hangeln, während er im anderen Arm die Kiste hielt. Als er fast oben war, schwang er die den Arm mit der Kiste aus der Öffnung und schleuderte sie auf den Fußboden. Plötzlich begann er langsam abwärts zu schweben. „Oh Scheiße, der Schlauch reißt!", dachte er panisch.

Immer weiter sackte er der Kloake entgegen. Als er mit den Füßen zwanzig Zentimeter über der Gülleoberfläche hing, hörte die Abwärtsbewegung abrupt auf. Er atmete erst einmal durch. Dann hangelte er sich vorsichtig wieder hoch.

Nachdem er aus der Grube herausgeklettert war, sah er was passiert war. Die Reinigungsmaschine war durch sein Gewicht zur Öffnung gezogen worden und an der Umrandung der Öffnung abrupt gestoppt worden.

Nun war er Gott sei dank raus aus dem Stinkeloch. Mit seiner Kiste. Seiner wertvollen Kiste. Er stank wie jemand, der sich in Scheiße gewälzt hatte. Aber er hatte eine Kiste, deren Inhalt ihn unermesslich reich machen würde.

Hoffentlich!

Zufrieden mit sich und der Welt drehte er einen Wasserhahn auf und begann sich und die Kiste zu reinigen – jedenfalls, so gut es ging. Die gelbe Airport-Montur versenkte er grinsend in einer der Fäkaliengruben.

Kapitel 12

Detlef Meichsner war glücklich. Neben ihm lag Tanja und atmete ruhig. Sie lächelte im Traum. Lächelte sie wegen ihm? Jedenfalls hatten sie einen traumhaften Abend verbracht.

Nachdem er aus der Grube entkommen war und die Kiste gerettet hatte, war er trotz seines Reinigungsversuchs immer noch stinkend und schwitzend in die S-Bahn gestiegen. Mitternacht war schon vorbei. Die wenigen Passagiere stiegen, sobald sie seinen Geruch wahrgenommen hatten, sofort in einen anderen Waggon. Er kam im Hotel an. Tanja war noch wach.

Auf ihre Fragen nach seinem Gestank tischte er ihr diese Geschichte auf: Er hatte einen geschäftlichen Termin im Umland und sich einen kleinen Leihwagen gemietet. Als er damit auf dem Rückweg in die Stadt war, fuhr er auf einen Jauchewagen auf. Sein Wagen rutschte von hinten ein Stück unter den Güllewagen, so, dass sich die Fahrgastzelle direkt unter dem Ablassrohr befand, das auf der Beifahrerseite durch die Frontscheibe gestoßen war. Das Auslassventil war durch den Aufprall ebenfalls beschädigt worden und aus dem Rohr sprühte die Gülle. Ein bisschen ungläubig hatte Tanja schon geschaut, aber sein Gestank bestätigte seine Geschichte.

Danach hatte er sich in seinem Zimmer ausgezogen und war erstmal unter die Dusche gestiegen. Dort blieb er für eine halbe Stunde. Danach zog er sich etwas Lockeres an, rollte die alten, immer noch stinkenden Klamotten zusammen und versenkte sie in einer der Mülltonnen im Hof. Anschließend ging er an die Tür von Tanjas kleiner Wohnung klopfen, wo sie sich auf eine Flasche Sekt verabredet hatten.

Die Wohnung befand sich in der obersten Etage des Hotels. Er fragte Tanja, ob sie sich noch etwas Bequemes anziehen wollte. Sie wollte. Der Sekt floss reichlich, später kam auch noch der eine oder andere Likör hinzu. Danach ergab das Eine das Andere. Er versorgte seine Wunden. Danach versorgte sie ihn. „Mann, was sie alles mit ihrem Mund kann", dachte er jetzt.

Sie lutschte, als ob sie nie etwas anderes gemacht hatte. Mal langsam, mal schnell, er stand ständig kurz davor, zu explodieren. Danach nahm er sie heftig von vorne. Er gab alles dabei. Schließlich hatte er achtzehn Jahre keine Frau mehr gehabt. Achtzehn Jahre hatte er nur onaniert und sich gegen Männer gewehrt, die entweder schwul waren oder denen es mittlerweile egal war, wen oder was sie fickten. Tanja merkte, wenn er mal wieder kurz davor war, zu explodieren und verlangsamte das Tempo des Aktes, um schließlich erstmal ganz aufzuhören. Sie drehte ihn zärtlich auf den Rücken, und verwöhnte ihn wieder mit dem Mund. Von oben bis unten.

Meichsner hatte das Gefühl, im Paradies angekommen zu sein. Als er wieder kurz davor war, zu explodieren, hörte sie auf, den Mund zu benutzen. Sie setzte sich auf *ihn* und ließ *ihn* langsam in sich hineingleiten. Dann wurde sie wieder schneller. Sie pumpte mit ihren Hüften auf und ab. Immer und immer schneller pumpte sie. Zu seiner Freude beugte sie sich so nach vorne, dass ihre großen Brüste auf seinen Oberkörper klatschten. Er liebte das. Er liebte große Möpse. Mit so kleinen Igelschnuten als Brüste konnte er nichts anfangen. Er mochte es, wenn es ordentlich baumelte.

Dann explodierte er wirklich. Er explodierte so, wie nur jemand explodieren kann, der achtzehn Jahre keinen richtigen Sex gehabt hatte. Auch sie kam sehr heftig.

Danach schlief sie auf seinen Oberkörper gelehnt ein und ließ ihn mit seinen Gedanken allein. Er fühlte sich wohl - so neben Tanja. Ob es für sie etwas Ernstes war, wusste er nicht. Für ihn wurde es ernst, befürchtete er. Einerseits sein Wunsch nach Liebe und Geborgenheit, nach Familie. Andererseits die Flamme der Mordlust. Sie war noch da. Nicht im Vordergrund, nein. Aber irgendwo hinten drinnen, da flackerte sie auf Sparflamme, immer bereit hervorzuspringen, wenn sie gebraucht würde. Bis jetzt hatte er aus Notwehr oder im Affekt gemordet, meinte er, doch nun schwirrten konkrete Mordpläne durch seinen Kopf. Er hatte drei Ziele für sein verbleibendes Leben: mit Tanja zusammen sein, seinen Schatz finden und seine Rache ausleben. Wobei die letzten beiden Punkte noch den höheren Stellenwert besaßen.

Kapitel 13

Luigi hatte in der dunklen Gaststube auf Meichsners Rückkehr gewartet. In dem kleinen Séparée ganz hinten im Raum hatte ihn nicht mal die Hotelchefin bemerkt, die hier abends noch ein bisschen umherwuselte.

Es war schon weit nach Mitternacht, als Meichsner das Hotel betrat. Ein übler Geruch umwehte den Mann. Trotzdem schien dieser glücklich zu sein. „Glücklich wie ein Schwein in der Scheiße", ergänzte Luigis Verstand. „Und er riecht auch so."

In der Hand trug Meichsner eine kleine Kiste. „Ob sie die Ursache für das glückliche Aussehen dieses Idioten ist?", fragte sich Luigi. „Und was hat das alles mit dem Aufenthalt auf dem Flughafen zu tun?"

Auf Höhe der Treppe stieß Meichsner mit der Thekenvettel zusammen. Luigi hörte, wie sie nach seinem grauenhaften Geruch fragte. Auch die Antwort bekam er mit. Irgendetwas über einen Unfall mit einem Güllewagen faselte dieser Idiot da. Selbst aus der Entfernung hörte und sah Luigi, dass das gelogen war. Aber die Schöne vom Empfangstresen schien das zu schlucken. Apropos schlucken - nun hörte Luigi, wie die beiden Turteltauben sich bei der Thekenvettel auf eine Flasche Sekt verabredeten. Der Blödmann wollte bloß noch duschen gehen. „Das hat er auch nötig", grinste Luigi in sich hinein. „Wahrscheinlich wäre Sandstrahlen das probate Mittel, um den Gestank loszuwerden."

Er folgte den beiden leise die Treppe hoch und lugte vorsichtig um die Ecke des Flures. Meichsner verschwand mit seiner kleinen Kiste in seinem Zimmer. Luigi blieb, wo er war.

Ungefähr eine dreiviertel Stunde später kam Meichsner wieder heraus – ohne Kiste. Dafür mit einem neuen Geruch und einem Bündel stinkender Klamotten. „Der muss ja flaschenweise das Zeug über sich rübergekippt haben", dachte Luigi. „Jetzt stinkt er ja wie ein asiatischer Männerpuff!"

Luigi sah, wie Meichsner das Kleiderbündel in einer Mülltonne verschwinden ließ, dann zur Wohnung der Thekenassel hochstieg und dort anklopfte. Die Assel öffnete die Tür und zog Meichsner zu sich herein. „Nun geht das große Schlucken los", dachte Luigi grinsend. „Erst schlucken beide den Sekt, dann schluckt sie etwas anderes. Diese kleinen Schweinchen."

Bei diesen Gedanken schüttelte es ihn. Er musste an den Traum denken, in dem er mit dieser alten Gake geschlafen hatte, um an Informationen zu kommen. „Na ja", sagte er halblaut zu sich selbst, „jetzt schüttelt es dich, aber damals hattest du einen Ständer wie einen Schmiedehammer, Luigi altes Ferkel!"

Nun hieß es aber die Situation ausnutzen. „Die Kiste muss es sein", überlegte er. „Sie ist es, was den Puls meiner Auftraggeber in schwindelerregende Höhen treibt."

Wie ein Kater schlich Luigi die Treppe hinunter. In einem alten Kasten hinter dem Tresen hingen jetzt unbeaufsichtigt die Ersatzschlüssel zu den Zimmern. Er nahm den mit der Nummer achtzehn, lief leise die Treppe wieder hoch zum Zimmer von dem, der in diesem Moment wahrscheinlich altes Fleisch leckte. „Altes Fleisch mit dem Aussehen eines Backfisches", dachte er angewidert.

Luigi musste kichern, ekelte sich aber gleichzeitig bei dem Gedanken ein bisschen. Sofort fiel ihm wieder sein Traum ein und eine Gänsehaut zauberte sich auf seine Körperoberfläche. Vorsichtig und leise schloss er das Zimmer vom Altenbeglücker auf und dachte: „Wenn er jetzt plötzlich wiederkommt, dann muss ich ihm eine Kugel in den Kopf jagen. Aber jetzt sind sie wahrscheinlich gerade beim Vorspiel angelangt, wo er die Falten ihrer alten Hängebrüste entlang leckt. Wahrscheinlich sehen diese aus wie Landkarten, mit Straßen, Flüssen und Wegen. Er hat eigentlich genug zu tun und dürfte nicht so bald zurückkommen."

Luigi suchte das ganze Zimmer nach der Kiste ab. Im Schrank – nichts. Unterm Bett – nichts. Lockere Fußbodenbretter – keine. Auf dem Schrank – nur Staub. Nirgendwo war die verdammte Kiste zu finden. Luigi ging zu dem einzigen Fenster des Zimmers und öffnete es. Und siehe da – im leeren Blumenkasten thronte sie.

„So ein Idiot", lachte Luigi auf. „Hätte er sie mir doch gleich direkt vor meine Zimmertür stellen können. Kannste mal sehen, wie blöde der ist."

Rasch bemerkte er aber, warum dieser Waldheini dieses Versteck gewählt hatte. Die Kiste stank so, wie vor einer Weile der Besitzer noch selbst gestunken hatte.

Luigi öffnete die Kiste mit spitzen Fingern und einer Menge Ekel. Sie öffnete sich problemlos. Er war maßlos gespannt, was sich drinnen befand – und das war eine große Überraschung!

Es befand sich nämlich nichts drinnen. Das war nicht ganz das, was Luigi erwartet hatte. Er fluchte wie ein Bierkutscher, Worte wie ‚Scheiße‘ und ‚Pisse‘ bestimmten seine Gedanken. „Dieser verblödete Penner", quetschte er durch seine zusammengebissenen Zähne und so einige Sachen mehr, die in dieselbe Richtung gingen.

Allerdings musste er feststellen, dass ihm das nicht allzu viel weiterhalf. Der Inhalt der Kiste kam deshalb nicht angelaufen. Die wertlose Kiste stellte er wieder in den Blumenkasten, damit der Gestank sich nicht weiterverbreiten konnte. „Wo legt so ein dämlicher Hund wie du so eine wertvolle Ware ab?", grübelte Luigi, kam aber auf keine Lösung.

Da half nur weitersuchen! Um fünf Uhr wurde ihm die Sache zu brenzlig. Unverrichteter Dinge musste er das Zimmer verlassen. „Ich werde den Inhalt bekommen", drohte Luigi seinem Gegner in Gedanken. „Und wenn ich dir deinen Pimmel oder deiner Fruchtschnitte ihre Unfallairbags abschneiden muss."

***

Es war schon weit nach Mittag, als Detlef Meichsner erwachte. In Tanjas Wohnung roch es gemütlich nach Kaffee. Es war der Dritte Advent.

Tanja bereitete gerade ein gemütliches Adventsfrühstück vor. Er schaute aus dem Fenster. Vor Kurzem hatte Schneefall eingesetzt. Die Flocken gingen allmählich von Schneeregen in richtigen Schnee über. Er freute sich darüber. „Was ist bloß los mit mir?", fragte er sich. „Früher wäre es mir scheißegal gewesen, ob es schneit oder nicht. Und nun bin ich fast so aufgeregt wie ein kleiner Junge."

Tanja schlich sich an und umfasste ihn von hinten. Dabei drückte sie ihre Brüste an seinen Rücken. Ein sich aufrichtender Teil von ihm kam nun näher ans Fenster, obwohl der Rest des Körpers da blieb, wo er war.

„Na, na", gurrte Tanja. „Erstmal frühstücken, dann können wir wieder ins Bett verschwinden."

Sie führte ihn an den festlichen Frühstückstisch. Sein Herz blühte auf. „Auch merkwürdig", sinnierte er. „Früher wäre mir beim Anblick dieses Kitsches schlecht geworden."

Sie frühstückten.

Meichsner war glücklich. Er war verliebt. Außerdem hatte er seine Kiste, oder besser gesagt deren Inhalt. Den hatte er gestern Abend mit hergebracht und hier versteckt. Zu diesem Entschluss beglückwünschte er sich. Als Tanja gefragt hatte, was das ist, hatte er geantwortet: „Unsere Zukunft ist das, mein Schatz."

Sie hatte nicht weiter gefragt, sie wollte gebürstet werden. Er hatte sie gebürstet. Und nach dem Frühstück hatte er vor, sie wieder zu bürsten. Und wieder … und wieder … und wieder.

„Na mal nicht übertreiben", dachte Meichsner belustigt. „Bin ja nun auch nicht mehr der Jüngste."

Alles war neu für ihn. Er saß frisch verliebt am Frühstückstisch, in der Mitte stand ein Adventskranz mit drei brennenden Kerzen. Die echte Tanne verbreitete einen angenehmen Geruch. Die familiäre Gemütlichkeit machte Meichsner ein bisschen nervös. „Schließlich ist da noch meine andere Seite", überlegte er, und ein Teil des Glücklichseins verblasste.

Der Wahnsinn kochte zurzeit zwar auf Sparflamme, aber er war unbestreitbar da. Die Mordlust flackerte im Hintergrund. Achtzehn Jahre schuldlos im Knast, die konnten einen schon verrückt machen. Und der alte Knabe damals, der war doch nur gestorben, weil er sich geweigert hatte, etwas zu erzählen. Ein Dienstunfall. Und ein Nazi war er außerdem gewesen. Da war sein Verhalten doch durchaus gerechtfertigt gewesen!

Aber das war jetzt ohnehin egal. Seinen vier Kandidaten, für die er ein vorzeitiges Ende plante, wollte er auf jeden Fall einen Besuch abstatten.

„Und das soll der letzte Besuch sein, den sie jemals empfangen würden“, ging es ihm durch den Kopf.

„Schmeckt es Dir?“, fragte Tanja.

Er murmelte: „Ja toll, alles bestens.“

„Wie passt das alles zusammen?“, überlegte er. „Auf der einen Seite ein geregeltes Leben, auf der anderen Seite ein Mörder, und zwar einer, der das Morden plant. Ich muss ja ein verdammter Schizo sein, um mit so einer vertrackten Situation klarzukommen.“

Aber er nahm sich vor, die augenblickliche Situation erst einmal zu genießen. Sie frühstückten zu Ende. Danach ging es wieder in die Koje.

Dort blieben Detlef Meichsner und Tanja Szerpinsky bis zum Abend. Sie standen nur einmal auf, um zu essen und gleich wieder ins Bett zu gehen.

Detlef Meichsner vollbrachte Höchstleistungen.

***

Der schöne Luigi erwachte um 13:13 Uhr und sah gar nicht so schön aus. Er ging zerschlagen in den Gastraum. Dort war niemand zu sehen. Ein paar alt aussehende Brötchen und etwas Dosenwurst standen auf einem Tisch für die wenigen Gäste bereit. „Die Küche bleibt heute geschlossen“, stand auf einem Schild auf dem Tresen.

„Der muss es ja unserer alten Thekentarantel gründlich besorgt haben“, brummte Luigi vor sich hin. „Na, ja, so kann sich hier wenigstens keiner eine Lebensmittelvergiftung holen.“

Etwas leiser, sodass es auch wirklich niemand hören konnte, sagte er zu sich: „Ich muss wissen, wo dieser Trottel den Inhalt der Kiste gelassen hat!“

Er hätte es aber auch laut sagen können, es war schließlich niemand da.

Heute war Luigi nicht in Form. Sein Verstand und sein Körper arbeiteten nur mit halber Kraft. Die Nacht war lang und leider auch erfolglos gewesen. Unentwegt grübelte er, wo sich der Inhalt der Kiste befinden mag. „Der Typ, den ich zu überwachen habe, ist zwar eindeutig ein Trottel“, überlegte er weiter, „aber so blöde, dass er eine leere, nach Scheiße stinkende Kiste klaut und im Hotel im Blumenkasten versteckt …“

„Wo war nur der Inhalt hin?“, fragte er sich zum wahrscheinlich eintausendsten Mal. „Wo könnte dieser Klappspaten ihn versteckt haben?“

Ihm fiel nur eine Lösung ein. „In seinem Zimmer ist nichts zu finden“, überlegte er weiter. „Er muss das Zeug zu der Hotelmutter mitgenommen haben.“

„Der werde ich mal tüchtig auf den Zahn fühlen“, nahm er sich grimmig grinsend vor. „Aber heute mache ich erstmal gar nichts. Sollen sie sich mal sicher fühlen und sich gegenseitig die Falten wegvögeln!“

Er nahm sich vor ins Park Inn Hotel fahren. Dort gab es heute zum dritten Advent gefüllte Putenröllchen mit Rotkraut und Klößen. Das würde er sich gönnen und den Rest des Tages in seinem Hotelzimmer verbringen. „Vielleicht sollte ich den dritten Advent mit einer Hure feiern“, überlegte Luigi. „Außerdem habe ich mir schon eine ganze Weile keinen Sprengstoff in die Nase gedonnert. Das wird mal wieder Zeit.“

Schon war Luigi wieder bester Laune. Es versprach, ein schöner dritter Advent zu werden.

Kapitel 14

Meichsner saß in der Gaststube. Tanja und er hatten den ganzen Sonntag, und weil's so schön war, auch den ganzen Montag im Bett verbracht. Er selbst hätte auch noch den Dienstag dort verbracht, wenn Tanja nicht dagegen gewesen wäre. Sie hatte ihr kleines Hotel und ihr Etablissement zwei Tage ganz schön vernachlässigt. So konnte es natürlich nicht weitergehen.

Meichsner saß also nun allein in der Gaststube, war gerade mit dem Frühstücken fertig geworden. Nun holte er sich noch einen Kaffee, steckte sich eine Zigarette an und schlug die Zeitung auf. Eine Promischeidung hier, ein Skandälchen dort. Plötzlich fiel ihm ein Artikel mit der Überschrift: ‚Toter auf dem Airport-Parkplatz' ins Auge. Er konnte kaum glauben, was er da las:

Schönefeld *(MS)*: Eine Verkettung von Zufällen hat anscheinend zu einem tödlichen Unglück geführt. Auf einem Parkplatz des Flughafens Berlin Schönefeld wurde ein Toter in seinem Auto entdeckt. Dieser war Angestellter eines Dienstleistungsunternehmens des Flughafens. Nachdem die Frau des Toten eine Vermisstenanzeige aufgegeben hat und die Firma die Abwesenheit des Mitarbeiters feststellte, obwohl sich dessen Fahrzeug auf dem Mitarbeiterparkplatz befand, nahm die Polizei die Ermittlungen auf. In deren Verlauf öffnete die Polizei das Fahrzeug und entdeckte den Toten im Kofferraum. Es handelt sich um den 39-jährigen Bernd B. aus Bohnsdorf. Bei der Obduktion wurde Tod durch Verdursten festgestellt. Die Polizei rekonstruiert den Ablauf folgendermaßen: Bernd B. will seine Tasche aus dem Kofferraum holen. Dabei stieß er sich den Kopf an der Kofferraumklappe und wurde ohnmächtig. Er fiel in den Kofferraum, muss dabei am Zugband der Kofferraumklappe gezogen haben, so, dass die Klappe geschlossen wurde. Ein Hämatom an der Stirn konnte festgestellt werden. Ein Fremdverschulden wird derzeit ausgeschlossen.

„Was ist denn hier los?", fragte Meichsner sich. „Einen Toten mit einem Einschussloch an der Stirn und einem Austrittsloch am Hinterkopf in der Größe einer Zwei-Euro-Münze, und dann steht da: „Ein Fremdverschulden wird derzeit ausgeschlossen."

Er wusste nicht, ob er sich freuen sollte oder Angst haben sollte. „Das passt doch alles nicht zusammen", dachte er sich.

Er trank sein Kaffee aus, riss den Artikel aus der Zeitung heraus und ging in sein Zimmer, das er nun schon zwei Tage nicht mehr betreten hatte. Er wollte den Zeitungsartikel in den Schrank legen, da fiel ihm etwas auf.

Meichsner war ein vorsichtiger Mensch. Er hatte schließlich etwas, das viele gerne hätten. Außerdem hatte er einiges gelernt beim Geheimdienst. Seine Schranktüren hatte er an einer unauffälligen Stelle durch ein Haar und zwei kleine Klebepunkte miteinander verbunden. Wenn nun jemand eine Schranktür öffnete, löste sich das Haar von einer Seite. Nun hing das Haar nur noch an der rechten Schranktür.

„Keine Panik", beruhigte sich Meichsner. „Erstmal die anderen Stellen überprüfen."

Er hatte mehrere Stellen auf diese Weise gesichert. Das Fenster überprüfte er als erstes. Auch hier hing das Haar nur noch lose am Rahmen. Danach ging er zur Zimmertür. Hier hatte er etwas schwarzen Grafitstaub hingestreut. Er war kaum zu erkennen, aber er erfüllte seine Aufgabe. Ein Stück eines Schuhabdrucks war zu erkennen. Seiner konnte es nicht sein, er hatte einen großen Schritt gemacht. „Verdammte Scheiße, hier war jemand drinnen", geriet er in Panik.

Ein leiser, aber grauenhafter Verdacht stieg in ihm hoch. „Diese alte Schlampe", brüllte er plötzlich los. „Diese alte verhurte, verräterische Drecksschlampe! Erst vögelt sie mir das Hirn weich, spielt mir die große Liebe vor und dann betrügt sie mich derart!"

Er war außer sich vor Wut. Wenn sie jetzt hier oben gewesen wäre, hätte er sie mit bloßen Händen erwürgt. „Wahrscheinlich ist sie dafür bezahlt worden, mit mir zu vögeln", dachte er weiter, „und ihre Auftraggeber konnten inzwischen in Ruhe die ganze Bude durchsuchen."

Seine Mordlust, die bis eben noch auf ganz kleiner Flamme geköchelt hatte, kam etwas stärker zum Vorschein. So etwa auf halber Stärke kochte sie nun, könnte man sagen. „Wahrscheinlich haben sie ihr noch etwas draufgelegt, sodass sie mir ganz die Birne verdreht!", brüllte er wieder los.

Die Flamme köchelte nun auf dreiviertel. Da fiel ihm etwas ein. „Die Papiere sind bei ihr im Zimmer versteckt - und das weiß sie auch", überlegte er. „Wenn sie also mit denjenigen zusammenarbeitet, die scharf auf meine Papiere sind, dürften sie nicht mehr da sein!"

Zitternd vor Wut und Angst verließ er sein Zimmer und ging in ihre Wohnung. Er hatte von Tanja einen Schlüssel erhalten. Eines der kleinen Zimmer in ihrer Wohnung war zu einem Büro umgebaut worden. In diesem Zimmer stand ein Tresen, auf dem sich ein Kopierer, ein Faxgerät und ein riesiger Taschenrechner befanden. Unten in diesem Tresen befanden sich Fächer, die mit Türen verschlossen waren. In einem dieser Fächer hatte er die Papiere deponiert. Mit panischen Bewegungen grabschte er in das Fach, wo die Papiere liegen sollten. Er grabschte und griffelte und fand – nichts.

„Diese Drecksau, die für Geld mit jedem ins Bett geht", brüllte er den Tresen an. Dieser antwortete nicht.

„Ich bringe sie um. Ich werde heute Abend mit ihr ins Bett gehen und stecke ihr meinen Schwanz in ihr Lügenmaul. Danach nehme ich sie von vorn. Und in dem Moment, in dem ich in sie reinspritze, werde ich sie erwürgen."

Meichsner schaute noch einmal in das leere Tresenfach. Dabei entdeckte er, dass sich die Rückwand des Tresens etwas gelöst hatte. Das, was er suchte, klemmte zwischen Rückwand und Einlegeboden fest. Vorsichtig holte er die Papiere heraus und begutachtete sie.

Ihm wurde bewusst, dass er schwitzte wie ein Schwein. „Kein Wunder", dachte er. „Bei dem, was ich schon wieder durchgemacht habe."

Innerlich entschuldigte er sich bei Tanja. „Dafür werde ich es ihr heute Abend besonders gut besorgen", lächelte er in sich hinein. Er legte die Papiere dorthin, wo er sie hergenommen hatte.

Kapitel 15

Ein Wagen hielt vor dem Laden von Renate Lange. Ungefähr zwei Sekunden später war Frau Lange am Schaufenster und lugte zwischen den Aufbauten hindurch. „Na, das ist doch wieder der Spinner mit seinem Trenchcoat und dem karierten Hut", erzählte sie dem Schaufensterregal. „Wenn ich das meinem attraktiven südländischen Freund erzähle, wird er sich darüber freuen. Und wenn er sich freut, sieht er noch attraktiver aus."

Sie beobachtete weiter. Der Mann mit dem karierten Hut befingerte im Auto ein großes Gerät. Es sah aus, wie ein sanft breiter werdender Trichter.

„Vielleicht ein Megaphon?", überlegte Frau Lange.

Das Türglöckchen bimmelte. Der nichtsnutzige Sohn von Frau Schmidt aus der Dreiundachtzig.

„Storck Riesen bitte, Frau Lange!"

Der Witz war zwar alt, aber der beschränkte Sohn von der Schmidt brachte ihn immer wieder. „Könnte sich mal etwas Neues einfallen lassen", dachte Frau Lange, während sie ihn bediente.

***

Walter Peters war ein guter Agent. Er wurde eigentlich nur für brisante Fälle eingesetzt. Warum er diesen ostdeutschen Vollpfosten überwachen sollte, war ihm schleierhaft. Er konnte sich einfach nicht vorstellen, wie dieser Brathahn die Sicherheit der Bundesrepublik oder seiner Repräsentanten gefährden sollte. Bisher war der Mann nur durch seine Stasi-Vergangenheit und seines Knastaufenthaltes in Erscheinung getreten. „Das hat doch nichts mit Sicherheit zu tun", dachte Peters. „Aber Auftrag ist Auftrag, da gibt es nichts dran zu rütteln."

Vor zehn Minuten war er mit seinem großen Audi Q7 vor dem Hotel angekommen. Er sah, wie die alte Schachtel aus dem Laden versuchte, unauffällig durch die Regalaufbauten im Schaufenster zu schmulen. Nun zog er ein großes Gerät aus einer Tasche, die auf den hinteren

Sitzen stand. Dieses stellte er auf dem Beifahrersitz ab, richtete es auf das kleine Hotel und schaltete es ein. Sogleich drangen Stimmen aus dem Gerät.

Es handelte sich um ein leistungsstarkes Richtmikrophon.

Peters richtete es auf die Fassade. Leider wusste er nicht, wo sich Meichsners Zimmer befand. Er fuhr mit dem Mikrophon über die Fassade. Erst einmal hörte er Gespräche, die ihn weniger interessierten. Auf einmal drang Gestöhne an sein Ohr. Er verharrte in der Position. Peters hörte es sich eine Weile an, bemerkte, dass er eine Erektion hatte, und suchte hastig weiter nach Stimmen, die für ihn von Belang waren.

Dann plötzlich eine Stimme: „Diese alte Schlampe!"

Und weiter: „Diese alte verhurte, verräterische Drecksschlampe! Erst vögelt sie mir das Hirn weich, spielt mir die große Liebe vor und dann betrügt sie mich derart!"

Peters hielt inne. „Das ist doch der Typ, das muss er sein."

Er schaltete sofort das kleine digitale Diktiergerät ein. „Wahrscheinlich haben sie noch etwas draufgelegt, sodass sie mir ganz die Birne verdreht", war das erste, was das Gerät aufnahm.

Dann hörte er, wie der Belauschte das Zimmer verließ, in dem er sich befand. Mit dem Richtmikrofon konnte Peters die Richtung ausmachen, in die er lief und folgte ihm mit dem Trichter.

Nach wenigen Sekunden war zu hören, wie der akustisch Verfolgte anhielt und eine Tür aufschloss. Danach war das Eintreten zu hören, dann wühlende Geräusche. Auf einmal Gebrüll: „Diese Drecksau, die für Geld mit jedem ins Bett geht."

Gefolgt von: „Ich bringe sie um."

„Oha, vielleicht bin ich da auf eine Spur gestoßen", sagte Peters zu sich selbst. Sein jahrelang antrainiertes Gespür war jedenfalls dieser Meinung.

„Ich werde heute Abend mit ihr ins Bett gehen und stecke ihr meinen Schwanz in ihr Lügenmaul. Danach nehme ich sie von vorn. Und in dem Moment, in dem ich in sie reinspritze, werde ich sie erwürgen", war nun zu hören.

Peters wurde ein wenig scharf. Aber er unterdrückte alles, was sich nicht mit seiner beruflichen Professionalität vereinbaren ließ. Nun hörte er aus dem Gerät wieder Wühlgeräusche. „Der gibt auch nicht auf", dachte Walter Peters. „Dafür, dass er eigentlich davon ausgeht, dass die ‚Schlampe' das Gesuchte entwendet hat."

Dann hörte Peters ein erleichtertes Aufatmen und das Rascheln von Papier. „Er hat gefunden, was er sucht", stellte der Lauscher fest. „Scheint etwas außerordentlich Wichtiges zu sein. Vielleicht sollte ich mich auf die Suche danach machen. Es ist bestimmt das, was meine Vorgesetzten so interessiert."

„Kein Wunder, bei dem, was ich schon wieder durchgemacht habe", tönte es aus dem Lautsprecher des Richtmikrofons. Und weiter: „Dafür werde ich es ihr heute Abend besonders gut besorgen."

Für Peters stand fest, dass es Papiere waren, die da geraschelt hatten. „Wegen dieser Papiere wird wahrscheinlich auch dieser südländische Typ Meichsner beschatten", überlegte er. Er wusste zwar nicht, was das mit seinem Geheimdienst zu tun hatte, aber er wusste, die Papiere musste er bekommen!

***

Meichsner hatte den Schock wegen der verloren geglaubten Papiere gut verkraftet. Seiner Erektionsfähigkeit hatte dieser jedenfalls keinen Schaden zugefügt. Er konnte die Anschuldigungen wieder gutmachen, die er Tanja gedanklich vorgeworfen hatte. Derart befriedigt schlummerte sie zufrieden und glücklich neben ihm. Ab und zu ließ sie ein leises Schnarchen hören.

Meichsner stand auf und trat ans Fenster. Als er die Gardine ein Stück zur Seite zog, sah er, dass es wieder schneite. Viele kleine Flocken fielen im Licht der orange leuchtenden Straßenlaterne mit hoher Geschwindigkeit zu Boden. Es war romantisch. Gegenüber stand im Schneetreiben ein Audi Q7 vor dem kleinen Laden. Es sah so aus, als ob dort jemand drinnen saß. „Wahrscheinlich wird der Laden aus irgendeinem Grund von der Polizei beobachtet", dachte er. „Hier im Prenzlberg ist inzwischen eine Menge Unterwelt zu Hause."

Unruhe machte sich in ihm breit. Zum Einen wollte er sich an den verräterischen Kollegen rächen, zum Anderen wollte er das Rätsel aus den Papieren lösen. Er schritt in das kleine Büro und holte die Papiere aus dem Tresen. Diesmal brauchte er nicht lange zu suchen. Keine Panik, kein Ausraster, kein Beinahe-Herzinfarkt.

Er knipste die kleine Schreibtischlampe auf dem Tresen an und griff sich die Papiere. Man musste vorsichtig mit ihnen umgehen. Sie waren mit den Jahren brüchig geworden. Muffig rochen sie außerdem. Umso schöner war das, was sie enthielten.

Er las sie sich wieder und wieder durch, musste jedes Mal darüber staunen, welche Sensation sie enthielten – enthalten konnten. Andere versuchten, dieses Geheimnis seit über sechs Jahrzehnten zu lüften. Und er hielt hier die Lösung in der Hand! „Verdammt", dachte er. „Ich brauche bloß den albernen Code zu knacken, dann steht meinem unermesslichen Reichtum nichts mehr im Wege."

Aber den Code zu knacken schien nicht so einfach zu sein. Er selbst hatte jedenfalls keine Idee, was der aussagen sollte. „Wenn doch bloß der alte Knacker damals geredet hätte", dachte er. „Dann hätte er noch ein paar Jahre leben können und ich selbst hätte nicht achtzehn Jahre im Knast verbringen müssen. Wahrscheinlich hätte ich das Rätsel schon gelöst."

Wieder las er sich die entscheidende Seite durch. Außer der Sensation enthielt sie Zahlen und merkwürdige Sätze:

P.A. Rom.
2004v259-043n030-425o
2004v252-031n013-424o
2004V251-047,1n010-430o927m
Schicklgruber

Er konnte mit diesen Informationen nichts anfangen. „Aber wer weiß, ob nicht andere damit etwas anfangen können", brummte er. „Diese Papiere darf niemand in die Hände bekommen."

Kapitel 16

Im Auto vor dem kleinen Laden saß Walter Peters und lauschte. Erst hörte er das Vögeln der beiden Turteltauben. Dort ging es ganz schön zur Sache. Peters wurde ein wenig heiß. Schließlich hörte er wieder das Rascheln von Papieren und bald darauf aufgeregtes Gebrabbel. Irgendwelche Zahlen waren zu hören. Dann sagte das Gerät: „Aber wer weiß, ob andere damit etwas anfangen können. Diese Papiere darf niemand in die Hände bekommen."

„Und ob ich sie bekommen werde", sagte Peters. „Da kannst du Gift drauf nehmen!"

***

„Sie müssen sich irren, Herr Kommissar", wiederholte die Dame von der Senatsverwaltung an Martin Zimmermann gewandt. „Bei uns hat niemand eine Reinigung der König Friedrich Statue in Auftrag gegeben."

„Das gibt es doch gar nicht", empörte sich Martin. „Irgendwer muss die Reinigung doch geordert haben."

In der Früh hatte er schon bei der Stiftung Preußischer Kulturbesitz angerufen. Dort wollte ebenfalls niemand die Reinigung bestellt haben. „Wenn jemand die Reinigung in Auftrag gibt, dann wir", so die Dame von der Senatsverwaltung. „Und da wir das nicht getan haben, können Sie davon ausgehen, dass die Bronze auch nicht gereinigt wurde."

Es war zum Verrücktwerden. Gestern hatte Martin schon vergeblich versucht, herauszufinden, wer den Polizeieinsatz angeordnet hatte. Bis zum Polizeipräsidenten hatte er sich hoch telefoniert. Ohne Erfolg. „Es hat keinen Polizeieinsatz gegeben", hörte er überall.

„Es hat keine Reinigung gegeben, es hat keinen Polizeieinsatz gegeben", dachte Martin. „Wahrscheinlich hat es auch den abgesägten Schwanz nicht gegeben."

Alles konnte er beweisen, für alles gab es Zeugen, aber es hat alles nicht gegeben. „Nicht zu fassen", dachte Martin aufgebracht. „Das stinkt doch ganz gewaltig! Ich werde herausfinden, was hier für ein Spiel gespielt wird, so wahr ich Kommissar Martin Zimmermann vom LKA bin."

***

Meichsner fuhr in Tanjas Auto die Prenzlauer Allee entlang. An diesem Abend kochte seine Mordlust nicht auf Sparflamme. Die Flamme loderte hell und hoch. Er hatte die letzte Nacht die meiste Zeit wach gelegen und nachgedacht – und ohne Unterbrechung auch den ganzen Tag. „Schon lange hätte ich ein reicher Mann sein können", war es ihm oft durch den Kopf gegangen. „Wenn mich diese Verräterbrut damals nicht angeschmiert hätte."

Nun sann er auf Rache. Er fuhr auf die Autobahn A 114, die auf den Berliner Ring führte. Diesen verließ er an der Anschlussstelle Mühlenbeck und fuhr weiter nach Norden.

Wieder und wieder ließ er sich die Situation von damals durch den Kopf gehen, als er Opfer des Verrats wurde. Im Verhör waren alle fünf aggressiv, sie hatten sich gegenseitig aufgestachelt. Doch als der Unfall passierte, wollte keiner mehr etwas damit zu tun haben. Niemand half ihm. Während er versuchte, die Sache zu vertuschen, sind die vier Anderen sofort zur Staatsanwaltschaft gelaufen. Nicht nur, dass sie ihm die Sache allein in die Schuhe schoben. Nein, sie ließen es noch aussehen wie einen Mord. Plötzlich war es kein Unfall mehr. Warum sie das getan hatten, verstand er nicht.

„Aber sie werden ihre Lektion lernen", dachte er drohend. „Das werden sie!"

Er durchquerte die Ortschaft Summt und fuhr durch den Wald. Bald kam er in ein Nest, das Wensickendorf hieß. In seinem Kopf nahmen die Rachefantasien Gestalt an. In Wensickendorf bog er links nach Schmachtenhagen ab und malte sich weiter blutrünstigste Racherituale aus. In Schmachtenhagen hielt er in der Nähe eines Bauernhofs. „Ja - so ist es anderen ergangen", kam ihm in den Sinn. „Während ich im Knast saß, kauften andere einen Bauernhof und blieben unbehelligt. Er hatte diesen Bauernhof schon öfter beobachtet. Einer seiner ehemaligen Teamkollegen hatte ihn kurz vor dem Ende der DDR für einen schmalen

Taler erstanden. „Nichts geht über Beziehungen", überlegte er. Nun hielt sein Ex-Kollege ein paar Viecher und beackerte ein paar Felder.

„So lässt es sich leben", dachte er, immer wütender werdend.

Als er den Hof beobachtet hatte, musste er feststellen, dass der verräterische Kollege Hans Weller sehr alt geworden war. Aber er machte einen zufriedenen Eindruck. „Schön für ihn", stellte Meichsner gefühllos fest.

Wie gesagt, er hatte den Hof schon mehrere Male beobachtet. Er wusste genau, was Weller wann tat. Jetzt nutzte dieser noch das letzte Tageslicht aus. „Später, wenn es dunkel ist, wird er die Viecher füttern."

Meichsner überdachte noch einmal genau seine Situation. „Soll ich meine Rache wirklich ausführen? Lohnt sich das wirklich?", fragte er sich.

Er musste genau abwägen. Würde die Spur zu ihm, dem ehemaligen Kollegen führen? Wenn ja, in dem Hotel würde ihn so schnell keiner finden. Er war in Ueckermünde bei seiner Schwester gemeldet.

Meichsner entschied sich für alles oder nichts. Rache und Reichtum. Er hatte nichts mehr zu verlieren. Entweder er rächte sich, kassierte seinen Reichtum und flüchtete nach Kuba, wo er noch Freunde hatte. Oder sie kriegten ihn und er würde eben wieder einsitzen. Die neue Gesellschaftsform kannte ja keine Todesstrafe – und der Knast in der jetzigen Republik war fast wie ein Interhotel in der alten DDR. „Tanja hin oder her", dachte er, „auf den Schatz habe ich zu lange gewartet."

In diesem Augenblick lief Hans Weller am Tor vorbei und prepelte auf dem Hof herum. „Eines ist klar", überlegte Meichsner. „Dieser alte Mann und die drei anderen Verräter müssen büßen. Sie dürfen auf keinen Fall ungestraft davonkommen. Für jedes einzelne Jahr, das ich eingesessen habe, werden sie bezahlen - erst mit Schmerzen und dann mit ihrem Leben."

Nun musste er nur noch auf die Dunkelheit warten.

Schmachtenhagen war ein Dorf mit knapp über zweitausend Einwohnern nördlich von Berlin. Es lag an der ‚Deutschen Tonstrasse'. Früher fuhr hier mal die ‚Heidekrautbahn'. Doch auch die hatte sich nicht mehr gelohnt. Größtes Highlight war der jedes Wochenende stattfindende Bauernmarkt, der den in Scharen anreisenden Hauptstädtern das Geld aus der Tasche zog.

In Schmachtenhagen sagen sich Fuchs und Hase gute Nacht. Trotzdem fiel die kleine Autoansammlung in der Nähe von Bauer Wellers Hof nicht weiter auf.

Ungefähr zwanzig Meter vom Hof entfernt stand der kleine Opel Corsa von Tanja Szerpinsky. Meichsner hatte den Motor abgestellt, damit er nicht auffiel. Er fror ein wenig.

Gute fünfzig Meter weiter stand der Leihwagen von Luigi.

Wiederum fünfzig Meter weiter parkte jetzt der silberne Audi Q7 von Walter Peters auf dem Bürgersteig, wenn man das überhaupt als Bürgersteig bezeichnen konnte. „Fünf kleine Mosaiksteine auf einem Quadratmeter neben einer Sandstraße", kommentierte Peters lächelnd.

Er beobachtete die zwei Autos vor ihm. Auch das Richtmikrophon wurde ausgepackt. Nach einer Stunde hatte er nichts Interessantes gesehen oder gehört. „Einpacken und abhauen", sagte Peters. „Ich habe noch etwas Wichtiges zu tun."

Schnell verschwand er aus dem verschneiten Kuhkaff in Richtung Hauptstadt.

Es wurde achtzehn Uhr in Schmachtenhagen. Die Dunkelheit hatte vollends Besitz von der Umgebung ergriffen. Meichsner saß nun schon volle zwei Stunden in Tanjas Auto. Zwischenzeitlich startete er kurz den Motor, um wenigstens ein bisschen Wärme zu erhaschen. Doch die war nicht ausreichend, ihm wurde schon ein bisschen klamm. „Werde mal aussteigen", entschied er. „Erst mal die Beine vertreten und eine rauchen."

Er stieg aus und zündete sich eine an. „Bald wird der alte Weller seine Viecher füttern", überlegte er. „Das wird wahrscheinlich auch das letzte Mal sein, dass er Kuh Berta ein Bündel Heu hinschmeißt."

Rauchend schlich er über den dunklen Hof. Da entdeckte er auch schon Hans Weller. Dieser stand vor dem Schweinestall an der großen Häckselmaschine, die aus größeren organischen Teilen klein gehacktes Tierfutter herstellt. Jetzt gerade steckte Bauer Weller ein totes Tier in den Cutter. „Eine Totgeburt", mutmaßte Meichsner.

Unten lief die Suppe in die bereitstehende Schubkarre. Diese fuhr Weller in den Schweinestall, um die dort hausenden Fleischlieferanten zu verköstigen. Meichsner schlich hinterher. Dabei musste er durch die stinkende Lache, die rund um den Cutter angefroren war. Eine Melange aus verdorbenen Nahrungsresten und Blut ergab eine recht pikante Note. Als Meichsner den Stall betrat, kippte Weller gerade die Schubkarre in den Futtertrog und redete seinen Schweinen gut zu. Er erzählte ihnen, was sie doch für brave Tierchen seien und dass sie jetzt artig fressen sollten. „Immer fresst, immer fresst“, sagte erklärte er ihnen. „Damit ihr schön fett werdet.“

Die Schweine hörten aufs Wort und fraßen. Dabei grunzten sie zufrieden.

Als Weller sich wieder umdrehte, stand auf einmal Meichsner grinsend vor ihm. Erschrocken wich Weller ein paar Schritte zurück und wäre dabei fast in den Futtertrog gefallen. „Was soll...“, stammelte er dabei.

„Was denn, was denn?“, antwortete Meichsner mit einem kalten Lächeln. „Freust du dich denn gar nicht, mich zu sehen?“

„Was willst du denn hier, geh zurück in den Knast, wo du hingehörst, du eiskalter Mörder“, brabbelte Weller aufgeregt.

Das war genau der kleine Windstoß, der Meichsners Flamme der Mordlust hell auflodern ließ. „Ich wollte nur mal schauen, wie es dir so geht“, erwiderte er. „Sag bloß, du freust dich wirklich nicht.“

Ein kalter Glanz stand mittlerweile in seinen Augen. „Doch, doch“, stammelte Weller, spürbar verstört. „Aber was willst du hier?“

„Nur ein bisschen über vergangene Zeiten plaudern und ein paar Dinge auswerten.“

„Wir haben nichts auszuwerten, du hast gemordet und bist bestraft worden!“

„Ach, so ist das. Dann habe ich es bloß immer falsch verstanden. Ich hatte immer gedacht, dass ihr einen Unfall als Mord verkauft habt, um euch bei den neuen Machthabern anzubiedern.“

Darauf wusste Weller offensichtlich nichts zu erwidern.

„Oder habt ihr euch bloß versprochen vor Gericht, als ihr gesagt habt, ich wollte Müller das Genick brechen?“, bohrte Meichsner weiter.

Er beobachtete, wie bei dem Alten die kleinen weißen Härchen seines Schnurrbartes vor Erregung bebten. Trotzdem verspürte er kein Mitgefühl. Er würde dem Alten tüchtig eins mitgeben. „Nein", dachte er. „Der Alte hat kein Mitleid verdient. Im Gegenteil, die härteste Strafe, die er bekommen wird, ist das, was er verdient hat."

Langsam ging auf den Alten zu. Dieser stand mit dem Rücken zur Schweinebox und konnte nicht weiter zurückweichen. Ein von Wahnsinn durchtrieftes Lächeln stahl sich in Meichsners Gesicht. Plötzlich und mit einer Geschwindigkeit, die er dem alten Weller nicht zugetraut hatte, riss dieser die Mistgabel hoch und wollte sie ihm über den Kopf ziehen. Er war zwar überrascht, konnte jedoch die Arme über den Kopf heben, so dass der Schlag nur auf die Ellen ging. Das zwiebelte zwar gewaltig, richtete aber keinen erwähnenswerten Schaden an. Allerdings war der Alte im Augenblick eindeutig im Vorteil.

„Du willst mit mir etwas auswerten?", rief er atemlos. „Na dann komm mal!"

Dabei schwang er die Mistgabel in hohem Bogen. Nur knapp konnte sich Meichsner unter ihr wegducken. Weiter schwang der Alte große Reden: „Na, jetzt sieht die Situation anders aus, was?"

Dabei kam er langsam auf Meichsner zu. Dieser reagierte augenblicklich. Schnell ließ er sich auf die Knie fallen, griff die Knöchel des Alten und zog heftig daran. Weller fiel nach hinten weg und stieß mit dem Hinterkopf an die Querstange der Schweinebox, rutschte herunter und blieb auf dem verdreckten Boden liegen. Meichsner entriss ihm die Mistgabel.

Die Schweine zeigten sich von dem allen unbeeindruckt, schmatzten weiter ihren Schweinefraß und grunzten zufrieden.

Jetzt war Meichsner wieder auf der Höhe. „Und das lasse ich mir auch nicht nehmen", dachte er äußerst zufrieden.

Nun war er daran, zielstrebig auf Weller zuzugehen. Das tat er sehr langsam und voll Genuss. Weller hatte sich inzwischen nach vorne geworfen und versuchte auf allen Vieren vor ihm davon zu kriechen.

Meichsner piekste den Alten mit der Mistgabel in den Allerwertesten. Entsetzt quiekte dieser auf. Mit Freude piekste er ihn noch mal. „Du dreckiges Schwein", schrie Bauer Weller. „Du bist und bleibst ein grausamer Sadist und Mörder."

„Genau", antwortete Meichsner. „Da hast du genau den Punkt getroffen. Ich bin ein Mörder und werde garantiert einer bleiben. So habt ihr mich vor Gericht auch dargestellt."

Mit diesen Worten und einem grausamen Lächeln, bei dem man irgendwie mehr Zähne sah, als man sehen sollte, stieß er dem Alten die Mistgabel tief in den Oberschenkel. Dabei merkte er, wie er am Knochen abrutschte. Ein infernalisches Lachen entrang sich seiner Kehle. Weller schrie wie ein aufgespießtes Schwein, was er genau genommen auch war, fand Meichsner. Er ließ ihn erst einmal in Ruhe zu Ende schreien und hoffte dabei, dass draußen nicht gerade zufällig ein Dorftrottel aus Kuhkaff/Mark Brandenburg vorbeilief und es hörte. Weller hielt dabei seinen Oberschenkel, als ob er verhindern wollte, dass dieser abfiel. Dann ging das Schreien langsam in Wimmern über.

„Du bist verrückt", brabbelte der Alte und schielte dabei herunter, als ob er überprüfen würde, dass beim Brabbeln auch kein Blut aus seinem Mund blubbern würde, „für die Aussage vor Gericht konnte ich doch nichts. Du verstehst gar nichts."

„Ich bin verrückt? Das will ich überhaupt nicht bestreiten", antwortete Meichsner. „Da hast du nämlich völlig recht."

Wie um das zu beweisen, stieß er ihm die Mistgabel in den Hoden. Diesmal schrie der Alte richtig. Meichsner zuckte zusammen. „Hoffentlich hört das keiner, sonst bin ich im Arsch", dachte er.

Die Schweine interessierte das wenig, sie grunzten friedlich weiter. Weller jaulte und jaulte. Als das nachließ, brüllte er: „Hilfe, ich werde ermordet!"

Doch da die Kraft des Alten nachließ, hörte das Brüllen vermutlich niemand - außer den Schweinen natürlich. „Hilfe! Hilfe, ein Verrückter bedroht mich!", informierte der Alte die Schweine, doch auch das interessierte diese genauso wenig oder besser gesagt gar nicht.

Sie fraßen und fraßen.

Nun stieß Meichsner die Gabel in Wellers Bauch. Das Schicksal erbarmte sich des Alten und schickte ihn gnädigerweise in eine

Ohnmacht. Meichsner holte die dreckverkrustete Schubkarre und hievte den Alten hinein. Dabei lief ein dünner Blutfaden aus dem rechten Mundwinkel des Verletzten. „Und ich dachte, das gäbe es nur im Film", dachte Meichsner und fuhr seine Fracht aus dem Stall hinaus.

Zum Abschied grunzten die Schweine etwas lauter. Draußen angekommen hielt er auf den großen Cutter zu. Da der Verletzte nicht viel wog, konnte er ihn mit einiger Anstrengung in die Öffnung bugsieren. Dann schob er die Karre unter die Auslassöffnung des Cutters. Jetzt schaltete er den Häcksler ein. Es knirschte und krachte, es knackte und ratschte, dann floss unten ein Schwall körnige Brühe in die Schubkarre.

Meichsners Augen hatten den Glanz des Wahnsinns.

Er schob die Karre in den Schweinestall. Für die Schweine gab es heute zweimal Abendbrot. Im Kuhstall blökten die Rindviecher, sie hatten noch gar kein Futter bekommen.

Kapitel 17

Tanja Szerpinsky hatte nicht viel zu tun. Es ging auf Weihnachten zu und die Gäste blieben weg. Außer Detlef war nur noch dieser schleimige Italiener hier, der sie immer taxierte.

„Wahrscheinlich ist er scharf auf mich", dachte Tanja. „Na ja kein Wunder – bei meiner Figur."

Detlef war mit ihrem Auto weggefahren. Nun war sie allein und sorgte in ihrem kleinen Hotel ein wenig für Ordnung und Sauberkeit. Plötzlich klingelte ihr Handy. Als sie abnahm, hörte sie die aufgeregte Stimme von Susi, eine ihrer Prostituierten in ihrem Bordell drei Straßen weiter. „DasHausbrennt", rief diese hysterisch in das Telefon. „IrgendeindurchgeknallterTyphatdemEinlassereinsüberdieRübegegeben undBenzinanderEingangstürverteiltundangezündet."

„Was hast du da gesagt?", herrschte Tanja sie an. „Sprich langsamer, ich habe kein Wort verstanden."

Diesmal sprach Susi langsamer: „Irgendein Durchgeknallter hat dem Einlasser eins über die Rübe gegeben und Benzin an der Eingangstür verteilt und angezündet und die Feuerwehr ist schon hier. Aber es sieht nicht gut aus. Was das Feuer verschont hat ist vom Löschwasser zerstört worden."

Und das Beste erzählte sie zum Schluss: „Wir werden auf Monate hier nicht arbeiten können!"

Tanja setzte sich sofort ins Auto. Glücklicherweise hatte sie noch einen alten Lieferwagen, mit dem sie die Großeinkäufe für das Hotel und das Bordell erledigte. Außerdem fuhr sie damit auch ihre Mädchen aus, wenn sie mal für Privatpartys gebucht worden waren.

Drei Lidschläge später war sie am Bordell angekommen. Sie fand auch sofort ein Parkplatz, weil gegenüber dem Hotel ein silberner Audi Q7 seine Parklücke verließ. Der Fahrer mit dem Hut schien es sehr eilig zu haben. Ihre Mädchen flatterten aufgeregt wie aufgescheuchte Hühner die Straße entlang.

Das Feuer war schon gelöscht. Das vom Ruß geschwärzte Löschwasser lief noch die Wände herunter. Die Mischung aus verkohlten Balken und nassem Beton stank fürchterlich. Kalter Rauch zog durch die Luft. Es sah aus, wie in der Freilichtbühne in der Berliner Wuhlheide nach einem Rockkonzert der Band Rammstein.

Trotzdem war Tanja nicht aufgeregt. „Zum Glück bin ich gut versichert", dachte sie. „Jetzt kann ich schön die Versicherung abkassieren und das Haus verkaufen. Der Prenzlauer Berg ist gerade in. Da kann ich einen guten Verkaufspreis aufrufen."

„Natürlich machen wir wieder auf", versprach Tanja ihren Mädchen. „Ihr könnt Euch auf mich verlassen!"

***

Peters wusste, dass die Luft rein ist. Er selbst hatte den Parkplatz für die Puffmutter freigemacht. Er musste lachen. „Wenn sie gerade vor ihrem Puff sitzt und um das Haus weint, kann sie logischerweise nicht in ihrem Hotel sein", resümierte er.

Die Eingangstür des Hotels war nicht abgeschlossen, zu hastig war die Hotelperle abgerauscht. „Selbst wenn sie verschlossen wäre, hätte ich sie auch aufbekommen", grinste Walter Peters in sich hinein, als er die Tür öffnete.

Drinnen war es stockdunkel. „Kein Problem für einen Geheimdienstler meiner Klasse", dachte er ziemlich unbescheiden.

Er hatte eine Minitaschenlampe auf LED-Basis dabei. Für ihre minimale Größe gab sie erstaunlich viel Licht. Mr. 007 ging zum Tresen. Den Schlüsselkasten hatte er schnell gefunden. Er nahm einfach alle Schlüssel mit, die er dort vorfand. Oben angekommen probierte er alle Räume aus. Doch für eine Wohnung hatte er keinen Schlüssel.

„Das muss die Tür dieser Hotelperle sein", frohlockte er.

Und ein „Kein Problem für einen Geheimdienstler meiner Klasse", schob er wieder hinterher.

Das dachte er gern und oft. Er holte aus seiner Innentasche ein Etui in der Größe einer Digitalkamera. Dieser entnahm er eine Flasche mit Spitzöffnung und ein fünf Millimeter breites, aber sechs Zentimeter langes Metallplättchen. Die Flüssigkeit aus der Flasche spritzte er in den Schlosszylinder und steckte sofort das Plättchen hinein. Nun musste er eine Minute warten bis die Flüssigkeit ausgehärtet war. „Dann kann ich das Plättchen drehen und die Türe ist offen. Kinderleicht", befand er.

Er wartete die geforderte Zeit ab und drehte das Plättchen. Die Tür sprang auf. „Sesam öffne dich!", lächelte er.

Schnell trat er hinein. Seine Minitaschenlampe erleuchtete den dunklen Raum. Bald hatte er den Raum gefunden, wo die Papiere sein mussten – das Büro. Hier war es der Tresen, der sofort seine Aufmerksamkeit auf sich zog. Es dauerte eine ganze Weile, bis er fand, was er suchte. Zuvor durchwühlte er ganze Stapel alter Rechnungen, Lieferscheine und Bestellungen. Dann hielt er das Gesuchte in der Hand. Vor Erstaunen hielt er den Atem an. Neben vielem, was er nicht verstand, enthielten die Papiere eine Sensation.

„Der blanke Wahnsinn", entfuhr es ihm.

Er begann vor Erregung zu schwitzen. „Wenn das wahr ist, was in den Papieren steht, dann ist das ..., das ...", stammelte er unbeholfen vor sich hin.

Die Papiere mitzunehmen, hielt er für unklug. Er entdeckte den Kopierer auf dem Tresen. Schnell legte er die Papiere auf die Kopierplatte, für den Einzug schienen sie zu mürbe zu sein. Nachdem die Duplikate aus der Maschine kamen, steckte er die Originale wieder dorthin, wo er sie gefunden hatte.

Ungewohnt aufgeregt verließ er die kleine Wohnung mit den noch warmen Kopien der so sensationellen Papiere. Ein glücklicher Umstand, dass in der Bude ein Kopierer stand.

Er schloss die Wohnung mit dem Plättchen wieder ab. Danach spülte er den Schlosszylinder mit einem Lösemittel wieder frei. Abschließend hängte er sämtliche Schlüssel wieder sorgfältig in den Schlüsselkasten zurück. Damit hatte er alle Spuren seines abendlichen Besuchs beseitigt und zog mit seinem Q7 ab.

Kapitel 18

Es war Heiliger Abend. Walter Peters hatte keine Familie mehr, mit der er diesen besonderen Tag feiern konnte. Das machte ihm nichts aus, er kam sehr gut alleine zurecht. Er hatte seinen Geheimdienst, das war auch wie eine Familie. Eine sehr große Familie.

So saß er nun am Tag des Heiligen Abends in seinem kargen Zimmer. Er hatte beschlossen, im selben Hotel einzuchecken, wie der, den er verfolgte. So hatte er seinen ‚Klienten' im Auge.

In seinem kleinen Zimmer gab es keinen Weihnachtsschmuck. Kein Tannengrün. Kein Lichterkettchen. Keinen Jesus – weder aus Holz, noch aus Plastik, und er war froh darüber. „Sentimentaler Scheiß", pflegte er solchen Tinnef zu nennen.

In diesem kargen Zimmer hockte er ganz allein und versuchte das Rätsel der Papiere zu knacken. Es gelang ihm nicht. Er wusste, er brauchte diese Papiere nur einzuscannen und dann per E-Mail in die Zentrale nach Wiesbaden zu schicken. Aber irgendetwas hielt ihn davon ab. Aus irgendeinem Grunde wollte er das Rätsel ganz alleine lösen. Er redete sich ein, dass es sein geheimdienstlerischer Ehrgeiz war. Doch er wusste es besser. Irgendwo tief in ihm schlummerte die Gier nach Ruhm oder die Gier nach Reichtum. Diese Gier, welche auch immer es war, hielt ihn davon ab, seinen Kollegen den Code zu überlassen. „Ich werde das Rätsel lösen", versprach er sich selbst. „und dann bin ich eine große Nummer beim Dienst."

„Und ich werde reich sein – allein dafür lohnt es sich, selbst wenn es bedeutet, dass ich mich den Rest meines Lebens verstecken muss, hallte es in seinem Kopf nach.

Schönen Gruß vom Unterbewusstsein, dieses wusste es besser. Von wegen geheimdienstlerischer Ehrgeiz!

Und so rätselte er weiter - sein Kopf rauchte über den Papieren.

***

Meichsner hatte gerade ein schönes Heiligabend-Frühstück hinter sich. Bei Brötchen frisch aus dem Backofen und romantischem Kerzenschein ließen sich die vergangenen Tage leicht vergessen. Der Wahnsinn flackerte so klein wie die Kerze auf dem Frühstückstisch. Die Mordlust leuchtete nur noch schwach durch die Gehirnwindungen.

Inzwischen war Tanja in der Küche verschwunden, um für die letzten verbliebenen Gäste ein Weihnachtsbraten vorzubereiten. „Natürlich nicht, ohne dass ich ihr vorher noch ordentlich einen verbrummt habe", dachte Meichsner lüstern.

Er nahm sich vor, wieder mal seine geheimnisvollen Papiere studieren. Er kam ja so selten dazu. Er hatte soviel zu tun. Was das war, hatte er verdrängt. Wenn er nicht gerade am Morden war, dachte er auch nicht daran.

Als er im Büro nach den Papieren greifen wollte, sah er sofort, dass etwas nicht stimmte. Sie lagen anders. Irgendwer hatte sie in der Hand gehabt. Eine andere Erklärung gab es nicht. „Der Wind wird ja wohl kaum in den Tresen geweht haben", dachte er.

Tanja interessierte sich nicht weiter dafür. „Also hat jemand geschnüffelt", durchfuhr es ihn. „Nachdem schon jemand mein Zimmer durchsucht hat, jetzt also auch hier."

Sein Puls nahm die Geschwindigkeit eines Presslufthammers an. Allerdings fragte er sich, warum derjenige die Papiere nicht mitgenommen hatte. Sofort fiel ihm der Kopierer ein.

„Scheiße", entfuhr es ihm.

Der Kopierer hatte einen Speicher für die gescannten Dokumente. Er brauchte also bloß alle gespeicherten Dokumente abrufen und ausdrucken, was er auch tat. Es dauerte nicht lang und der Drucker spuckte seine Papiere als Kopien aus.

Jetzt stand er da wie ein Denkmal seiner selbst. Dieser Zustand hielt ungefähr dreißig Sekunden an. Dann kam wieder Leben in ihn. Allerdings war er nun wesentlich blasser als vor seiner Entdeckung.

„Scheiße" wiederholte er. Nun wechselte seine Gesichtsfarbe von totenblass zu feuerrot. Ihm wurde schwindelig vor Wut. „Diese dreckigen spionierenden Schweine! Wer war hier?", fragte er sich.

Ein schlimmer Verdacht fraß sich in sein Gehirn. „Ob wohl die alten Kollegen damit etwas zu tun haben?", überlegte er. Angst und Wut wechselten sich in seinen Gedanken ab. „Einen von ihnen habe ich schon erledigt. Verdammt, jetzt muss ich wohl die anderen auch schnellstens über den Jordan hüpfen lassen. Oder war es doch keiner von denen? Ein Fremder vielleicht? Tanja kann es nicht sein, die ist sauber. Das fühle ich. Aber hier im Hotel schleicht inzwischen allerhand merkwürdiges Kruppzeug rum, der arrogante Italiener zum Beispiel, oder der Typ mit dem karierten Hut?"

Wer auch immer es gewesen war: wenn er ihn fand, würde er ihm seine Fortpflanzungsorgane abschneiden und diese mitsamt dem Besitzer in die alte Sickergrube hinter dem Hotel werfen.

„Du kannst schon mal das Vaterunser auswendig lernen, du mieses Stück Scheiße", drohte er dem unbekannten Spion.

***

Luigi feierte ebenfalls kein Weihnachten. Er würde sogar soweit gehen zu behaupten, er hätte eine Weihnachtsallergie. Heiligabend und zwei Feiertage hinterher waren fast mehr, als er verkraften konnte. Es waren nämlich drei Tage, an denen weder die Thekenvettel oder ihr ekelresistenter Geliebter, noch dieser Blödmann mit dem karierten Hut das Hotel verließen.

Er wollte aber, dass alle das Haus verließen, hatte er doch eine interessante Entdeckung gemacht. Vor drei Tagen war er seinem Mündel in ein Nest mit dem Namen Schmachtenhagen gefolgt. „Gott weiß, was der hier will, schon der Name stinkt nach Schweinescheiße und Kuhkacke", hatte Luigi sich gedacht.

Dort angekommen musste er eine Feststellung machen. Nämlich, dass ein silberner Audi Q7 entweder ihn oder Meichsner verfolgte. Und wer fuhr einen silbernen Audi Q7? „Na, der Dicke mit dem karierten Hut", beantwortete er sich seine Gedanken selbst. „Der, der jetzt neu im Hotel wohnt."

Im Rückspiegel beobachtete er, wie der große Audi in sicherer Entfernung stehen blieb und ebenfalls wartete. Dann, nach ungefähr einer Stunde drehte der Audi und brauste davon.

Obwohl er eigentlich Meichsner beschatten musste, entschied er, hinterherzufahren, denn Meichsner hatte nicht den Anschein gemacht, irgendwann noch einmal aus seinem Auto aussteigen zu wollen.

Der Audi war mit hoher Geschwindigkeit über die Kuhbläken zurück in Richtung Hauptstadt gerast. Er war mit seinem Leihwagen hinterher gehetzt. Der Verfolgte war über die Prenzlauer Allee geschossen. Luigi hinterher. Er hatte angenommen, der Fahrer des Q7 würde geradewegs zur Hotel fahren. Aber das war ein Irrtum. Drei Straßen vor der Einmündung zur Hotel war der silberne Audi plötzlich abgebogen.

„Nanu", hatte er gedacht, „wo will der denn hin?"

Vor einem Gebäude war der Mann mit dem karierten Hut plötzlich stehen geblieben.

Luigi konnte das kleine Gebäude schnell identifizieren. „Ein kleiner schäbiger Puff, wahrscheinlich einer von der Sorte, wo du drei Geschlechtskrankheiten plus Sackläuse dein Eigen nennen kannst, wenn du wieder raus bist", hatte er schmunzelnd denken müssen. „Hier willst du also hin. Na dann viel Spaß, und wenn dein Pillemann dann ein bisschen brennt beim Pinkeln, wirst du viel Freude haben."

Immer noch lächelnd wollte er eigentlich fahren, doch dann sah er, wie der Mann mitsamt seinem karierten Hut zu seinem Kofferraum ging, die Klappe öffnete und an irgendetwas herum hantierte. Von Weitem konnte er drei Benzinkanister erkennen.

„Ein bisschen viel zum Nachtanken", hatte Luigi festgestellt. „Wenn man mal stehen bleibt, müsste eigentlich einer genügen."

Er entschied sich, doch noch eine Weile zu bleiben. „Das könnte interessant werden", urteilte er und beobachtete die Sache weiter.

Leider hatte Herr Karo-Hut die Heckklappe wieder geschlossen, sich in seinen Wagen gesetzt und war auch dort geblieben.

Luigi hatte das als äußerst unerfreulich und langweilig empfunden. Als ihm dann das Warten schon zu lang wurde und er gerade wieder losfahren wollte, war der Mann mit dem kleinen Bierbauch wieder aus seinem Audi gestiegen. Inzwischen war es stockdunkel geworden. „Ach so, darauf hast du gewartet. Willst also doch in den Puff und willst nicht gesehen werden. Wahrscheinlich würde deine Alte dir die Hölle heißmachen", murmelte er grinsend.

Doch dann war der Mann wieder zu seinem Kofferraum gegangen, hatte sich Handschuhe übergezogen und zwei Benzinkanister herausgenommen. „Holla, was wird denn das jetzt?", grübelte Luigi. „Zwei mal zehn Liter?"

Dann beobachtete er verwundert, wie der Audifahrer schwer schleppend in Richtung Puffeingang abdackelte.

Das Bordell war früher eine typische Berliner Eckkneipe gewesen, darüber einige einfache Fremdenzimmer. Der Eingang war genau am Straßeneck. Deshalb hatte der Einlasser des Null-Sterne-Etablissements den Herannahenden wohl nicht rechtzeitig bemerken können.

Als der Benzinbote fast am Eingang angekommen war, bemerkte ihn der Türsteher, denn er drehte sich zu dem Heraneilenden um. Der arme Aufpasser hatte sich noch nicht ganz gedreht, als er schon einen der Benzinkanister an den Kopf bekam. Das reichte, um ihn zu Boden stürzen zu lassen, wo er kampfunfähig liegen blieb. „Keine schlechte Leistung", brummte Luigi anerkennend. „Mit einem so schweren Zehnliterkanister solch einen Schwung zu bekommen, alle Achtung."

Sicherheitshalber ließ der unwillkommene Puffbesucher den Kanister aus anständiger Höhe noch zusätzlich auf den Kopf des Einlassers fallen.

Als er das sah, pfiff Luigi anerkennend durch die Zähne. „Mit wem habe ich es denn hier zu tun?", fragte er sich und beobachtete weiter.

Der Typ zog den Einlasser aus dem Eingangsbereich. Danach verteilte er den Sprit der beiden Kanister an der hölzernen Eingangstür und den Fensterbänken. Als beide Kanister leer waren, tauschte er sie gegen den vollen aus dem Kofferraum um.

Das Benzin aus diesem verteilte er über die Lichtschächte des Kellers und spritzte auch etwas an die Wände des Puffgebäudes. Dann zündete er mehrere Stellen an. Sofort loderte es hell auf. In aller Seelenruhe legte er auch den letzen Kanister in den Kofferraum und setzte sich in seinen Wagen. Entgegen Luigis Vermutung fuhr er nicht ab. „So was Abgebrühtes ist mir lange nicht untergekommen", musste Luigi staunen.

Das Feuer war rasch an den Wänden des Altbaus emporgestiegen. Schon züngelten erste Flammen am Dachstuhl. Die Nutten kamen wie aufgescheuchte Hühner aus dem Gebäude geflogen. Die Ersten von ihnen telefonierten aufgeregt. Eine kümmerte sich um den verletzten Einlasser. Was das alles sollte, hatte er sich nicht erklären können.

„Vielleicht hat der Typ hier mal schlechten Sex gehabt oder er hat sich was weggeholt", mutmaßte er.

Der erste Polizeiwagen war eingetroffen. Der Audi stand immer noch da. Das Feuer hatte bald die gesamte Gebäudefront entlang gelodert und auch gedroht, auf andere Gebäude überzugreifen. Dann waren noch drei Polizeiwagen eingetroffen. Die Polizisten waren genauso kopflos umher gerannt wie die Nutten. Die Uniformierten waren eifrig, machten sich wichtig - und standen der herannahenden Feuerwehr im Weg.

Im silbernen Audi Q7 hatte sich nichts gerührt.

„Er ist völlig unbeeindruckt von der Situation", dachte Luigi erstaunt.

Auf einmal kam ein Kastenwagen um die Ecke. Sofort erkannte er ihn als den Lieferwagen der Hotelmutter. „Was hat die denn hier zu suchen", rätselte er noch, als plötzlich der Audi die Parklücke freimachte und losschoss.

„Was soll das denn jetzt?", schimpfte er laut und brauste mit quietschenden Reifen hinterher. Der Audi fuhr nicht weit. Nur drei Straßen weiter parkte er in der Nähe des Hotels. Schnurstracks ging der Mann mit dem karierten Hut in das Hotel. Er sah nicht einmal erstaunt aus, als er feststellte, dass die Eingangstür offen war. Ganz selbstverständlich trat er ein.

Luigi wartete einen Moment. Dann schlich er über das Straßenpflaster hinterher. Aus sicherer Entfernung beobachtete er, wie der von ihm Verfolgte die Wohnungstür der Hotelbesitzerin öffnete und eintrat. Zehn Minuten blieb er darin. Dann kam er mit zufriedenem Gesichtsausdruck wieder heraus. Sorgfältig reinigte er das Schloss. Dabei brabbelte er etwas vor sich hin.

Luigi stand nicht weit von ihm, dicht an den Schornstein gepresst, und hörte genau, was der Typ sagte. „Zum Glück war ein Kopierer in der Bude", verstand er.

Als der Mann davoneilte, hatte er mit einer Minitaschenlampe auf seine Beute geleuchtet. Luigi hatte gesehen, dass es sich um Blätter handelte.

Blätter, dessen Oberseite bedruckt war.

Nun saß er in seinem Zimmer wie auf Kohlen und wartete, bis diese grässlichen Feiertage vorbei waren. „Ich muss diese Papiere haben, dort steht garantiert drin, was ich wissen will."

Kapitel 19

Martin Zimmermann war wütend.

„Was schief gehen kann, geht auch schief", dachte er, als er die Straße entlanglief. „Würde mich nicht wundern, wenn mir gleich ein Dachziegel auf die Rübe fällt."

Er war sehr verbittert. Seine Ermittlungen wurden immer noch von allen Seiten behindert. Jetzt hatte er sich auch noch einen anständigen Anschiss vom Alten eingefangen. „Sie haben alle Instanzen verrückt gemacht", äffte Martin den Alten nach, „wenn es keinen Polizeieinsatz gegeben hat, dann hat es auch keinen gegeben."

„Das hat ja auch eine gewisse Logik", dachte Martin.

Witzigerweise war der Schwanz des Pferdes und der Fuß des Königs wieder an der Statue. Natürlich wusste auch davon keiner etwas. Keine ausführende Firma. Kein Auftrag. Weder von der Senatsverwaltung, noch von der Stiftung Preußischer Kulturbesitz. „Da werden wohl dieselben Heinzelmännchen die Statue repariert haben, die sie auch beschädigt hatten. Wahrscheinlich haben diese sich auch als Polizisten verkleidet und den Verkehr bei der Reinigung geregelt!", grübelte Martin missmutig.

Er ließ sich erneut alles durch den Kopf gehen. „Das hat doch schon alles viel früher angefangen", überlegte er weiter, „nämlich damals, als ich den italienischen Kunsträuber beschattet habe. Da hatten die Behinderungen begonnen. Dort war der Schlüssel zur Lösung zu finden. Dort muss ich wieder ansetzen. Den Italiener muss ich wieder beobachten - und wenn ich dafür meine Marke abgebe."

***

Luigi hatte geduldig gewartet. Sehr lange gewartet. Ganze zwei Tage. Das war nicht einfach für einen, der auf glühenden Kohlen sitzt. Doch nun war es soweit. „Endlich!" seufzte er auf.

Heute war eine japanische Reisegruppe angereist. Oder eine chinesische. Oder sonst irgendeine asiatische. Jedenfalls hatte die Chefin alle Hände voll zu tun. Und ihr Gefährte war mit dem Lieferwagen voll Nutten abgedüst.

„Geschäftstüchtig ist die Alte jedenfalls", dachte Luigi anerkennend. „Jetzt wo der Puff abgebrannt ist, bietet sie mobile Nutten an. Auch gut!"

Jedenfalls war die Luft rein. Nun saß er vor der Tür der Chefin des Hotels sowie des mobilen Nuttenservices, und versuchte die vertrackte Tür aufzubekommen. Er ackerte gerade mit seinem Pick am Schließzylinder herum, als einige Mitglieder der japanischen, chinesischen oder sonstigen asiatischen Reisegruppe die Treppe heraufgetapert kamen. Sofort brach ein lautes Gegacker los. Er konnte gerade noch den Pick einstecken und sich etwas anders zur Tür postieren. Ansonsten stand er jetzt ziemlich hilflos auf dem Gang herum.

Die Asiaten taperten den Gang entlang und schauten sich alles an, obwohl es eigentlich nichts zu sehen gab. Sie bewunderten alles und sahen außerdem verwundert aus. Dabei grinsten sie glücklich wie Schweine in der Scheiße. Unablässig schwatzten und schnatterten sie dabei. „Das ist ja schlimmer als im Hühnerstall", dachte Luigi und grinste dämlich. Er wusste nicht so richtig, wie er sich verhalten sollte. Er kam sich im Weg stehend vor. Doch die Asiaten schienen das nicht zu registrieren. Sie lächelten ihn ziemlich breit an. „Wenn dieses Lächeln noch ein wenig breiter würde, würde vermutlich die Oberseite des Kopfes abfallen", amüsierte sich Luigi trotz seiner prekären Lage.

Um dem Fass noch den Boden auszuschlagen, sprach ihn auch noch einer der Asiaten an: „Eine sehl schöne Stadt", sagte er zu Luigi und lächelte dabei wie ein Mondkalb. Alle anderen Asiaten um sie herum sagten nichts, lächelten aber ebenfalls wie die Mondkälber. Luigi kam sich ziemlich blöde vor und antwortete einfallsreich: „Ja, ja."

„Und zum Glück ist das Wettel so schön – schön, dass es geschneit hat", schnatterte der Asiate weiter. „Bei uns liegt selten Schnee."

„Ja, ja", wiederholte Luigi nicht minder phantasievoll. „Bei uns auch nicht mehr so oft."

„Ein schönes Hotel, bei uns gibt es solche alten lomantischen Hotels nicht. Bei uns ist alles modeln", referierte sein neuer asiatischer Freund eifrig weiter, während die Anderen zustimmend mit dem Kopf nickten und dabei angestrengt weiter lächelten.

„Schade, dass es so ist", sagte Luigi und quälte sich ein Grinsen ab. In Gedanken setzte er hinzu „Wäre schön, wenn ihr euch jetzt verpissen würdet, ihr lächelnden Blödmänner!"

Es sah nicht so aus, als ob sie das auch tun würden. Der Chefasiate schien gerade zu einem neuen Referat ausholen zu wollen, als Luigi sagte: „So, ich muss jetzt hier weitermachen."

Dabei wedelte er mit seinem kleinen Werkzeug herum und tat so, als ob er der Hausmeister des Hotels wäre.

„Ach so, na dann guten Tag weitelhin", sagte der Asiate freundlich.

Die anderen Asiaten nickten ebenfalls wichtig und lächelnd und schnatterten aufgeregt durcheinander. Luigi glaubte nicht, dass sie auch nur einen Ton Deutsch verstanden. Er beschloss in die Vollen zu gehen und ackerte weiter an dem Schloss herum.

„Hoffentlich kommt jetzt die Alte nicht hoch, sonst muss ich sie mitsamt dem Haufen Asiaten umlegen", überlegte Luigi.

Die schnatternden und lächelnden Asiaten standen weiterhin hinter ihm und waren einfach wichtig – und neugierig. „Heute gibt es Kaninchen zu Mittag" grinste ihn der Wortführer der asiatischen Truppe an.

„Ihr fresst aber auch alles, was vier Beine hat. Tische und Stühle mal ausgenommen", dachte Luigi und grinste freundlich zurück.

Endlich zogen sie grinsend ab, aber nicht ohne den Gang mehrfach zu fotografieren. „Geschafft", atmete Luigi tief durch. „Dieses Asiaten-Geschnatter hält ja keiner aus."

Er konnte endlich ungestört weiter arbeiten und die Tür öffnen. Bald hatte er es geschafft und betrat den Raum. Nun begann die Suche nach den Papieren.

***

Tanja hatte heute eine Menge zu tun. Gerade war eine asiatische Reisegruppe angekommen. Sie wollten Sylvester am Brandenburger Tor feiern. Fortan war es mit der Ruhe im Haus erst einmal vorbei. Die Gruppe hatte sich Kaninchen zum Mittagessen gewünscht.

Damit war sie erstmal ein paar Stunden beschäftigt. Darum musste sich ihr neuer Geliebter, Meichsner, heute nützlich machen.

***

„Normalerweise fressen die doch nur Hunde und Katzen", sagte sich Meichsner grinsend.

Er musste heute die Nutten ausfahren. „Ich muss heute die Mädchen ausfahren", berichtigte er sich mit dem Gedanken an Tanja. Sie mochte es nicht, wenn ihre Mädchen als Nutten bezeichnet wurden.

„Obwohl sie ja eigentlich nichts anderes sind", dachte er kopfschüttelnd, „aber wenn sie es eben nicht will ... "

Er fuhr also die Damen zur Kundschaft. Seit das Puff-Gebäude abgebrannt war, bot Tanja mobile Mädchen an. Das kam tatsächlich an. Heute fuhr er die Mädchen in ein Hotel in Friedrichshain. Dort sollte eine Party stattfinden. „Um zehn Uhr morgens", wunderte er sich.

Eigentlich hatte er etwas ganz anderes vorgehabt. Er wollte etwas bauen - eine Vorrichtung sozusagen. Doch das musste jetzt erstmal hintenangestellt werden.

Die Mädchen schwatzten im Auto. Inzwischen waren sie bei der Location angekommen. Meichsner ließ sie aussteigen und sie wurden von einem nach Bodyguard aussehenden, breitschultrigen Typen in Empfang genommen.

Schnurstracks fuhr er ins Hotel zurück. Dort angekommen hörte er die Asiaten durch die geschlossenen Fenster schnattern. Den Lieferwagen hatte er vorsichtshalber an der Straße stehen lassen, sodass Tanja ihn nicht sofort entdecken konnte. Jetzt fing es auch noch ein bisschen zu schneien an. „Wenn sie das wieder sehen", dachte er und meinte damit die Asiaten. Diese hatten vorhin schon den Schnee bewundert und auch jedes Gebäude fotografiert, auf dem sich eine annehmbare Menge Schnee befand.

Meichsner verschwand schnell im Keller des Hotels. Er hatte etwas zu erledigen; etwas zu bauen, genauer gesagt. Hier im Keller befand sich ein altes, aber noch voll funktionstüchtiges Hauswasserwerk. Außerdem waren hier früher die Waschräume des Gebäudes.

Es war dunkel hier unten. Durch die Lichtschächte drang nur wenig Helligkeit. Trotzdem war der Zustand der Kellerräume gut zu erkennen.

Die Luft war feucht und abgestanden. Die Wände waren ebenso feucht. Schimmel und Salpeter bildeten an ihnen bizarre Muster. Für Zartbesaitete wäre es vermutlich äußerst grausam, sich hier aufhalten zu müssen.

Aber Meichsner war nicht zart besaitet. Im Gegenteil, zu viel hatte er schon mitmachen müssen in seinem Leben. Er befand sich selbst für abgehärtet. „Ich bin doch kein Warmduscher. Nur die Harten kommen in den Garten", pflegte er zu sagen.

Gestern schon hatte er einiges hier heruntergebracht. Einen schweren Metallstuhl zum Beispiel. Und einen Wasserschlauch. Und noch ein paar andere Sachen. Aus diesen Sachen wollte er etwas bauen. Eine Vorrichtung nämlich.

Bei dem schweren Metallstuhl schweißte er Rohrklemmen auf die Armlehnen und an die vorderen Beine. Anschließend schob er den Stuhl in eine Nische. Diesem gegenüber baute er ein merkwürdiges Gebilde auf. Eine schwere alte Metallwasserspritze wurde in einer Rohrklemme befestigt. Diese wurde dann auf einen extrem stabilen Dreifuss geschweißt. Der Wasserschlauch wurde auf der einen Seite mit der Wasserspritze verbunden, auf der anderen Seite mit dem Hauswasserwerk.

Meichsner wollte gerade das Verbindungsstück auf das Gewinde des Hauswasserwerkes schrauben, als sich plötzlich ein fürchterliches Schreien durch den Keller fraß. Er ließ vor Schreck den Wasserschlauch fallen und wurde leichenblass. Sein Herz schlug in einem Tempo, dass sicherlich für das Guinnessbuch der Rekorde ausgereicht hätte. Er sah zwei gewaltige Ratten, die sich im Streit um etwas Fressbares kabbelten und dabei diese entsetzlichen Schreie ausstießen.

Doch wie gesagt: Meichsner war nicht zart besaitet.

Es stahl sich ein grausames Lächeln in sein Gesicht. Er dachte: „Kommt mir nur entgegen, ihr Biester!"

Um die Viecher zu vertreiben, warf er den spitzen Schweißerhammer nach ihnen. Dieser bohrte sich in den Laib der größeren Ratte, die daraufhin keine Regung mehr zeigte. Die andere suchte schleunigst das Weite nach ihrem Sieg, zu dem Meichsner ihr verholfen hatte.

Nun war er fast fertig. Er brauchte nur noch die elektrische Zuleitung zum Hauswasserwerk kappen und das Kabelende mit einem Stecker versehen. Dieser konnte, wenn es soweit war, dann einfach in die Steckdose gesteckt werden. Dort hatte er schon eine Zeitschaltuhr vorbereitet. Sie war so eingestellt, dass sie im Fünfminutenrhythmus Strom fließen ließ – jeweils eine Minute lang. Er betrachtete zufrieden sein Werk und lächelte brutal. Wenn Tanja ihn in diesem Augenblick so gesehen hätte, hätte sie vermutlich schleunigst das Weite gesucht.

Kapitel 20

Luigi wusste nicht so richtig weiter. „Wo soll ich bloß anfangen?", fragte er sich.

Als erstes dachte er ans Büro. Aber diesen Gedanken verwarf er schnell. „So blöde werden selbst diese Zwei nicht sein, dass sie die Papiere dorthin legen, wo man von Haus aus als erstes suchen würde", grübelte er. „Aber allzu gut können sie auch nicht versteckt sein. Der mit dem Karohut hatte sie doch auch ziemlich schnell gefunden."

Er begab sich zuerst ins Schlafzimmer. Dort suchte er den Dielenboden nach losen Brettern ab – nichts. Danach schaute er unter dem Bett nach – nichts, oder jedenfalls nicht das, was er suchte. Das was er nicht suchte, aber gefunden hatte, war ein Sortiment verschiedenartiger Sexspielzeuge. Bei dem Gedanken, wie die Alte das benutzte, wurde ihm stockübel.

Bald hatte er das ganze Schlafzimmer abgesucht. Es war nichts zu finden.

Nun war das Wohnzimmer dran. Vorsichtshalber warf er einen Blick aus dem Fenster auf den Hotelparkplatz. Der Lieferwagen stand nicht da. „Gut so", dachte er und machte sich im Wohnzimmer weiter auf die Suche.

***

Meichsner war zufrieden mit seinem Werk. Er befreite noch den Schweißerhammer von der Ratte und machte sich auf den Weg nach oben.

Im Gastraum verzehrte die schnatternde Asiatentruppe ihre Karnickel. „Selbst beim Essen geben die ständig irgendwelche merkwürdigen Laute von sich", dachte Meichsner. „Die hätten wahrscheinlich Jubelschreie von sich gegeben, wenn ich ihnen die Ratte mit hochgebracht hätte. Vermutlich hätten sie sich „Elbsen" und „Möhlchen" dazu gewünscht, wenn ich den Nager auf ihren Teller geworfen hätte."

Er bekam von Tanja ebenfalls eine Portion Kaninchen mit Kartoffeln und Rotkohl und viel Bratensauce. Es schmeckt ihm gut. Aber Tanja hätte ihm wahrscheinlich auch Hasenköttel in Sauerampfer vorsetzen können, bei ihr schmeckte ihm einfach alles gut. Als er mit dem Essen fertig war, wollte er schnell nach oben. „Bei dem Asiatengeschnatter bekomme ich Kopfschmerzen", sagte er zu Tanja.

Er ging die Treppe nach oben in die Wohnung, die er sich nun mit Tanja teilte. Er wunderte sich noch, dass die Tür nur zugezogen war.

***

Luigi hatte nun auch das ganze Wohnzimmer abgesucht. Ohne Erfolg. „Na ja, sind ja noch ein paar Räume übrig", sagte er sich.

Er beschloss, nun doch erstmal das Büro zu durchsuchen. Hier fiel auch ihm sofort der Tresen ins Auge. Luigi bückte sich gerade, um hineinsehen zu können, da hörte er, wie die Wohnungstür aufgeschlossen wurde. Ein gewaltiger Schreck durchfuhr seine Glieder. Seine Nackenhaare richteten sich auf. Der Atem stockte ihm. Sofort schob er die Hand zur Innentasche seines Mantels, wo er seine Waffe mit sich führte. Leider musste er feststellen, dass er keinen Mantel trug. Er war ja nur von einer Zimmertür zu einer anderen Zimmertür gegangen.

***

Detlef Meichsner konnte sich nicht genau erinnern, ob er Tanjas Wohnungstür richtig verschlossen hatte. Er ging aber fest davon aus. „Wahrscheinlich war Tanja hier oben und hat vergessen wieder abzuschließen", brummte er in sich hinein, während er die Tür aufschob. „Das sieht ihr ähnlich."

Langsam und in Gedanken versunken ging er in die Wohnung hinein. „Ich werde mal mit ihr reden müssen", überlegte er. „Schließlich haben wir einen wertvollen Fund hier oben. Da sollte man nicht leichtsinnig sein."

Er ging direkt zum Büro, denn er wollte schnellstens den Kellerschlüssel im Tresen verstecken.

Luigi stand wie zur Salzsäule erstarrt. Jetzt hörte er, wie der Ankömmling direkt auf das Büro zukam. „Auch das noch", fluchte Luigi innerlich. „Mama mia, lass das bitte die Alte sein. Mit der werde ich schnell fertig."

Aber die Schritte waren zu schwer für eine Frau, selbst wenn sie ein paar Kilo zu viel auf die Waage brachte. Schon öffnete sich langsam die Tür. In einem guten Horrorfilm hätte sie jetzt leise gequietscht.

Meichsner kam zur Tür herein. Aufgrund seiner Grübeleien sah er den in Angriffshaltung stehenden Mann erst gar nicht. Dann nahm er im Augenwinkel ein Schemen wahr. Hastig drehte er sich in die Richtung. „Das ist doch der arrogante Itaker", erkannte er augenblicklich. Die Männer starrten sich einige Augenblicke wortlos an. Eine Erkenntnis blitzte in Meichsners Gedanken auf. „Das ist also der Mann, der mich die ganze Zeit ausspioniert."

„Du", entfuhr es ihm ziemlich einfallslos.

Dann gingen sie wortlos und langsam aufeinander zu. Sie umkreisten sich vorsichtig. Sie fixierten sich ununterbrochen. Keiner wagte, den ersten Schritt zu machen. „Du Drecksau", murmelte Meichsner. „Du brauchst dir gar nicht einbilden, hier lebendig herauszukommen!"

Wie er das anstellen sollte, wusste er allerdings noch nicht.

„Dann komm mal", antwortete Luigi. „Mal sehen, wer hier nicht lebendig raus kommt."

Trotz seiner Selbstsicherheit und seiner Kenntnisse im Kickboxen war ihm Meichsner nicht geheuer.

„Meine Papiere bekommst du nur über meine Leiche."

„Das kannst du haben, und zwar schneller, als dir lieb ist."

„Versuchs doch, ich war bei der Stasi und da haben wir nicht den ganzen Tag Matroschkas ineinander gestapelt."

Luigi wusste zwar nicht, was Matroschkas waren, aber irgendwie war ihm der Typ nicht geheuer. Er beschloss, seine Taktik zu ändern. „Was willst du denn machen, wenn du das Zeug in die Finger kriegst? Willst du es auf dem Flohmarkt verkaufen?"

Meichsner antwortete nicht.

„Willst du eine Anzeige in der ‚Zweiten Hand' aufgeben?", bohrte Luigi weiter.

„Das geht dich einen Scheißdreck an, du italienischer Bastard."

Luigi hatte jetzt ordentlich Lust, ihm einen anständigen Leberhaken zu verpassen. Seine Wut ließ ihn den Respekt vor dem Gegner vergessen. Doch Gewalt passte nicht in sein neues Konzept. Er hatte in Sekunden einen Plan B entworfen. Bei diesem war Diplomatie und kluges Taktieren gefragt. „Ich kann dir helfen, das Zeug zu verhökern. Meinen Auftraggebern ist es Millionen wert. Da fällt für uns Beide genug ab."

Hinter Meichsners Stirn arbeitete es auf Hochtouren. Luigi konnte förmlich sehen, wie die Hirnzellen qualmten. Doch auf eine Antwort wartete er vergebens. Meichsners Gesicht wurde starr. Luigi hätte sich beinahe Sorgen gemacht. Aber dass es nicht leicht werden würde, war ihm klar. „Doch dieses Angebot hat ihn nachdenklich gemacht", bemerkte Luigi mit Befriedigung. „Jetzt bloß nicht nachlassen."

„Meine Auftraggeber sind sehr mächtig. Sie wollen es haben und sie werden es kriegen. So oder so", erklärte er Meichsner. „Du kannst jetzt entscheiden, in welcher Form du dabei bist. Entweder meine Auftraggeber legen dich um und bekommen trotzdem, was sie wollen. So dauert es halt ein wenig länger. Oder du bist jetzt in unserem Team und unterstützt uns bei der Suche. Dann geht alles ein wenig schneller und du gehst als reicher Mann aus der Sache raus. Und wenn meine Auftraggeber erstmal Gefallen an jemandem gefunden haben, dann lassen sie ihn auch nicht mehr fallen. Dann kannst du dauerhaft sehr gutes Geld bei uns verdienen."

Luigi sah, dass seine Worte Wirkung zeigten. Meichsners Gesicht war nicht mehr verschlossen, sondern es drückte ehrliches Interesse aus. Aber er sagte immer noch nichts. Luigi verstärkte seine Bemühungen noch weiter. „Sieh doch mal die Konsequenzen, wenn du es nicht tust. Meine Bosse bräuchten dich nicht mal umlegen, sie bräuchten lediglich der Polizei zu verraten, wer den Kofferraumdeckel zugeworfen hat, unter dem sie die Leiche des Flughafenarbeiters gefunden haben. Wenn du es aber tust, kriegst du Geld, neue Pässe und Aufträge, bei denen du noch mehr Geld verdienen kannst."

Bei der Erwähnung des Ermordeten war Meichsner blass geworden. Nun stammelte er: „Woher wisst ihr, worum es überhaupt geht? Woher weiß ich, dass ich dir vertrauen kann?"

„Was bleibt dir übrig, als mir zu vertrauen?", entgegnete Luigi sarkastisch. „Du hast ja kaum eine andere Wahl. Außerdem sind auch andere hinter dieser Sache hinterher. Ich hab neulich den Dicken mit dem karierten Hut mit einem Stapel Papieren aus dieser Wohnung kommen sehen", sagte er und zeigte mit dem Finger auf das Zimmer, in dem sie sich befanden. „Es sah aus wie Kopien."

Meichsner wurde noch eine Spur blasser.

„Der schnappt sich vielleicht das Zeug und keiner von uns hat etwas davon", fuhr Luigi fort. „Und obendrein sitzt du noch wegen Mordes im Knast."

***

Das war Meichsners wunder Punkt. Dahin wollte er nie wieder zurück. Er hatte nicht vergessen, wie er frisch nach der Wende als ehemaliger Stasimitarbeiter ins Gefängnis eingefahren war. Wie sie ihn empfangen hatten. Gott allein weiß, woher sie seine Stasitätigkeit kannten. Mit Plakaten war er empfangen worden. „Komm herein, Stasischwein" stand zum Beispiel auf einem.

Oder: „Lange habt ihr uns unterdrückt, jetzt wirst du hier durchgefickt."

Oh ja, er wurde durchgefickt. Nicht immer in den Arsch. Vor allem seine Seele haben sie gefickt. Wie er sein Essen aus der Kloschüssel essen musste. Wie er von anderen Häftlingen die Schuhe sauberlecken musste. Wie er den Urin der anderen Häftlinge trinken musste. Und wie er wirklich gefickt wurde. Der Prügel von Karl Heinz Weber war gewaltig gewesen – er hatte dabei lächeln müssen, sonst hätten sie ihn in die Waschmaschine in der Wäscherei gesteckt und das Schleuderprogramm angeschaltet. Anschließend musste er auch noch Webers Ejakulat schlucken. Danach sein eigenes. Das alles würde er nie vergessen. Auch wenn es mit der Zeit besser wurde und er gelernt hatte, sich im Knast durchzusetzen, wollte er nie wieder dorthin zurück. Lieber würde er sterben.

„Okay, okay", lenkte er ein. „Wir können es ja mal versuchen."

„Eigentlich hört es sich gar nicht so schlecht an, und umlegen kann ich ihn ja immer noch", überlegte er weiter.

***

„Wir können ja erstmal zusammenarbeiten und umlegen kann ich ihn immer noch", dachte Luigi.

„Ich bin übrigens Detlef", sagte Meichsner.

„Und ich Luigi."

Sie grienten sich verlegen an.

Kapitel 21

Martin Zimmermann saß in seinem Privatwagen. Er beobachtete das kleine Hotel. Um das zu tun, hatte er sich krankschreiben lassen. Als er zu seinem Vorgesetzten gegangen war, um ihm das mitzuteilen, hatte er einen Wutausbruch erwartet. Wer nun den Fall mit der beschädigten Statue lösen sollte, mit derlei Fragen hatte er gerechnet. Stattdessen sofortige Zustimmung. „Nehmen Sie sich eine Auszeit", hatte der Alte ihn ermuntert. „Sie hatten in letzter Zeit viel um die Ohren."

Dieser Aufforderung setzte er noch die Krone auf: „Vielleicht sollten Sie auf Kur fahren, ich kann ihnen eine beschaffen. Ostsee, Nordsee, Alpen, Thüringer Wald – wohin sie wollen. Fünf, sechs Wochen können sie schon mal vertragen."

Nun saß er hier vor dem Hotel und nichts passierte. „Vielleicht hätte ich das Angebot vom Alten mal annehmen sollen. Schön auf Kur in Graal Müritz und einen süßen Kurschatten angelacht."

Vielleicht würde er das Angebot noch annehmen.

„Ich werde es mir überlegen", hatte er zum Alten gesagt.

***

Walter Peters hatte eine Doppelaufgabe. Zum Einen musste er mit seinem Richtmikrofon die Wohnung der Hotelchefin abhören, zum Anderen beobachtete er den altersschwachen Passat vor dem Hotel. Er hatte gesehen, dass der LKA-Heini im Auto saß. Das hatte er seiner Zentrale schon gemeldet. Sie würden sich darum kümmern, hatten sie in der Zentrale gesagt.

„Also werden sie das auch tun", wusste Peters.

Er würde es ja sehen. Inzwischen hörte er zu, was sich zwischen seinen Konkurrenten anbahnte. Die gegenseitigen Drohungen bekam er mit, dann der Taktikumschwung des Italieners.

Er hörte, wie er gerade selbst zum Thema wurde, als eine C-Klasse an ihm vorbeifuhr und direkt auf den Passat zusteuerte. Er hörte weiter der

Verhandlung in der Wohnung der Hotelchefin zu, parallel dazu beobachtete er das Geschehen am alten Passat.

***

Martin Zimmermann überlegte angestrengt. Sollte er das Angebot annehmen? Fünf, sechs Wochen Kur würden ihm nicht schaden. Sollten doch andere diesen Fall aufklären. „Ich versaue mir doch nicht die Karriere wegen diesem Scheiß", murmelte er vor sich hin.

Er begann zu überlegen, wo er hinfahren könnte. „Ostsee ist immer schön, doch der Thüringer Wald ist bei diesem herrlichen Winterwetter auch toll", grübelte er.

Er begann zu träumen. In seinen Gedanken wechselten sich Impressionen von rauer eiskalter See mit einem verlassenen Strand und Bilder verschneiter Hänge mit Bäumen, deren Äste schwer mit Schnee beladen waren, ab. So langsam tendierte er zum Thüringer Wald. Das letzte Mal war er als Kind mit seinen Eltern dort gewesen. Nun verlor er sich zur Gänze in Erinnerungen. Wie sie alle drei am Abhang gestanden haben, seine Eltern mit Ski, er selbst mit einem Schlitten. „Einem Bockschlitten sogar", dachte er mit wehmütigem Lächeln. „War gar nicht so einfach ranzukommen früher."

Er hatte sogar die Gerüche in der Nase. Da waren die typischen Gerüche des Winters; der Geruch nach klirrender Kälte, das Aroma des nassen Schnees und der romantische Duft der Kohleöfen, der aus den Schornsteinen kam. Dazu mischte sich der Geruch ihrer warmen Getränke. Vaters starker Grog, Mutters Glühwein mit Schuss und seinem Kakao. Das waren tolle Erinnerungen. Ein nasser Glanz benetzte seine Augapfeloberflächen. Er weidete sich an seiner Wehmut. Ein bittersüßes Gefühl war das. Für ihn stand jetzt fest, er würde zur Kur fahren. Und zwar in den Thüringer Wald! „Da werde ich mir einen Schlitten ausleihen, ein anderes Mal werde ich mir Ski ausleihen und ich werde mir ein sexy Skihasi schnappen."

Der Geruch von Glühwein mit Schuss stieg ihm wieder in die Nase. Ja, er würde Ski fahren, er würde Glühwein trinken und er würde sich ein Skihasl schnappen! Voller Vorfreude richtete er sich im Auto auf. In diesem Moment fuhr eine C-Klasse an ihm vorbei und parkte vor ihm ab. Zwei Männer stiegen aus und kamen direkt auf seinen Wagen zu. Neugierig starrte Martin sie an. „Was wollen die denn?" fragte er sich. „Na, das werden wir ja gleich sehen."

Einer der Typen klopfte an seine Scheiben, während der andere in sicherer Entfernung stehen blieb. Martin kurbelte das Fenster herunter. „Sind Sie Martin Zimmermann?", fragte der Klopfer.

Das konnte Martin guten Gewissens bejahen.

„Würden Sie bitte mitkommen, wir hätten da einige Fragen an sie."

„Wohin mitkommen und warum?", antwortete Martin mit einer Gegenfrage.

„Aufs Revier und zur Klärung eines Sachverhalts", wurde ihm mitgeteilt.

„Wer sind Sie überhaupt?", erkundigte sich Martin.

Keiner der beiden hatte sich vorgestellt, geschweige denn ausgewiesen.

„Kommissar Fuchs, BKA, und das ist mein Kollege Kaiser", wurde ihm geantwortet.

„Sie wissen, dass ich beim LKA arbeite?", erkundigte Martin sich bei dem Wortführer.

Dieser war mindestens einen Meter achtundneunzig groß, während der Andere scheinbar den Meter fünfzig nur knapp überschritten hatte. „Der kleine und der große Klaus", ging es Martin durch den Kopf.

„Nein", antwortete der große Klaus, „und es interessiert mich auch nicht."

„Mitkommen", mischte sich nun auch der kleine Klaus ein. „Es geht hier um Mord."

Es war lächerlich, wie der Mann mit seiner fiepsigen Stimme versuchte, autoritär zu klingen.

„Mein Gott, was bist du denn für eine Gestalt?", entgegnete Martin. „Hattest du denn schon Jugendweihe oder Konfirmation? Geh mal lieber nach Hause, Mutti sucht dich bestimmt schon."

„Jetzt reicht`s aber", unterbrach der große Klaus mit schneidender Stimme. „Kommen Sie jetzt bitte mit. Sie werden sich artig in den Wagen dort setzen und brav mit aufs Revier kommen."

Während er das sagte, hatte er langsam und unscheinbar seine Waffe gezogen. Gerade diese Unscheinbarkeit machte Eindruck auf Martin. Er beschloss, lieber zu gehorchen und stieg in die silberne C-Klasse.

Frau Lange bestaunte kopfschüttelnd die Szenerie. Sie stand an ihrem großen Schaufenster und schaute hinaus. „Früher war das hier eine ruhige Straße", erinnerte sie sich.

Das war sie tatsächlich gewesen. Es war ja auch eine Sackgasse, wenn auch eine lange. Außer den Anwohnern musste hier niemand durch. „Und viele Anwohner fahren hier mit dem Fahrrad", überlegte sie weiter, „wie häufig in alternativen Gegenden."

Doch nun war in der Straße dauernd etwas los. „Und das meiste findet gegenüber von meinem Laden, vor dieser dämlichen Hotel statt", bemängelte Frau Lange.

Sie hatte beobachtet, wie ein alter Passat ewig vor dem Hotel stand, ohne dass der Fahrer ausstieg. In diesem Augenblick fuhr ein silbernes Auto vor dem geparkten Auto an den Rand und zwei Männer stiegen aus. Sie begaben sich zu dem Passat. Ein Wortwechsel schien stattzufinden. Dann stieg der Fahrer des Passats aus und folgte den Neuankömmlingen in deren Auto. „Merkwürdig", wunderte sie sich, „das sieht irgendwie nach einer Verhaftung aus."

So was hatte es früher in dieser Straße nicht gegeben. „Immer etwas los", kommentierte Renate Lange das Geschehen. „Leider kommt der nett aussehende Südländer nicht mehr vorbei, den würde ich gerne wieder sehen."

Luigi freute sich. Er hatte alles richtig gemacht. Seine Auftraggeber hatten sich mächtig gefreut. Sie würden extra nach Berlin kommen, um mit ihm zu feiern. „Endlich mal wieder anständigen Umgang", dachte er, und anständiges Essen und Trinken.

„Krimsekt, Koks und Kaviar", freute er sich. „Endlich mal wieder standesgemäß feiern. Die besten Nutten Berlins hatten seine Auftraggeber für diese Feier angekündigt. Dazu besten bolivianischen Koks. Außerdem würden sie einen anständigen Bonus da lassen. Er sollte Detlef mitbringen. „Soll er doch noch mal was erleben, bevor er in die ewigen Jagdgründe einfährt", dachte Luigi gehässig. „Der wird Augen machen, wenn er sieht, wie unsereins feiert."

Seine Auftraggeber hatten im Park Inn Hotel am Alexanderplatz eine ganze Konferenzhalle angemietet. Die Kosten waren für sie Peanuts. Die konnten mit Millionen um sich schmeißen.

„Wenn nicht mit Milliarden", meinte Luigi.

***

Detlef Meichsner fuhr die Prenzlauer Allee in Richtung Pankow entlang und war dabei in Gedanken. Er überdachte seine neue Situation. Luigi hatte ihm die schönsten Bilder von seinem neuen Leben ausgemalt. „Kann man ihm trauen?", fragte er sich.

Luigis Auftraggeber wollten eine Party organisieren. Er war dazu eingeladen. Schon war der drin in einer Organisation, die viel Geld hatte. Konnte er sich da noch sein kleines Hobby leisten? Konnte er weiterhin seine Ex-Kollegen der Reihe nach um die Ecke bringen? Er riskierte sein neues schönes Leben damit. Wenn der zweite aus ihrem ehemaligen Kollektiv gewaltsam starb, würde die Polizei auf die anderen Teammitglieder aufmerksam werden. Aber Rache zu nehmen war doch so schön. Achtzehn Jahre hatten sie ihm eingebrockt. Achtzehn Jahre! Die Zahl war in seinen Gedanken großgeschrieben. Achtzehn Jahre ohne Freiheit. Achtzehn Jahre voller Demütigungen, voller Gewalt und voller Einschränkungen.

„Nein, auf Rache kann ich nicht verzichten", war er überzeugt. „Sonst kann ich nicht ruhig alt werden. Das würde mich auffressen. Diese Leute müssen bestraft werden, für das, was sie mir angetan haben." Er dachte sehr angestrengt nach. „Selbst wenn sie mich im Verdacht haben, sie werden mich ja nicht finden. Keiner weiß, wo ich wirklich wohne, nicht mal meine Schwester in Ueckermünde."

Kapitel 22

„Wollen sie mit einem Anwalt sprechen?", fragte der große Klaus Martin auf seine ruhige Art.

Inzwischen waren sie auf dem Revier angekommen.

„Das weiß ich noch nicht so genau", antwortete Martin. „Kommt darauf an, was ihr von mir wollt."

„Was wir von ihm wollen", fiepste der kleine Klaus seinem Kollegen mit einem Lächeln zu, das cool wirken sollte. Dieser beachtete das gar nicht.„Ich kann Ihnen erklären, was wir von Ihnen wollen", sagte er nur.

„Da bin ich ja mal gespannt."

„Er ist gespannt", warf der kleine Klaus erneut ein. „Hör dir das mal an René, er ist gespannt."

Diesmal schaute der große den kleinen Klaus strafend an. Der duckte sich unter diesem Blick. „Es geht um den Mord an Bernd Beyer", fuhr er dann fort. „Der wurde auf dem Flughafenparkplatz in Schönefeld in seinem eigenen Kofferraum gefunden. Er hatte eine Kugel im Kopf."

Martin konnte sich erinnern, etwas von einem Toten im Kofferraum gelesen zu haben, aber damals hatte es sich angeblich um einen Unfall gehandelt. „Und das war ich?", fragte Martin.

„Ja, vermutlich. Wie kommen sonst Ihre Fingerabdrücke an den Kofferraum?", beantwortete Kommissar Fuchs seine Frage.

„Na, das können Sie wohl nicht erklären", mischte sich der kleine Kollege Kaiser ein.

„Papi kann für sich alleine sprechen. Du musst ihn nicht immer unterstützen", verscheißerte Martin den Kleinen, obwohl er von der Nachricht, einen Mord begangen haben zu sollen, ziemlich geschockt war.

„Raus Kaiser", blaffte Fuchs den Kleinen an.

Dieser erstarrte entsetzt. „Aber…", setzte er an.

„Nichts aber", brüllte Fuchs. „Raus jetzt hier, ich habe eine Befragung durchzuführen!"

Sichtlich beleidigt verließ Kaiser den Raum.

„Also", begann Fuchs. „Jetzt mal zu den Fakten. Wir haben den fast dreißigjährigen Bernd Beyer tot in seinem Kofferraum gefunden. Man hat ihm aus kurzer Distanz mit einer kleinkalibrigen Waffe eine Kugel in den Kopf gejagt. Tatort war der Kofferraum selbst. Das Fahrzeug stand auf dem Parkplatz des Flughafens Schönefeld. Und am Kofferraum sind überall wunderbare Fingerabdrücke. Diese haben wir durch den Computer gejagt und hatten einen Treffer. Wir haben uns allerdings gewundert, dass der Computer diesen Treffer genau in der Datenbank gefunden hat, wo sicherheitshalber zu Vergleichzwecken alle Fingerabdrücke von Polizisten gespeichert sind. Und jetzt frage ich Sie, lieber Herr Zimmermann: Wie kommt es, dass ihre Fingerabdrücke am Kofferraum des Fahrzeugs des Toten zu finden waren?"

„Ich sage ihnen", antwortete Martin. „dass ich Zeit meines Lebens noch nicht auf dem Flughafen Berlin Schönefeld gewesen bin."

„Ja, dann stecken wir hier wohl in einer Sackgasse."

„Wenn ich es wirklich gewesen sein soll, dann werden Sie wohl noch etwas anderes haben, als meine Fingerabdrücke."

„Leider nein."

„Außerdem kenne ich keinen Bernd Beyer, vielleicht haben Sie ja ein Foto von ihm."

Der große Ermittler reichte ihm ein Bild mit den Worten: „Das war er, als er noch unter den Lebenden weilte."

Martin kannte den Mann nicht und sagte das dem Kommissar.

„Und das hier ist er", sagte Fuchs, während er Martin ein weiteres Foto gab, „als wir ihn im Kofferraum gefunden haben."

Auch dieses Foto schaute sich Martin an. Der Kopf des Toten wies ein hässliches blutverkrustetes Loch auf. „Eindeutig tot der Mann", dachte Martin.

Er spürte, dass der Ermittler ihn jetzt genau beobachtete. „Warum sollte ich das getan haben, ich kenne den Mann schließlich gar nicht?", fragte Martin.

Der Ermittler antwortete nicht. Er zog mit ruhigen Bewegungen ein Schachtel Camel aus der Hemdtasche und zündete sich eine Zigarette an. Martin bot er ebenfalls eine an, doch der lehnte ab. Dann sagte der Ermittler: „Wenn Sie ihn nicht kennen, gab es auch keinen Grund, ihn zu töten."

„Eben", antwortete Martin bedeutsam, „das meine ich ja."

„Warum haben sie es dann getan?"

„Hab ich nicht."

„Was hat Ihnen der Mann denn getan?"

„Na, gar nichts."

„Warum haben Sie ihn dann ermordet?"

„Hab ich nicht."

„Oder war es vielleicht ein Unfall? Hat sich der Schuss aus Versehen gelöst?"

„Nein, nein und nochmals nein!"

„Fakt ist, Ihre Fingerabdrücke sind am Kofferraum."

„Weiß nicht, wie die dahin gekommen sein sollen."

„Wahrscheinlich durch Anfassen!"

„Was war es denn überhaupt für ein Fahrzeug?", fragte Martin, allmählich sauer werdend.

Kommissar Fuchs reichte ihm Bilder eines alten Audi 100.

„Kann mich nicht erinnern, einen solchen Wagen jemals angefasst zu haben", erklärte Martin.

„Ach so, dann werden die Fingerabdrücke wohl per Luftpost zur Heckklappe des alten Audi geflogen sein", antwortete der Kommissar ironisch.

„Vielleicht sollten Sie mir mal den Tatzeitpunkt nennen, vielleicht habe ich ja sogar ein Alibi!"

Fuchs nannte sie ihm. Martin brauchte nicht lange überlegen, er wusste sofort, wo er gewesen war. Da hatte er den Fall des abgesägten Bronzeschwanzes untersucht. Er war um diese Zeit von Wohnung zu Wohnung getingelt, um nach möglichen Zeugen zu suchen. Alle Häuser rings um die Statue hatte er so abgeklappert. Das war auch anhand der Zeugenvernehmungsprotokolle nachzuweisen. Dies teilte er dem riesigen Kommissar mit. „Die Protokolle liegen in meinem Büro, wir brauchen sie bloß zu holen."

„Na gut, fahren wir", entschied der Kommissar.

Martins Dienststelle lag keine Viertelstunde entfernt. Es dauerte nicht lang, da gingen die beiden die riesige steinerne Treppe zum monumentalen Gebäude des LKA hinauf. In der Dienststelle angekommen, wurden sie erstmal ein wenig beglotzt. Das hatte seinen Grund. Der große Ermittler hielt mit seinen bratpfannengroßen Händen Martins Oberarm fest. Das sah schon gewaltig nach abführen aus.

„Martin", säuselte die hübsche Praktikantin, die Kriminalpsychologie studierte und seit einem halben Jahr in der Abteilung ihr Praktikum machte. „Was will der Mann von dir?"

Sonst hatte Martin immer Freude empfunden bei dem Anblick ihres Dekolletees. Auch jetzt im Winter war der Ausschnitt ihres Pullovers atemberaubend und ließ mehr als nur die Busenansätze erkennen.

Doch heute konnte sich Martin an solchen Schönheiten nicht erfreuen. Er hatte andere Sorgen. Sie gingen weiter Richtung seines Büros. Der Alte guckte durch die Lamellen der Jalousie. Als Martin hinschaute, drehte der Alte diese schnell zu. Sie gingen weiter. Plötzlich kam der stellvertretende Abteilungsleiter auf sie zu. „Was ist hier los, Martin?" fragte er. „Was hat das alles zu bedeuten?"

Dabei sah er Kommissar Fuchs fast feindselig an. „Ich soll ein Mörder sein", erklärte Martin ihm. „Ich habe einen Mann, den ich nie gesehen habe, ermordet und dann in den Kofferraum eines Autos geschmissen, dass ich nie angefasst habe."

„Er ist ein Mordverdächtigter", berichtigte Fuchs. „Das ist ein gewaltiger Unterschied."

Sie gingen, nun zu dritt, in Martins Büro. Die Praktikantin blieb mit leicht geöffnetem Mund zurück. Dort ging Martin sofort an seinen Aktenschrank und wollte überlegen seine Unschuldsbeweise präsentieren.

Doch als er die Tür öffnete, war nur gähnende Leere zu sehen. Er war geschockt. Er hatte irgendwie eine Ahnung, dass, wenn er die Kur sofort angenommen hätte, würde er nicht in dieser vertrackten Situation stecken. „Der Alte war hier drin", sagte der stellvertretende Abteilungsleiter. „Der hat hier Akten rausgeholt."

Martin überlegte kurz, dann fiel ihm etwas ein. Er zog seine Schreibtischschublade auf und holte ein Schreiben heraus. Dieses kopierte er. Das Original gab er dem stellvertretenden Abteilungsleiter. „Pass gut darauf auf", sagte Martin zu ihm.

Die Kopie reichte er Fuchs. Es handelte sich um ein behördeninternes Memo. Dort sollte er zu einem Sachverhalt Stellung nehmen.

Er war auf der Fahrt zu den Ermittlungen in der Friedrichstraße geblitzt worden. Damit konnte er beweisen, dass er zur Tatzeit nicht am Tatort gewesen sein konnte. Triumphierend sah Martin den Ermittler an. „Das erklärt aber nicht, wie Ihre Fingerabdrücke an den Tatort kommen", erklärte dieser.

„Sie wollen es wohl nicht wahrhaben, dass ich es nicht gewesen sein kann", regte sich Martin auf.

„Erst wenn ich den Nachweis habe, dass es wirklich Sie waren, der geblitzt worden ist, sind sie aus dem Schneider", entgegnete Fuchs darauf. „Sie kommen erstmal wieder mit und bleiben solange in Untersuchungshaft, bis ich das Bild vom rasenden Kommissar besorgt habe."

Der Ton des Riesen hörte sich aber schon milder an. Der Chef des Ladens schaute wieder durch die Lamellen der Jalousie. Martin zeigte mit dem Kopf auf ihn und sagte zum Stellvertreter: „Grüß ihn von mir, ich bin bald wieder da."

Damit verließ das ungleiche Paar die Dienststelle. Wieder auf der Wache angekommen, saß da schon der kleine Klaus. „Und - haben wir ihn?", fragte er aufgeregt.

„So wie es aussieht, nicht. Hier wird vermutlich ein ganz merkwürdiges Spiel gespielt", antwortete Kommissar Fuchs kopfschüttelnd.

Kapitel 23

Detlef Meichsner stand vor einem kleinen Haus in einer Bungalowsiedlung in Pankow. „Wenn erst einmal wieder Frühling ist, sieht es hier bestimmt traumhaft aus", ging es ihm durch den Kopf.

Ein Baum stand neben dem anderen. Viele Sträucher säumten den Gehweg. Die niedlichen Wohnbungalows wurden von hübsch gestalteten Gärten umschlossen. Eine Katze taperte ganz gemütlich über die Straße. In der Mitte blieb sie sitzen, um sich zu putzen. Auf der Straße gab es so gut wie keinen Verkehr.

„So wohnst du also, du dreckiges Verräterschwein", stöhnte Meichsner auf. „Während ich achtzehn Jahre im Knast gesessen habe, hast du dich hier fein niedergelassen. Bist aus deiner kleinen hellhörigen Plattenbausiedlung ausgezogen und hast dir dieses kleine Paradies zugelegt. So schön hast du dir es gemacht, während ich Böden gescheuert, Knastwäsche gewaschen und fast täglich widerlichen Kartoffelbrei gefressen habe!"

Meichsner fühlte wieder den Hass in sich aufsteigen. Auch wenn er damit viel riskierte, auch wenn sein neuer Partner davon nicht begeistert wäre, auch wenn ihre Auftraggeber, auf deren Party sie morgen sein und die alles andere als Hurra schreien würden, er konnte auf gar keinen Fall auf seine Rache verzichten. Er würde nicht mehr ruhig schlafen können, ehe seine Leiden gesühnt waren.

Betont langsam stieg er aus und lief zu dem kleinen Gartentor, welches von einem als Rundbogen geformten Rankgitter überdacht war. „Hier werden wahrscheinlich im Sommer die Kletterrosen blühen", war sich Meichsner sicher.

Das steigerte seinen Hass noch weiter. Er hatte für seinen ehemaligen Kollegen eine kleine Überraschung im Keller des Hotels vorbereitet. Im Augenblick allerdings stiegen sein Hass und seine Mordgier in ungeahnte Höhen auf. Er musste aufpassen, dass er dem Kerl nicht gleich so heftig eine verpasste, dass dieser einen kaputten Schädel davontrug. Dann war seine schöne Überraschung im Keller umsonst.

Am Klingelschild stand der Name Weber. Allein der Name schmeckte wie der Urin, den er im Knast hatte trinken müssen. Weber, das war sein Dienststellenleiter gewesen. Er hatte sich nie um Recht und Gesetz geschert. Wollte immer der Härteste sein, wenn es um Befragungen ging. Dessen Opfer taten sogar Meichsner heute noch leid. Doch dann, als der Wind der Veränderung durch die vierzigjährige Republik wehte, war dieser Weber auf einmal ein anderer. „Er wollte keinen hohen Posten bei der Stasi", hatte er damals vor Gericht gesagt. „Er sei delegiert worden und dagegen konnte man sich nicht so einfach wehren."

„Aber Meichsner, das war ein schwarzes Schaf", so dieser Weber weiter vor Gericht. „Das hätten Sie sehen müssen, wie er dem alten Mann in den Brustkorb getreten hat. Beim ersten Mal hat der Meichsner nicht getroffen, er musste ein zweites Mal ausholen."

So und noch mehr hatte dieser Penner vor Gericht gelogen. „Dafür wird ihn heute die gerechte Strafe ereilen", schwor sich Meichsner.

Er öffnete die Pforte, betrat das Grundstück und hielt nach Weber Ausschau. Zu sehen war dieser erstmal nicht. Er ging zu dem kleinen Haus und drückte leise die Türklinke. Nachdem er eingetreten war, sah er sich um. Es war nichts zu hören. „Typisches Alte-Leute-Haus", dachte er sich und sah sich weiter um.

Neben der Garderobe hing ein Hirschgeweih. „Ja, gejagt hatte er schon damals gern", erinnerte er sich.

Weiter ging die Suche. „War er damals nicht verheiratet gewesen?", fragte er sich.

Er war im Wohnzimmer angelangt. Antiquierte Möbel bestimmten hier das Bild. Eine riesige gemütlich aussehende Couch stand an der Wand. Ihr gegenüber stand ein Flachbildfernseher von beachtlicher Größe. „Ob er heute immer noch kein Westfernsehen guckt?", schmunzelte Meichsner in sich hinein.

Auf der Kommode stand das Bild einer Frau. Eine Ecke des Bildes war mit einem Trauerflor verhängt. „Also nicht mehr verheiratet", stellte er trocken fest. „Geschieht ihm ganz recht."

Plötzlich sah er draußen eine Bewegung. Er trat ans Fenster und beobachtete einen Mann, der seine Rosen kontrollierte.

„Das ist er", war er sich sicher. Dieser Mann ging zwar sehr gebückt und langsam, aber er konnte erkennen, dass es sich um Weber handelte. Der Mann untersuchte offensichtlich, ob es die Rosen auch warm genug hatten. Bei der Rose, die Weber gerade kontrollierte, schien er sich nicht sicher zu sein. Er hüllte die Rose noch mehr in Pferdemist und Tannenzweige ein.

Meichsner wurde sehr ruhig. „Lass die Rose ruhig so wie sie ist, du wirst sie sowieso nicht mehr blühen sehen", sagte er im Stillen zu Weber.

Dann verließ er das Haus und ging in den Garten. Auf dem Weg dahin musste er am Gartenschuppen vorbei. Hier nahm er sich einen kleinen Klappspaten heraus und ging tiefer in den Garten hinein. Das Knirschen des Schnees kündigte sein Kommen an. Der gebückte Mann drehte sich abrupt um. Erkennen dämmerte eindeutig in seinem Gesicht, worauf es sofort blass wurde.

Der Mann wusste genau, dass dieser Besuch nichts Gutes zu bedeuten hatte. „Ach deswegen ist Weller verschwunden", krächzte er. „Du kommst uns wohl alle nacheinander besuchen."

„So ist es", antwortete Meichsner. „Ich will, dass Ihr alle Euer Handeln von damals bereut."

„Oh, ich habe es bereut", behauptete Weber. „Aber damals dachte ich, es ist meine einzige Chance, heil aus der Sache herauszukommen. Rückgängig machen konnte ich es ja dann nicht mehr."

„Du siehst schon aus wie das schlechte Gewissen selbst, du hättest die Aussage zurücknehmen können", erwiderte Meichsner.

„Dann hätte ich mich verdächtig gemacht, und sie hätten mir den Tod Müllers vielleicht angehängt", sagte Weber trotzig, „und getötet hast du ihn nun mal. Es ist ja nicht so, dass er von alleine gestorben ist."

„Es war ein Unfall", erklärte Meichsner ihm. „Aber den Unterschied zwischen einem Unfall und einem Mord wirst du kennen lernen. Das kann ich dir versprechen."

„Bist du gekommen, um mich zu töten?"

„Ja."

„Na ja, das macht mir nicht soviel aus, seit meine Frau gestorben ist, habe ich sowieso keine Lust mehr. Ich dachte oft daran, mich umzubringen."

„Na dann hast du ja Glück, dass ich gekommen bin und dir dabei helfe."

Der Alte zuckte mit den Schultern. „Wie gesagt, es macht mir nichts aus."

„Fein, dann habe ich ja Glück gehabt, dass ich mir eine besondere Art habe einfallen lassen, dich zu töten", entgegnete Meichsner ihm.

Der Alte wurde noch mal eine Spur blasser. „Ich könnte schreien", behauptete er.

„Kannst du nicht. Du kannst ja nur noch krächzen", antwortete Meichsner.

Langsam näherte er sich dem Alten mit dem Klappspaten. „Das nennst du eine besondere Art, jemanden zu töten?" erkundigte sich dieser. „Erschlagen ist doch nichts Besonderes. Oder willst du mich lebendig begraben? Dann bist du aber mit diesem Spaten eine Weile beschäftigt. Wahrscheinlich bin ich bis dahin eines natürlichen Todes gestorben. Ich kann dir auch einen größeren Spaten bringen, aber dann solltest du bis zum Frühling warten, dann ist der Boden aufgetaut."

„So war er schon immer", dachte Meichsner. „Umso schlimmer die Situation, desto größer sein Humor."

Er hatte keine Lust mehr, sich von dem Alten verscheißern zu lassen. Kurzerhand schlug er dem Alten mit dem kleinen Spaten auf den Hinterkopf. Es sah fast zärtlich aus. Aber es reichte dem Alten, um ohnmächtig zu werden. Er ließ ihn erstmal an Ort und Stelle liegen, um den Lieferwagen zu holen. „Um eine Blasenentzündung braucht der Alte sich nun wirklich keine Sorgen mehr zu machen", dachte er belustigt.

Er fuhr den Wagen auf das kleine Grundstück und hievte den alten Weber in den Kofferraum.

***

Katja Liebig war eine Drecksau. Sie war sogar eine immense Drecksau. Sie war nämlich eine Drecksau, wenn es darum ging, Geld zu verdienen. Dann gab es für sie kaum eine Grenze. Sie verkaufte über eine Internetseite alles, was der Perverse von heute so brauchte. Angefangen bei getragenen Slips. Die brachte sie dann für zwanzig Euro an den Mann, und vielleicht auch an die Frau. Die Slips, die sie trug, während sie ihre Regel hatte, verscheuerte sie sogar für dreißig Euro. „Wer weiß, was diese Leute dazu antreibt, ihre Nase an meinen besudelten Schlüppern zu reiben, während sie mit der Hand ihren Schritt massieren", dachte sie oft.

Doch es ging noch perverser. Auch ihre Schamhaare wurden verhökert. Zehn Euro je Zehngrammtütchen bekam sie dafür. Sie ließ ihre Beinbehaarung extra etwas länger wachsen, rasierte diese und verkaufte sie ebenfalls als Schamhaare. Sogar die Schambehaarung ihres Freundes wurde mitverkauft. Bis jetzt hatte sich noch niemand beschwert. Weil es so gut lief und der Bedarf da war, mussten zum Schluss jetzt auch die Rückenhaare des Freundes dran glauben. Doch wer jetzt glaubt, dass das der Perversion letzter Schluss war, der muss sich getäuscht sehen. Wenn Katja mit ihrem Freund schlief, dann nur noch mit Kondom. Außen schön vollgeschmaddert und innen voll Sperma brachte ein solches Kondom im Internet-Perversen-Handel fünfundzwanzig Euro. Früher hatte sie sich über ihre relativ starke Regel oft geärgert. Inzwischen wurde auch diese vermarktet. Ein schön voller Tampon brachte ebenfalls fünfundzwanzig Euro. „Schade, dass ich nur einmal im Monat meine Regel habe", bedauerte sie oft.

Wer sich einen solchen vollen Tampon nicht leisten konnte oder wollte, die Sparversion hieß Slipeinlage. Die kostete nur sieben Euro. Sie hatte stärkeren Ausfluss, die Einlagen gingen gut. In ihrer Online-Anzeige beschrieb sie sich als Typ Paris Hilton. Ein Foto hatte Katja von den Internetseiten eines Unterwäschekatalogs herunter geladen. In Wirklichkeit sah sie etwas gedrungen aus. Sie war eher klein und dabei moppelig. Aber das wussten ihre Kunden ja zum Glück nicht.

Das Geschäft lief gut.

Ihre nächste Idee war, benutzte Analketten zu verkaufen. Das bot auf dieser Seite noch niemand an, sie würde die erste sein. Dann würde das Geschäft noch besser laufen. Bis jetzt hatte ihr dieser Handel ein kleines Häuschen in einer Pankower Bungalowsiedlung eingebracht. Wenn das mit den Analketten erstmal lief, dann konnten sie anbauen und vielleicht ans Kinderkriegen denken.

Wie gesagt, sie war eine Frau, die für Geld fast alles machte.

Diese Frau ging nun eines schönen Wintertages hinaus zum Kompost, um die kalte Asche ihres Holzofens auszukippen. Der Komposthaufen lag hinten am Zaun, der ihr Grundstück von Herr Webers Grundstück abgrenzte. Genau diese Frau, die für Geld fast alles tat, wurde nun Zeugin eines Streitgespräches.

„Den Unterschied zwischen Mord und Unfall wirst du noch kennenlernen", schnappte sie auf, als sie gerade den Aschebehälter gegen den Zaun schlagen wollte, um die feste Asche zu lösen.

„Nanu, was ist denn da los", dachte sie und hielt mitten in der Bewegung inne. Es sah ein bisschen dämlich aus, wie sie da stand, klein und gedrungen, den Aschekasten von sich gestreckt. „Bist du gekommen, um mich zu töten?", war das Nächste, was sie verstand. Auch, dass diese Frage bejaht wurde, konnte sie verstehen.

Katja legte den Aschebehälter leise und vorsichtig auf den Boden und ging näher an den Zaun. Den Kompostgeruch nahm sie in ihrer Neugier gar nicht wahr. Sie presste sich an den Lattenzaun, wobei ihr keine Brüste im Weg waren, sie hatte fast keine. Um ein wenig über den Zaun schielen zu können, stellte sie sich auf die Zehenspitzen. Doch auch das nützte wenig, sie war einfach zu klein. Dafür presste sie ihr Ohr an die Zaunlatten und hörte das Geplänkel der Beiden. „Ist das ernst oder proben die Beiden für eine Theateraufführung?", überlegte sie. „Wenn ja, sind beide sehr gut."

Sie konnte sich nicht so richtig vorstellen, dass dies eine reale Situation war. Donnerstagabend schaute sie gerne ‚Im Namen des Gesetzes', aber eine solche Situation im richtigen Leben?

Nun hörte Katja, wie der sonst so grummelige alte Weber seinen Besucher verscheißerte. „Der Weber ist schon ein ekeliger Kerl", dachte sie.

Dieser hatte ihr einmal einhundert Euro geboten, wenn er ihr den Lauf seines Jagdgewehres in die Möse schieben durfte. Sie hatte natürlich zugesagt, es war ja schließlich nicht sein Schwanz. Außerdem waren es einhundert Euro. Dafür musste sie sonst dreimal ihre Muschi rasieren. Der Alte Griesgram verscheißerte seinen Besucher immer noch. „Also doch keine reale Situation", dachte Katja Liebig. „Welcher Idiot verscheißert schon seinen Mörder in Spe."

Sie wollte gerade die Ascheschüssel wieder zur Hand nehmen, da ertönte ein dumpfes Glong, gefolgt von einem Geräusch, welches erklingt, wenn ein Mensch in den Schnee fällt. Ein gewaltiger Schrecken

fuhr ihr in die Glieder. „Was nun, was nun, was nun, was nun???",
stotterte es durch ihre Hirnwindungen.

Jetzt hörte sie knirschende Schritte im Schnee, die sich entfernten.
Erleichtert schlich sie am Zaun entlang zum vorderen Ende ihres
Grundstücks und lugte durch den Kirschlorbeer, der zum Glück
immergrün war und sie gut tarnte. Der Mörder ging zu einem Auto mit
der Aufschrift „Hotel Zum Prenzlberg" und stieg ein.

„Zum Glück verpisst der sich", dachte sie auf ihre, für sie typische,
intelligente Art. Der Mann legte den Rückwärtsgang ein und fuhr auf die
Straße. Aber anstatt nun weiter geradeaus zu fahren, fuhr er weiter
rückwärts und bog ebenso rückwärts auf die Grundstückseinfahrt des
Nachbarn ein.

Dort angekommen wurde der Motor ausgestellt. Sie huschte um die
Kirschlorbeerhecke, um zu sehen, was auf dem Grundstück des
Nachbarn passiert. Der Fremde hievte unter Stöhnen den alten Weber in
den Lieferwagen. Ob er noch lebte, konnte sie nicht erkennen. Der
Fremde fuhr vom Hof, hielt an und stieg aus, um das Tor zu schließen.

„Was mache ich jetzt?", fragte sie sich. „Ob ich schnell die Polizei
hole?"

Irgendetwas in ihr sträubte sich dagegen. Um ihm nachzufahren, war
sie zu langsam. Bis sie das Auto aus der Garage heraus hatte, wäre der
Fremde schon sonst wo. Katja lugte noch einmal durch die
Kirschlorbeerhecke und prägte sich genau die Aufschrift auf dem
Lieferwagen ein.

Dann kam ihr der Zufall zur Hilfe. Der Fremde hatte, bevor er ausstieg,
beim Lieferwagen den Motor ausgeschaltet. Nun versuchte er den
Wagen wieder zu starten, dieser wollte aber nicht mehr. Der Winter
forderte seinen Tribut. Sie erkannte ihre Chance.

Sie tat so, als würde sie rein zufällig ihr Grundstück verlassen. Dabei
entdeckte sie den ‚armen' Mann, der vergeblich versuchte, seinen Wagen
zu starten. Sie ging zu ihm hin und fragte: „Gibt es Probleme?"

„Die Batterie", antwortete der Fremde und zuckte resigniert mit den
Schultern. „Sie haben nicht zufällig ein Starthilfeset und dazu noch einen
Wagen?"

„Doch, beides befindet sich dort hinten in meiner Garage."
Sie zeigte mit dem Finger auf einen mit Efeu berankten Flachbau.

„Würden sie so nett sein und einen armen Mann aus der Patsche helfen?", fragte der Fremde Süßholz raspelnd.

„Natürlich, gerne", beteuerte ‚Miss Perversenversorgung', und dachte: „Auf so eine Chance habe ich doch nur gewartet."

Sie hatte so ein Gefühl, als ob da Geld aus der Sache zu schlagen wäre. Das Auto war rasch aus der Garage herausgefahren und zu dem Pannenwagen manövriert. Der Fremde hatte einige Schwierigkeiten beim Anbringen der Starthilfekabel. „Wahrscheinlich macht er es heute zum ersten Mal", stellte Katja Liebig fest.

Er musste sich erst einmal die Beschreibung des Hilfesets durchlesen. Dann war es endlich geschafft. Katja hatte sich inzwischen eine gefütterte Jacke aus dem Haus geholt. Auf so einen langen Aufenthalt im Freien war sie nicht vorbereitet gewesen. Zuerst startete Katja ihren Wagen für die Stromspende, dann startete der Fremde den Lieferwagen. Dreimal orgelte der Anlasser erfolglos. Beim vierten Mal sprang der Diesel an. Der Auspuff entließ eine ordentliche Portion Ruß und Schwefel, der Motor drehte nagelnd seine Runden. „Danke, Sie sind ein Engel", bezirpste der Fremde Katja.

„Ich weiß", antwortete diese. „Bin extra für Sie vor einer halben Stunde vom Himmel gefallen."

Sie verabschiedeten sich. Der aus der Misslage Befreite stieg in den Lieferwagen und fuhr Ruß spuckend ab. Die Helferin in der Not wartete zur Sicherheit einige Sekunden, sprang in ihren Wagen und fuhr hinterher.

Der Lieferwagen fuhr die noch lichtergeschmückte Grabbeallee entlang, passierte das Rathaus Pankow und bog dann rechts in die Berliner Straße ein. Dort entlang fuhr er bis zum Bahnhof Pankow und bog dahinter links in die Granitzstraße ein. Dieser folgte er bis zur Prenzlauer Allee, auf welche er rechts einbog. „Er scheint zu der Adresse zu fahren, die auf dem Lieferwagen angegeben ist. Zu diesem ‚Hotel Zum Prenzlberg'", vermutete Katja.

Nachdem der Fremde und seine Verfolgerin eine Weile auf der Prenzlauer Allee entlanggefahren waren, bogen Sie links ab. Noch ein paar hundert Meter und sie standen vor dem Hotel.

Der Fremde fuhr auf den Innenhof.

Katja stellte ihren Wagen an der Straße ab und dachte: „Hinterher!"

Sie schlüpfte durch die dunkle Durchfahrt zum Hinterhof und blieb an deren Ende stehen. Von dort aus konnte sie den Fremden gut beobachten. Dieser sicherte ab, dass die Luft rein war und ging dann gerade auf einen Kellereingang zu. Die Kellertür sah aus, als ob sie schon zwei bis drei Jahrhunderte nicht benutzt worden wäre. Es könnten aber auch vier gewesen sein. „Sie lässt sich aber anscheinend leicht öffnen", beobachtete Katja.

Der Fremde schien jedenfalls keine Probleme dabei zu haben. Er öffnete sie spielend leicht und verschwand dann kurz im Keller. Kurz darauf erschien er wieder mit einer Schubkarre und einer Decke. „Ah-ja! Den Lieferwagen hat er clever geparkt", musste Katja anerkennen.

Dieser stand mit dem Heck zum Nebengelass des Nachbargrundstückes, vom Hotel aus war nicht zu erkennen, was dort getrieben wurde. Auch vom Nachbargrundstück war nichts zu sehen. Hier standen nur die mehrere Meter hohen und unverputzten Mauern eines für den Prenzlauer Berg typischen Mietshauses.

Scheinbar unbeobachtet ging der Fremde ans Werk. Er zerrte den ohnmächtigen Gefangenen über den unebenen Boden des Lieferwagens. Dieser plumpste wie ein nasser Sack in die Schubkarre, die sogleich stark in die Knie ging. Der Reifen der Karre wurde ziemlich platt. Er legte die Decke über die Karre und deckte somit den Ohnmächtigen ab. Danach wuchtete er die Karre mit der menschlichen Fracht zum Kellereingang. Katja schlich hinterher. Als der Fremde seine Fuhre im Kellereingang hatte, sprach sie ihn an. „Hallo", sagte sie, „darf ich mal stören?"

Der Fremde drehte sich mit einer plötzlichen Bewegung um und blieb wie erstarrt stehen. „Sie?", brachte er noch raus.

„Ja, ich", sagte sie, „brauchen Sie Hilfe?"

Der Fremde stotterte herum und sagte dann: „Nein, die Kartoffeln kriege ich allein in den Keller."

Es hörte sich jämmerlich an und er wusste das. „Kartoffeln, ah ja", bemerkte Katja sarkastisch.

Der Fremde machte eine fahrige in ihre Richtung. Sie wich zurück und drohte: „Das würde ich lassen, mein Guter! Mein Freund steht draußen an der Straße. Falls ich mich nicht alle zehn Minuten melde, ruft er die Polizei."

Der Fremde glaubte den Bluff eindeutig, das sah sie genau. Die Farbe wich ihm aus dem Gesicht. Es sah aus wie Kräuterquark, nur ohne Kräuter. „Was wollen Sie?", stammelte der Fremde.

„Das weiß ich noch nicht so genau", kam die spontane Antwort, „das muss ich mir erst überlegen."

Sie schwiegen sich einige Augenblicke an. „Ich muss mich erstmal bei meinem Freund melden", vermeldete Katja, „sonst holt er noch die Polizei."

Kapitel 24

Tanja machte gerade die Zimmer der asiatischen Reisegruppe sauber. Endlich waren die abgereist. Sie hatten ordentlich Geld dagelassen, waren aber auch äußerst anstrengend gewesen. „Mann", dachte sie, „Kohle ist das Eine, aber meine Knochen sind das Andere."

Ständig hatten die Asiaten etwas gewollt. Ständig hatten sie geschnattert. „Detlef war auch keine große Hilfe", erinnerte sie sich, „der war ständig unterwegs."

Nach dem dritten Zimmer war sie völlig fertig. In der Nähe des Fensters bog sie zur Entspannung ihren schmerzgeplagten Rücken durch. Dabei sah sie zufällig auf die Straße hinaus. Detlef bog gerade in die Einfahrt zum Hinterhof ein. Instinktiv winkte sie, obwohl er es logischerweise nicht sehen konnte. Obwohl sie durch die harte Arbeit körperlich ziemlich groggy war, spürte sie eine Welle sexuellen Verlangens durch ihren Körper gleiten. Selbst ihre Brustwarzen richteten sich auf. Kurz, nachdem Detlef in die Einfahrt eingebogen war, hielt gegenüber ein kleiner Wagen. Eine Frau stieg aus und schlich Detlefs Auto in die Einfahrt hinterher. „Ähhh, was macht die denn da?", fragte sich Tanja.

Sie öffnete das Fenster und machte einen langen Hals. Es nützte nichts, die Frau war schon in der Einfahrt verschwunden.

„Was will die von meinem Detlef?", brummelte Tanja vor sich hin.

In einem halsbrecherischen Tempo jagte sie die Treppe hinunter. Drei Stufen auf einmal nahm sie. In der Gaststube angekommen ging sie nicht den direkten Weg durch die Hintertür auf den Innenhof, sondern sie lief durch die Vordertür, um über die Toreinfahrt in den Innenhof zu gelangen. „Von hinten anschleichen ist am besten", war sie sich sicher, „da kriege ich wenigstens mit, worum es geht."

Schon war sie in der Hofeinfahrt und schlich an die Wand gedrückt zum Innenhof. Dann hörte sie erste Wortfetzen. Irgendetwas von Kartoffeln verstand sie. „Kartoffeln?", wunderte sie sich, „was denn für Kartoffeln?"

Sie lugte vorsichtig um die Ecke. Was sie da sah, machte sie betroffen. Ihr Freund stand da, völlig bleich und verstört. Jetzt machte er eine Bewegung, als ob er die Frau angreifen wollte. Die jedoch brabbelte etwas von Polizei und Detlef wich sofort zurück. Tanja gab es einen Stich ins Herz, ihren Freund so zu sehen. „Was ist das für eine dreckige Fotze, die meinen Freund so bedroht?", dachte sie unfein.

„Mein Freund steht draußen an der Straße. Falls ich mich nicht alle zehn Minuten melde, ruft er die Polizei", hatte diese Schlampe gerade zu Detlef gesagt.

Tanjas Angst schlug in Wut um. „Das kann kaum sein, du dumme Pute!", mischte sie sich lautstark ein.

Sie kam aus ihrer Ecke heraus und betrat nun vollends den Hof. Die Angesprochene drehte sich wie von der Tarantel gestochen um, blieb aber erst einmal stumm. „Ich habe dich ankommen sehen", fuhr Tanja fort, „Du bist allein im Auto gewesen."

„Mein Freund ist mir mit seinem Wagen hinterher gefahren", stammelte die eben noch so großmäulige Lady.

„Wer's glaubt, wird selig", antwortete Tanja darauf, „du bist allein hier, Baby, das brauchst du gar nicht zu bestreiten."

An Detlef gewandt fragte sie: „Was will diese Kuh von dir, Detlef?"

Detlefs Gesicht gewann wieder Farbe.

„Weiß ich nicht so genau, erpressen vermutlich" erklärte er ihr.

„Womit denn?", wollte Tanja jetzt wissen.

Detlef zeigte nur auf die Schubkarre. Dort war die Decke mittlerweile etwas verrutscht und eine farblose Hand schaute heraus. Nun war es an Tanja, blass zu werden. Ihre Haut hatte jetzt die Farbe des Schnees, auf dem sie stand.

„Hast du jemanden ermordet?", fragte sie kläglich.

„Ja, ähh nein", antwortete Detlef verwirrt, „der lebt doch noch."

Kaum ausgesprochen, bewegte sich die Hand des ‚Toten' ein bisschen.

„Genau der richtige Zeitpunkt, um wieder unter die Lebenden zurückzukehren", grollte Meichsner halblaut.

Doch es blieb bei der einen Bewegung. Meichsner war einerseits erleichtert, andererseits wusste er nun nicht mehr weiter. Tanja nahm den Schneeschieber und drohte ihrer Kontrahentin damit. „Geh in den Keller, du blöde Kuh", schimpfte sie.

Diese quetschte sich an der Karre vorbei und war dabei bemüht, nicht mit der Hand in Berührung zu kommen. „Was wird das denn jetzt?", wagte sie noch zu fragen.

„Halt die Schnauze und geh tiefer rein", blökte Tanja sie an, „so, dass wir dich noch sehen, du uns aber nicht hörst."

Die so Angebrüllte ging mit ängstlichem Gesicht weiter in den Keller. „Das reicht jetzt", brüllte Tanja noch lauter, als sie der Meinung war, dass es weit genug wäre.

Katja bereute nun mit voller Kraft, dem Lieferwagen gefolgt zu sein.

„Hätte ich bloß mein Aschekasten genommen, und wäre ins Haus gegangen", ging es ihr reuevoll durch den Kopf, „dann würde ich jetzt am warmen Ofen sitzen und meinen dämlichen Kater streicheln."

Währenddessen quetschte Tanja Detlef aus: „Was ist hier los?"

Als sie diese Frage stellte, bewegte sich wieder etwas in der Schubkarre, diesmal etwas stärker. „Das ist einer der Männer, die mein Leben zerstört haben", antwortete Meichsner und zeigte dabei auf die Schubkarre. Tränen quollen ihm aus den Augen. „Das ist einer der Männer, die dafür gesorgt haben, dass ich achtzehn Jahre unschuldig hinter Gittern verbringen musste. Ihm und seinen Kumpanen habe ich zu verdanken, dass ich von Männern durchgevögelt wurde."

Sein Weinen wurde stärker. „Ich musste Urin trinken", fuhr er fort, „und ich musste Klofußböden ablecken!"

Er erzählte ihr eine Kurzform seines verpfuschten Lebens. Mitleid quoll in Tanja hoch. Er gab sogar zu, dass er bereits einen seiner Peiniger ermordet hatte und dass er gerade vorhatte, den nächsten zu Tode zu quälen. Er hatte so viel Mitleid in ihr geweckt, dass sie seine Tat und das Vorhaben nicht als falsch empfand. Sie wollte ihm sogar helfen. „Was machen wir jetzt mit ihr?", fragte Detlef seine Liebste, mit dem Kopf tiefer in den Keller zeigend, „wenn sie mich verrät, bin ich weg vom Fenster."

„Das lasse ich nicht zu", flüsterte sie ihm zu, „mach dir keine Sorgen. Ich bin immer für dich da!"

Sein sorgenvolles Gesicht hellte sich ein wenig auf. „Was tun wir jetzt mit ihr?", drängte Detlef.

Die Zeit drängte auch. Es waren wieder Bewegungen aus der Schubkarre zu vernehmen und mahnten zur Eile. Tanja spurtete plötzlich in die Tiefe des Kellers hinein und semmelte Katja mit voller Wucht den Schneeschieber an den Schädel. Diese fiel, ohne noch einen Mucks zu machen, auf den gestampften Kellerboden aus bloßer Erde. Plötzlich fiel die Schubkarre um und deren Inhalt glotzte jetzt ziemlich verständnislos und rieb sich den schmerzenden Kopf.

Meichsner stürmte zu seiner Freundin und nahm ihr den Schneeschieber weg. Anschließend stürmte er zurück zu dem glotzenden Weber und hieb ihm ebenfalls das Winterwerkzeug auf den Kopf.

Die Augäpfel des Getroffenen rollten nach innen. Langsam sank Weber an die Wand. Tanja schlug die Hände vor den Mund und wurde hysterisch. „Was machen wir jetzt, Detlef, was machen wir jetzt?", schrie sie.

Detlef beruhigte sie. Er erzählte ihr die Geschichte seines Lebens schnell noch einmal, diesmal ausführlicher. Sie verstand es, sie verstand seinen Hass, sie verstand seine Wut. „Ich werde immer zu dir stehen", schwor sie ihm.

„Wir müssen die Beiden loswerden, aber der Weber muss vorher noch ordentlich bestraft werden", forderte Detlef.

Tanja nickte und war erstaunt, wie selbstverständlich sie zur Komplizin eines Mörders geworden war. Aber das machte ihr nichts aus, Liebe macht nun mal blind.

Kapitel 25

Kommissar Fuchs hatte Martin Zimmermann noch einmal ins Vernehmungszimmer holen lassen. Außerdem hatte er je zwei Currywürste mit Brot besorgt.

Zimmermann wurde vorgeführt. „Setzen Sie sich bitte", sagte Fuchs zu ihm.

„Was wird das jetzt", fragte Martin mit Blick auf die Currywürste, „ein Bestechungsimbiss?"

„Ich würde gern erfahren, was es mit dieser Geschichte auf sich hat", beschwichtigte ihn der große Kommissar, „ich will wissen, welches Spiel hier gespielt wird."

Er kratzte sich nachdenklich mit seinem Daumennagel .am Kinn.

„Dass hier irgendetwas nicht stimmt, kann ich mir an zwei Fingern ausrechnen", fuhr er fort, „und ich will wissen, was es ist."

Inzwischen standen auch noch zwei Tassen dampfenden Kaffees auf dem Vernehmungstisch. Schweigend aßen sie ihre Würste, mit dem Brot saugten sie auch das letzte Bisschen der leckeren roten Sauce auf. Jeder war in seinen eigenen Gedanken gefangen. Der Kommissar zog seine Tasse zu sich heran und schlürfte am heißen Kaffee.

„Es geht doch nichts über eine ‚Tasse Heeßen'", griente er um gleich darauf wieder ernst zu werden.

„Morgen muss ich dich sowieso wieder freilassen", stellte er fest, „ich hab zwar deine Fingerabdrücke an der Kofferraumklappe, aber dein Alibi ist hieb- und stichfest. Außerdem glaube ich sowieso nicht, dass du es warst."

„Und damit liegst du voll richtig", kommentierte Martin das Gesagte. Sie waren wie selbstverständlich zur persönlichen Anrede übergegangen.

„Aber wer legt dir so ein Kuckucksei ins Nest?", fragte Fuchs den LKA-Kollegen, „ich bin übrigens René."

„Ich bin Martin, wie du ja weißt. Ich hätte da auch eine Idee, was hier schief läuft. Alles fing an, als ich den Schönen Luigi überwachen sollte ..."

Und dann erzählte er die ganze Geschichte: Wie er bei den Ermittlungen behindert wurde, wie ihm anschließend der Fall weggenommen wurde, wie er den Fall der verstümmelten König-Friedrich-Bronze übernehmen musste, bis hin zu den merkwürdigen Ermittlungen in diesem Fall. René hörte genau zu. Ab und zu ließ er mal ein ‚Ah' oder ein ‚Oh' hören, die meiste Zeit war er jedoch still. Als Martin die Geschichte beendet hatte, brachte René nur ein ‚Hmm' heraus.

„Was, hmm?", fragte Martin.

„Sehr merkwürdig alles", antwortete René Fuchs, „aber das wäre doch gelacht, wenn wir das nicht aufklären würden."

***

Im Keller des Hotels stand ein alter, riesengroßer Waschkessel. Früher hatte man diesen mit Holz beheizt und so die Wäsche gekocht. Nun stand er nutzlos da und rostete vor sich hin. Innen platzte langsam die Emaille ab.

In diesen Waschkessel legten Detlef und Tanja die Leiche der spionagegeilen Schlampe. Als sie ohnmächtig war, hatte Detlef sie erwürgt. Tanja war extra rausgegangen, weil sie das nicht sehen wollte. Die Leiche passte gut hinein.

Oben im Schuppen lagen einige Säcke mit Streusalz. Tanja hatte im Winter den Gehsteig vor dem Hotel freizuhalten. Auch den Innenhof hielt sie immer schneefrei. Da die weiße Pracht aber nicht mehr wie früher in rauen Mengen vom Himmel fiel, war eine Menge davon übrig. Damit füllte sie den Waschkessel bis zur Oberkante auf. Die Tote war nicht mehr zu sehen.

„Das sollte die Leiche zersetzen", erklärte Detlef.

Tanja machte dabei ein angewidertes Gesicht. Zum Schluss legten sie noch den großen Deckel aus Aluminium auf den Kessel. Nun war weder von der Toten, noch von dem Salz etwas zu sehen. Danach gingen die beiden zu Weber.

***

Weber war von Meichsner schon auf dem Stuhl fixiert worden, bevor dieser aus seiner Ohnmacht aufgewacht war. Seine Arme und Beine waren an die an den Stuhl geschweißten Rohrklemmen befestigt worden.

Weber wimmerte leise vor sich hin. Als er seine beiden Peiniger entdeckte, schrie er hysterisch: „Was wird das, Meichsner? Damit kommst du nicht durch. Mach mich los, du verrücktes Arschloch."

„Ich bin schon einmal damit durchgekommen, und das wird auch wieder so kommen", erklärte Detlef seinem Gefangenen sachlich.

Diese Sachlichkeit machte Weber noch mehr Angst. „Mach mich bitte los", bettelte er, „ich gehe auch zur Polizei und sage, dass ich damals gelogen habe."

„Das bringt mir die verlorenen Jahre auch nicht wieder", erwiderte Meichsner, „du bleibst hier!"

„Was hast du mit mir vor?", kreischte der alte Mann in seinem Stuhl, „willst du mich foltern? Oder lässt du mich etwa verdursten?"

„Nein, ich habe etwas viel Besseres für dich", sagte Meichsner, „an Durst brauchst du sicher nicht zu leiden", und zeigte auf seine Konstruktion mit der Schlauchspritze. „Brauchst nur immer schön dein altes Maul aufmachen!"

Weber sah irritiert aus, seine Hysterie ließ etwas nach. Er sah sogar ein bisschen erleichtert aus.

„Willst du mich nass machen, damit ich mich erkälte?", erkundigte er sich. Es klang beinahe amüsiert.

„Nein, du widerliches Stück Scheiße", wandte sich Meichsner an den alten Mann, „ich werde dir erklären, was ich vorhabe. Diese Konstruktion wird dich alle fünf Minuten für eine Minute nass spritzen. Sie wird dich Tag und Nacht wach halten. Du wirst einen besonders langwierigen Todeskampf erleben. Und dann, mein Lieber, wirst du den Tod durch Schlafentzug sterben."

Nun war die Hysterie bei Weber wieder voll da. Er schlotterte am ganzen Körper. Er wand sich in seinem Stuhl. Doch die Rohrklemmen gaben keinen Millimeter nach. Er schrie und schrie.

„Du bist verrückt, Meichsner", brüllte er, „du gehörst in eine Anstalt."

„Das stimmt, Weber", erklärte Meichsner, „ich bin eindeutig verrückt, und du hast deinen Beitrag dazu geleistet."

Als er das erklärte, war er ganz ruhig. Während Weber weiter zeterte, ging er zur Steckdose und überprüfte die Zeitschaltuhr. „Alles bestens", überlegte er zufrieden, „die Uhr läuft und wird alle fünf Minuten für sechzig Sekunden Strom durchlassen."

Tanja hatte sich inzwischen aus dem Staub gemacht. „Sie ist halt eine Frau", grinste Meichsner, als er es bemerkte, „ist wohl etwas unheimlich, mit einer Leiche und einem zukünftigen Toten im Keller."

Weber sah Meichsner grinsen und sagte zitternd: „Dir ist es wirklich ernst damit. Du willst mich hier unten langsam und grausam verrecken lassen."

„Das hast du gut erkannt", erwiderte Meichsner kalt und steckte schon mal den Stecker der Pumpe in die Zeitschaltuhr.

„Willst du es dir nicht noch einmal überlegen?", winselte Weber, „ich kann dir Geld geben. Viel Geld."

„Ich brauche dein Scheißgeld nicht", empörte sich Meichsner, „ich werde bald wahrscheinlich so viel haben, wie du dein Lebtag nicht gesehen hast."

Dann erzählte er dem Alten, was er besaß. „Erinnerst du dich, was wir bei dem alten Müller, wegen dem ihr mich verhaften ließt, gefunden haben?"

„Richtig, Aufzeichnungen", erklärte Meichsner, obwohl Weber überhaupt nichts von sich gegeben hatte. „Und erinnerst du dich auch, um was es sich für Aufzeichnungen handelte?"

„Doch du weißt es" beantwortete er auch diese Frage selbst, „und ich habe diese Aufzeichnungen jetzt."

Erkennen erhellte Webers Gesicht.

„Du hast sie die ganze Zeit gehabt!", rief er, „und wir haben uns blöde gesucht."

„Freut mich zu hören", frohlockte Meichsner, „und weißt du was? Ich werde bald ein reicher Mann sein und du wirst bald ein toter Mann sein. Gefällt dir das?"

Der Alte beantwortete diese Frage nicht.

Meichsner ging betont langsam zur Wasserpumpe und schaltete sie ein. Er blickte auf die Zeitschaltuhr und sagte an Weber gerichtet: „In drei Minuten kommt zum ersten Mal Strom, dann kriegst du deine erste Dusche!"

Damit verließ Meichsner den ehemaligen Waschraum. Der Alte schrie sich die Seele aus dem Leib: „Meichsner, Meichsner du Arschloch, mach mich los…mach mich los, mach mich los, mach mich loooos!"

Dabei rüttelte er wie wild geworden an seinem Stuhl. Meichsner schloss die schwere Tür, und sofort war das Gebrülle wie abgeschnitten.

Kapitel 26

Das Taxi hielt vor der Hotel und hupte zweimal. Meichsner und Luigi kamen aus der Tür und eilten zu diesem hin. Meichsner rutschte im Schnee aus und saß plötzlich auf seinen vier Buchstaben. „Erst laufen lernen, dann Schuhe kaufen", spottete Luigi.

Er hatte Meichsner herausgeputzt. Vormittags waren sie in einer Herrenboutique gewesen. Meichsner sah schick aus. „So blamiere ich mich wenigstens nicht mit ihm", stellte Luigi fest und half ihm hoch. „Musst mal deiner Angebeteten sagen, dass sie mal wieder den Gehweg streuen muss, oder ist euch das Streusalz ausgegangen?"

Daraufhin machte Meichsner einen merkwürdigen verschlossenen Gesichtsausdruck. „Das ist schon ein komischer Vogel", amüsierte sich der Italiener, „hoffentlich muss ich ihn nicht mehr lange ertragen."

Sie stiegen ein und Meichsner nannte dem Taxifahrer stolz die Zieladresse: „Park Inn Hotel bitte, wenn's geht - schnell, wir haben dort einen wichtigen Geschäftstermin."

Der türkische Taxifahrer machte ein gleichgültiges Gesicht und sagte: „Alles klar, mein Freund, einmal Park Inn."

„Der wird sich jetzt fragen, ob wir noch ganz rund laufen", schämte sich Luigi ein bisschen, „wir kommen aus diesem schäbigen Hotel für arme Leute, haben aber einen wichtigen Geschäftstermin! Wahrscheinlich hält er uns für Handwerker, die in dem Loch von Hotel ein Monteurszimmer haben, und jetzt zu unserer Baustelle fahren."

Dass diese Überlegung nicht zu ihren Anzügen passte, übersah Luigi.

Da er sich nicht in Kreisen aufhielt, wo man seine Brötchen mit der schweren Arbeit seiner Hände verdient, konnte er auch nicht wissen, dass man als Handwerker selten mit dem Taxi zur Arbeit fuhr. So fuhren sie in Richtung Alexanderplatz, wo der Fernsehturm stolz seine 365 Meter jedem zeigt, der sie sehen will. „Telespargel nennen ihn die Berliner", erklärte Detlef Luigi, der nicht danach gefragt hatte, der aber trotzdem versuchte, interessiert auszusehen. Freundlich nickte er.

***

Große geometrische Figuren flogen langsam auf ihn zu. Zylinder, Kegel, Kugeln, Prismen, Pyramiden und Würfel. Sie waren irgendwie beschaffen wie aufblasbare Gummifiguren. Ständig änderten sie ihre Formen und Farben. Er wusste, diese Figuren konnte ihm nichts anhaben. Trotzdem fühlte er sich angegriffen. Es war wie in einem Fiebertraum. Panik wallte in ihm auf und ab. Er hatte keine Chance, den Figuren auszuweichen. Nicht die kleinste Bewegung konnte er machen. Die Figuren kamen auf ihn zu und gerieten dann, ohne ihn irgendwie zu berühren, aus seinem Sichtfeld. Trotzdem quälte ihn schreiende Angst. Er bereitete sich gerade auf den Angriff eines giftgrünen überdimensionalen Tetraeders vor, als ihn der Wasserstrahl traf.

Schlagartig war er wach.

Die geometrischen Körper waren sofort verschwunden. Eine Minute lang wurde er grausam geduscht. Er schrie in vollendeter Panik. Sein Gehirn war völlig überfordert. Eben noch hatte es versucht, sich endlich zu regenerieren. Nun hatte es keine Chance mehr und musste obendrein eine Fülle von Signalen und Reizen verarbeiten. Der Wasserstrahl wurde schwächer und hörte schließlich ganz auf. Weber braucht eine Weile, um festzustellen, wo und in welcher Situation er sich befand. Doch dann wusste er wieder, was los war.

„Ich befinde mich im Keller dieses Wahnsinnigen", fiel ihm wieder ein.

Er war wach, aber zu keinem klaren Gedanken fähig. Irgendwie arbeitete sein Gehirn langsamer. Was sein Gehirn an Geschwindigkeit eingebüßt hatte, glich sein Herz wieder aus. Es pochte rasend, wie ein Presslufthammer. Seine langsamen Gedanken waberten zäh wie kalte Melasse durch seinen Geist. Er schaute auf seine Uhr, um zu sehen, wie lange er diese Tortur schon überstand. Er drückte das Handgelenk ein wenig aus der Rohrklemme und drehte es ein bisschen, um das Ziffernblatt in dem trüben Licht zu erkennen, dass die Lichtschächte durchließen. Die Uhr war stehen geblieben.

„Wasserdicht, Aha", spotteten seine langsamen Gedanken. Es hörte sich in seinem Kopf an, als ob seine Gedanken auf einem Kassettenrecorder abgespielt werden, dessen Batterien fast leer sind. Als er das letzte Mal auf die Uhr gesehen hatte, war es gerade morgens um Acht Uhr gewesen. Das Ziffernblatt seiner Uhr war noch zu erkennen gewesen. Er hatte seine zweite schlaflose und grausame Nacht hinter sich gebracht. Sie hatte gefühlte dreihunderteinundfünfzig Stunden. Gegen Mittag war er zwischen den Duschen mehrere Male eingeschlafen. Dann träumte er wirres Zeug, bis er von der Dusche davon befreit wurde.

Weber fror. Er wusste nicht mehr, weswegen er fror. Kam es eher vom kalten Wasser oder vom Schlafmangel? Er verspürte weder Hunger noch Durst. Über die Menge der Flüssigkeit, die ihm zum Trinken zur Verfügung stand, konnte er sich nicht beklagen. Um Hungersignale zu senden, war sein Gehirn wahrscheinlich zu müde. Plötzlich wurde ihm schlecht. Er würde sich übergeben müssen. Da er in seiner sitzenden Haltung gefangen war, bekotzte er sich ausgiebig. Er schaute an sich herunter. Sein Schoß war voll. „Macht nix", dachte Weber, „ich werde ja sowieso gleich abgeduscht."

Ein irres Lachen entrang sich seiner Kehle. Er schätzte, dass er noch zwei Minuten bis zur nächsten Dusche hatte. Merkwürdig war, dass ihn nicht die Dusche, der Schlafentzug oder der drohende Tod am meisten störte, sondern die Langeweile. Er glaubte sowieso nicht daran, dass er starb. Er war davon überzeugt, dass er nur bestraft werden sollte.

Gegenüber stand ein alter Ofen zum Betrieb einer Zentralheizung. Es war ein altes rostiges Ungetüm, von dem Rohre und Armaturen abgingen. Sein strapaziertes Gehirn gaukelte ihm dort Geräusche und Bewegungen vor. „Dort hat Meichsner bestimmt den alten Weller eingesperrt", nahm Weber an, „wenn der Verrückte meint, er hätte uns genug bestraft, wird er uns beide sicherlich freilassen."

Er drehte seinen Kopf. Sein Halswirbel knarrte wie eine rostige Tür. „Wo sind die anderen Beiden?", fragte er sich, „schließlich waren wir vier."

Dort hinten stand ein alter Waschkessel. Als ihn der Verrückte und seine beknackte Freundin gestern hier eingesperrt hatten, hatte dort der Aluminiumdeckel noch nicht draufgelegen. „Alles klar", grinste Weber verrückt, „dort ist bestimmt Borkowski drin, der war immer der Kleinste."

Mitten in seine Überlegungen platzte der nächste Wasserstrahl. Webers Reflexe waren nicht mehr schnell genug, um seine Augen schnell zu schließen. Der Wasserstrahl traf mit voller Kraft seinen Augapfel. Weber glaubte, ihm platze das Auge. Er spürte die Augenflüssigkeit an seiner

Wange herunterfließen. „Wie soll ich bloß mit nur einem Auge weiterleben?", fragte er sich ohne Panik.

Er hätte sich auch fragen können, wie er jetzt ohne Beinbehaarung weiterleben soll, so ruhig war er dabei. Dann hörte der Wasserstrahl auf. Das Auge brannte höllisch, aber konnte noch sehen. Probeweise schloss er einmal das andere Auge.

Da - er sah immer noch, wenn auch verschwommen. „Weller, du alter Wichser, ich kann immer noch mit beiden Augen sehen", informierte er den Zentralheizungsofen.

Dieser antwortete erstmal nicht.

„Hat es dir die Sprache verschlagen?", krächzte er den Ofen an.

Immer noch keine Antwort.

„Hat er dir ein Knebel in dein altes zahnloses Maul gestopft?", bohrte Weber heiser weiter, „keine Sorge, bald wird uns der Irre wieder freilassen."

Auch das schien den Ofen oder seinen imaginären Inhalt nicht zu beeindrucken.

„Na gut, quatsche ich eben ein bisschen mit dem kleinen Borkowski", beschloss er. „Borkowski", versuchte er mit seiner rostigen Stimme dem Waschkessel zuzurufen.

Wahrscheinlich hätte Borkowski das Rufen nicht mal gehört, wenn der neben ihm auf dem Stuhl gesessen hätte, so leise, wie Weber inzwischen krächzte.

„Weller ist auch hier, er steckt im Ofen", teilte er dem Waschkessel mit.

Er betrachtete den großen Keller. Die Düsternis, das fadenscheinige Licht aus den Lichtschächten, den alten rostigen Ofen, den antiquierten Waschkessel, er selbst auf seinem vorsintflutlichen Eisenstuhl. Die ganze Szenerie hätte auch aus einem Horrorfilm stammen können, ‚SAW' beispielsweise. Dieses wollte er dem Mann im Ofen mitteilen.

Er kam genau bis „Weller, wir…", da sprang die Pumpe wieder an.

Diesmal hatte er die Augen geschlossen, dafür den Mund auf. Der Wasserstrahl traf ihn genau dort, wo der Brechreiz ausgelöst wird. Viel hatte er nicht im Magen, weshalb er hauptsächlich trocken würgte. Das Wenige, was er raus brachte, wurde sofort vom Wasser weggespült. Als der Strahl aufhörte, lachte er irre. Er fiel wieder in einen Schlaf, der nur wenige Minuten andauern würde.

***

Das Park Inn Hotel am Alexanderplatz war einmal das größte Stadthotel in Berlin. In der obersten Etage befindet sich Deutschlands höchstgelegenes Spielcasino. Von hier aus hatte man einen herrlichen Panoramablick auf einen Teil der Hauptstadt.

Detlef Meichsner genoss gerade diesen Panoramablick aus dem 37. Stock des Gebäudes. Er sah die längliche Röhre des Fernsehturms, an dessen Fuß sich ameisengleich die Leute tummelten. Viel war nicht los auf dem Alexanderplatz. „Das ist jeden Winter so", wusste er, „aber wenn erstmal Frühling wird und überall auf dem Platz die Stiefmütterchen blühen, dann werden wieder die Fontänen der Springbrunnen angestellt. Und dann werden sich hier wieder, wie schon seit ewigen Zeiten, die Menschen aus aller Herren Ländern treffen."

Er hatte noch nirgendwo so viele Springbrunnen wie am Alexanderplatz gesehen. „Schon zu DDR-Zeiten hat man sich hier getroffen", hing er weiter seinen Gedanken nach, „wann immer man sich mit jemanden aus einer anderen Stadt traf, hieß es, um so und soviel Uhr an der Weltzeituhr am Bahnhof Alexanderplatz. Noch heute kann man, wenn man die Weltzeituhr beobachtet, Menschen sehen, die wartend auf die Uhr schauen und aufgeregt in die Menge spähen, um das bekannte Gesicht zu entdecken."

Er drehte sich um und beobachtete das Treiben in dem Casino.

Luigi und er waren erstmal hier hochgefahren, weil sie bis zum Bankett noch einige Stunden Zeit hatten und Luigi noch ein wenig zocken wollte.

Meichsner selbst war, seit sie das Casino betreten hatten, nur am Staunen gewesen. Alles sah sehr teuer aus. An den Tischen wurden hohe Beträge verspielt oder gewonnen. Alle Besucher waren sehr gut gekleidet. Wer nicht die entsprechende Garderobe dabei hatte, konnte sich an der Leihgarderobe das Passende geben lassen. Es gefiel ihm hier sehr gut. Dieses Casino war irgendwie anders, als er es aus dem Fernsehen kannte. „Schon dieser Blick aus 127 Metern Höhe war etwas Einzigartiges", fand er. „Überhaupt, dass ein Casino Fenster hatte, war etwas Besonderes. Normalerweise sollte der Spieler nicht merken, welche Tageszeit war."

Luigi war kurz verschwunden, um sich mit irgendjemandem zu treffen. Er hatte ihm aber versprochen, gleich wieder zu kommen. Nun war er aber schon eine Viertelstunde weg. Meichsner drehte sich wieder dem phänomenalen Rundblick zu. Der Alexanderplatz hatte sich seit der Wende hervorragend entwickelt. „Wenn ich da an früher denke", dachte er, „da war noch alles trist und grau."

Inzwischen ist dieser Platz der zentrale Mittelpunkt der City Ost. Die Untergrundbahn unterquerte mit drei Linien das Pflaster. Oben überquerten oder tangierten unzählige S-Bahnlinien, Straßenbahnlinien und Buslinien den Platz. Neue Häuser schossen ringsherum in den Himmel. Kaufhaus neben Kaufhaus wuchs aus dem Boden. In Richtung Fernsehturm hatte der Platz noch etwas von seinem früheren Charme erhalten. Dort, wo im Frühling und Sommer unzählige Blumen stehen, waren überall weiße Sitzbänke aufgestellt. Von dort aus konnte man in den wärmeren Monaten die sprudelnden Kaskaden beobachten. Jetzt in den Wintermonaten …

Da wurde er von hinten angestoßen. „Willst du jetzt noch ein paar Stunden blöde aus dem Fenster gucken oder willst du mal ordentlich Kohle auf den Kopf hauen?", fragte Luigi grinsend.

„Kohle auf den Kopf hauen, hat mir gefallen", antwortete Detlef sarkastisch, „wo soll ich die denn herholen?"

„Das lass mal meine Sorge sein", erwiderte Luigi und hielt ihm ein Bündel Scheine vor die Nase. Gemeinsam gingen sie diese in Jetons umtauschen. Dann besuchten sie das American Roulette. Meichsner wusste gar nicht, was er zu tun hatte. Er beobachtete die anderen Spieler und insbesondere Luigi. Dieser stellte gerade einen Stapel Jetons auf ein rotes Karo auf dem grünen Tuch. Der Croupier drehte das Rouletterad und warf die Kugel ein. Eine Weile drehte der Kreisel schnell und wurde dann langsamer. Das Rattern der Murmel verlangsamte sich zu einem tack, tack, tack.

Es wurde noch langsamer: tack … tack … tack.

Rot … schwarz … rot … schwarz.

„Scheiße, verloren", grinste Luigi Meichsner an, „fünftausend Mücken dem Casino in den Arsch geblasen."

Meichsner war entsetzt. Er riss die Augen auf und stammelte: „Fünftausend Tacken hast du gerade verloren?"

„Na und, was soll's?", kommentierte Luigi das Geschehene. „Vielleicht holen wir das ja wieder rein. Nun setz du auch mal was!"

Luigi lachte wie irre. Er selbst setzte diesmal 1500 Euro auf Pair. Der Croupier setzte die Roulette-Scheibe in Bewegung und warf die Kugel entgegen der Drehrichtung ein.

„Was heißt pair?", flüsterte Meichsner Luigi zu.

„Das heißt, dass ich auf die geraden Zahlen setze."

Schnell setzte Detlef ebenso auf pair, Sekunden später ertönte das ‚Rien ne va plus'. Die Scheibe wurde langsam und die Kugel blieb auf der neunzehn liegen.

„Wieder nichts", dachte Meichsner enttäuscht.

Luigi hingegen schien nicht besonders verärgert zu sein. Er setzte sofort wieder, diesmal schwarz. Als sie eine Stunde später den Roulettetisch verließen, waren sie um etwas über 20000 Euro ärmer. Das tat aber Luigis Stimmung keinen Abbruch. Er zerrte Meichsner mit an den Black Jack Tisch und spielte auch sofort los. Meichsner beobachtete erst einmal abwartend. Dann rief er: „Das ist ja wie bei ‚siebzehn und vier', manche nennen es auch ‚einundzwanzig tot'."

„Wir nennen es hier Black Jack", erwiderte Luigi mit einem entschuldigenden Blick zum Bankhalter.

Beide spielten ein paar Runden und konnten den Verlust beim Roulette fast wieder ausgleichen. Zum Abschluss setzten sie sich noch an einen Pokertisch, wo Meichsner die ganze Zeit versuchte, ein Pokerface zu machen. Luigi teilte ihm bei Gelegenheit mit, dass das ein bisschen albern aussah. Geholfen hatte es auch nicht viel, die roten 20000 standen wieder.

Nun wurde es Zeit, zu ihrem Bankett zu gehen.

Die schwere Tür zum Konferenzsaal wurde geöffnet und sie traten in einen Raum, der von vornehmen Männern bevölkert wurde. In der Mitte des Raumes stand ein Tisch, auf dem sich eine Pyramide aus Champagnergläsern befand. Eine Wolke aus angenehm riechendem Zigarrenqualm waberte durch die oberen Regionen des Saales. Ein Teil des Saales war in kleine Separees abgeteilt. „Wozu soll das denn gut sein", grübelte Meichsner.

Dann wurde er den Anwesenden vorgestellt. Er hatte eigentlich kein Problem mit seinem Selbstbewusstsein, aber hier zwischen all den erfolgreichen Menschen kam er sich klein und unbedeutend vor. Diese Leute rochen förmlich nach Reichtum. Sie alle strahlten eine große Überlegenheit aus, die ihm zu schaffen machte.

Irgendwie fühlte er sich hier nicht am richtigen Ort. Diese Leute redeten anders, sie sahen anders aus, sie bewegten sich sogar anders. „Wahrscheinlich können sie meine Hilflosigkeit riechen", dachte er verzweifelt. Aber alle waren freundlich zu ihm, er wurde herumgereicht wie ein Wanderpokal. „Sie sind also der Held, der uns bei unserer Suche ein ganzes Stück weitergebracht hat?", wurde er gefragt.

„Der Held vom Erdbeerfeld", schoss es ihm zusammenhanglos durch den Kopf. Er nickte schüchtern.

„Wahrscheinlich habe ich rote Bäckchen wie ein Schuljunge", fürchtete er.

Immer weiter wurde er durch den Raum gereicht. Dann kam er bei einem Mann an, der in der Größe alle anderen überragte. Er hatte eine Glatze, dafür einen ordentlichen Backenbart. Diesem Mann stand der Erfolg brutal ins Gesicht geschrieben. Er stellte sich als Helmut Brockmeier vor. „Wenn das sein richtiger Name ist, dann fresse ich einen Besen", ging es ihm durch den Kopf, „aber mit Stiel und die Müllschippe hinterher."

Dieser ‚Helmut Brockmeier' kam ihm irgendwie bekannt vor. Er glaubte, ihn schon einmal in den Abendnachrichten vom Regionalfernsehen gesehen zu haben.

„Guten Tag, mein lieber Herr Meichsner", begann dieser, „unser Luigi hat schon viel von Ihnen erzählt."

„Ich hoffe, nur Gutes" bemerkte Meichsner kleinlaut.

„Aber natürlich", gab der Andere lachend zurück, „nur Gutes!"

Er lachte so, als ob Meichsner den Witz des Tages gerissen hätte. Dann holte er zu einer längeren Dankesrede aus. Anschließend übergab er Meichsner einen braunen Umschlag. Dieser schaute den großen Mann nur fragend an. „Schauen Sie rein", forderte Brockmeier ihn auf, „ein kleines Dankeschön."

Meichsner riss den Umschlag auf und fummelte darin herum, bis er ein dickes Bündel Scheine herausgezogen hatte. Dieses Bündel bestand aus vierzig 500 Euro-Scheinen. Er stand wie vom Blitz getroffen da. Luigi stand daneben und lächelte. Er hatte sich vorher schon das Zehnfache abgeholt. „Sehen Sie das nicht als Bezahlung, es ist ein kleines Dankeschön zwischendurch", redete Brockmeier auf ihn ein, „die Bezahlung erfolgt, wenn wir das Bestimmte gefunden haben."

„Ein kleines Dankeschön", hallte es durch Meichsners Kopf, wobei die Betonung in seinen Gedanken auf ‚kleines' lag.

„Sie sind ab jetzt einer von uns", teilte ihm der Mann von der Connection mit, „aber verraten Sie uns nie. Das könnte ernstzunehmende Konsequenzen nach sich ziehen. Wenn Sie uns hingegen treu bleiben, werden wir einen glücklichen Mann aus Ihnen machen. Und nun zeigen Sie mir die Aufzeichnungen!"

Meichsner gab die Papiere Brockmeier, der sie aufmerksam durchlas. Er zeigte Meichsner und Luigi die Stelle:

P.A. Rom.
2004v259-043n030-425o
2004v252-031n013-424o
2004V251-047,1n010-430o927m
Schicklgruber

„Soso – Schicklgruber! Wissen Sie nicht, wer das ist?", fragte Brockmeier die beiden, und konnte sich dabei ein schiefes Grinsen nicht verkneifen.

Sie verneinten.

„Vielleicht sind das hier Längen – und Breitengrade?", sagte er mit einen Spur von Strenge und tippte dabei mit seinem Zeigefinger eine andere Stelle im Code. „Es könnte sich um den Ort handeln, an dem sich das befindet, was wir suchen?"

Luigi sah Meichsner an. „Wir beide werden herausfinden, wo das Ding liegt", teilte Luigi dem Chef mit.

Dieser antwortete süffisant lächelnd: „Ich weiß, dass ihr das tun werdet. Ich habe vollstes Vertrauen zu euch! Nun haben wir aber erst einmal eine Party zu feiern."

Dann rief er einen Angestellten des Hotels. Dieser verschwand und einige Veränderungen fanden in dem großen Raum statt.

Eine lange Lamellenwand fuhr automatisch die Fensterfront entlang und schloss sich. Es wurde angenehm dunkel. Dafür gingen überall versteckte und indirekte Beleuchtungen an. Ein großes edles Buffet wurde aufgefahren.

Meichsner staunte, was dort alles zu finden war. Das Meiste kannte er gar nicht. Unauffällig fragte er Luigi. Dieser erklärte ihm ein paar Sachen. „Das hier sind Poulardenbrüstchen", erklärte er und zeigte dabei auf einen Teller mit in Scheiben geschnittene Geflügelfleischstücken. „Das hier ist besonders lecker, ein Bodenseefisch-Potpouri mit Egli, Zander und Felchenfilet", erklärte Luigi weiter.

„Ich hätte lieber eine schöne fettige Knacker mit Brot", dachte Detlef.

Luigi redete sich in Form.

„Anscheinend ist er ein Gourmet", bemerkte Meichsner.

Luigi referierte weiter über Kalbsrückenmedaillons an Morchelrahmsoße, Seeteufel im Serranoschinkenmantel oder Lammrückenfilet mit feiner Kräuterkruste.

Auch ein Dutzend Dessertsorten befanden sich auf den Tischen: Mousses und Cremes in allen Variationen, Mandelparfait mit heißer Schokoladensoße und Katalanische Creme. Diese Sachen brauchte Luigi Detlef nicht zu erklären, der sah auch so, dass die Desserts sehr lecker waren. Detlef Meichsner war nämlich ein Schleckermaul, wie es im Buche steht!

Der Chef eröffnete das Buffet.

Obwohl Meichsner der Sinn eigentlich mehr nach Hausmannskost stand, langte er ordentlich zu. Ihm hatte es besonders der gemischte Fleischteller angetan. Er wusste nicht, was er dort as, und er wollte es auch gar nicht wissen. Diejenigen, die vor ihm an diesem Teller waren, hatten von Springbock, Zebra und Impala gesprochen. Ein Teller weiter sollte sogar Kamel, Leguan und Klapperschlange liegen. Das mochte er nicht so recht glauben. „Da nutzen sie aber meine Unwissenheit aus", glaubte er.

Als Luigi mit seinem Teller vorbeikam, fragte Meichsner ihn, was auf diesem drauf lag.

„Hauptsächlich Kugelfisch und Walfleisch", antwortete dieser, als wäre es das Selbstverständlichste der Welt.

Kugelfisch kannte Meichsner nicht, Walfleisch glaubte er nicht.

„Na ja, sollen sie sich doch freuen, dass sie mal einen haben, der von nichts ne' Ahnung hat", dachte er mit großzügiger Nachsichtigkeit, „könn'se mal einen richtig verscheißern."

Er haute sich den Wanst voll. Obwohl er so satt war, dass eigentlich nichts mehr reinpassen konnte, kämpfte er sich durch sämtliche Desserts. Das französische Aprikosenpüree musste er sogar zweimal essen. Doch nun ging wirklich nichts mehr.

„Hauptsache, ich muss nicht kotzen", hoffte er, so satt war er, „das wäre überpeinlich vor diesen Leuten."

Inzwischen wurde Kaffee gereicht. „So reich diese Leute auch sind, sie sind aber zu geizig, einen anständigen Pott Kaffee zu reichen", flüsterte er Luigi zu, „da kann man den Kaffee doch gleich aus einem Fingerhut trinken."

Luigi lächelte nachsichtig und auch ein wenig überlegen. „Das ist Mocca", erklärte er, „und den trinkt man aus so kleinen Tassen."

Meichsner merkte auch gleich, warum das so war. „Das Zeug schmeckt so widerlich bitter, dass kein Mensch davon eine große Tasse trinken würde", war er sich sicher.

„Bäh, das kann doch keine Sau saufen", sagte er halblaut zu Luigi.

Dieser sah sich erst einmal um, ob jemand diese Worte gehört hatte. Als er festgestellt hatte, dass das nicht so war, faltete er Detlef ein klein bisschen zusammen. „In diesen Kreisen trinkt man Mocca, und zwar aus kleinen Tassen, man säuft nicht, sondern man trinkt, und man sagt nicht ‚keine Sau', sondern einfach ‚niemand' oder wenigstens noch ‚kein Mensch'!"

„Schon gut", stammelte Meichsner, „ich wollte doch nur …"

„Ich wollte, ich wollte", äffte Luigi ihn nach. „Diese Leute haben Dir heute zwanzigtausend Mücken überreicht, also versuch dich ihnen ein wenig anzupassen!"

„Ja, okay", sah Meichsner seinen Fehler ein.

„Wenn Dir der Mocca nicht schmeckt, dann geh an den Tresen, wo diese die rassige Bedienung steht, dort bekommst Du deinen Kaffee", fuhr Luigi schon etwas versöhnlicher fort.

Meichsner holte sich einen Kaffee.

Anschließend wurden dicke und vor allem lange Zigarren gereicht. Dicke graue Schwaden zogen zur Entlüftung an der Decke. Meichsner saß mit seinem Kaffee und einer fetten Zigarre in einer gemütlichen Ledercouchecke tief eingesunken neben Luigi.

Um sie herum saßen einige der Männer, unter anderem der Chef der Connection. Detlef musste erklären, wie er an diese Aufzeichnungen geraten ist. Dabei ließ er nichts aus. Niemanden schien es zu stören, dass er beim Staatssicherheitsdienst gearbeitet hatte oder dass er den alten Müller getötet hatte. Er trank seinen Kaffee und sog an seiner Zigarre. Er fühlte sich wohl.

***

Träge zwang er sich dazu, seine Augen zu öffnen. Ihm gegenüber saß doch jemand?

„Das ist doch …, das kann doch nicht wahr sein", dachte er, „das ist doch Stalin."

Ihm gegenüber saß tatsächlich Stalin.

„Hätte ich auch nicht gedacht, dass ich mal Stalin gegenüber sitze", ging es ihm langsam durch den Kopf.

Weber drehte den Kopf. Da saß noch jemand.

„Adolf Hitler", war er sich sicher, „Joseph Stalin und Adolf Hitler sitzen hier friedlich an meiner Seite und tun sich nichts."

Diesmal drehte er den Kopf in die andere Richtung. Fast hatte er Winston Churchill erwartet. Doch in Wirklichkeit saß da der junge Muhamed Ali.

„Was will der denn hier?", fragte er sich, „der hat mir hier gerade noch gefehlt. Nicht, dass er der die anderen Beiden verhauen will."

Nun beobachtete er, wie Stalin Hitler Obst reichte. Eine Weile musste er überlegen, wie dieses Stück Obst überhaupt heißt.

„Eine Banane", kam es ihm nach einer Weile in den Sinn. Da seine Gedanken ja etwas langsam waren, klang es so in seinem Kopf: „Baahnaahne". Seine Beobachtungen wollte er Weller mitteilen.

„Weller, Hitler und Stalin sitzen hier und teilen sich eine Banane", informierte er den alten rostigen Ofen.

Weil er aber aufgrund seiner fortschreitenden körperlichen Schwäche so nuschelte, klang es so: „Wella! Hitla und Staln sissen hia un teiln sisch ein Bnane."

Weller schien das sowieso nicht zu interessieren, jedenfalls äußerte er sich nicht zu diesem Thema. Muhamed Ali war inzwischen weg.

„Nanu, wo ist der denn hin?", überlegte Weber quälend langsam, „vielleicht ist er rüber gegangen zu Borkowski."

„Borkowski", brüllte er, „Booooorkooowskiiii."

In Wirklichkeit flüsterte er nur noch.

„Der will von mir nichts wissen", dachte er, „auch gut, kann er mich am Arsch lecken."

Seine Gedanken wurden unterbrochen von der nächsten Dusche. Das Gehirn schaltete erst einmal ab, Weber wurde ganz ruhig. Er registrierte das Wasser kaum noch. Die Sicherung flog einfach raus, und wenn die Dusche vorbei ist, wird sie sich wieder einschalten.

***

Auf einmal waren Frauen da. Massenhaft Frauen. Sehr hübsche Frauen. Sie sahen alle noch sehr jung aus. Eigentlich zu jung, um als Ehefrauen zu der Herrenriege der Connection zu gehören. Trotzdem standen bei jedem Mann auf einmal zwei Frauen. Meichsner wusste nicht so richtig, was er davon halten sollte. „Ich habe doch Tanja", dachte er.

Der Chef der Connection rief laut: „Champagner!"

Da stiegen zwei Damen mit riesigen Magnumflaschen auf den Tisch mit der Champagnerglaspyramide und befüllten diese unter dem Gejohle der Anwesenden. Außerdem wurden kleine goldene Behälter mit einem Deckel auf den Tischen verteilt. Es hätten kleine Aschenbecherchen sein können, wenn nicht an jedem Behälter ein ganz kleiner Löffel befestigt gewesen wäre. Dieser sah aus, wie der kleine Löffel an einem Reinigungsbesteck für eine Pfeife. Da waren auch schon die ersten Männer und Frauen an den goldenen Mini-Aschenbechern.

Meichsner beobachtete, wie sie mit dem kleinen Löffel in den Goldbehältern herumfuhrwerkten. Dann führten sie sich den Löffel zur Nase.

„Schnupftabak", mutmaßte er, „hätte nicht gedacht, dass dieser altmodische Quatsch bei den Reichen so beliebt ist."

Langsam gingen seine beiden Damen auf Tuchfühlung. Sie rieben sich an ihm und kamen seiner Lendengegend gefährlich nahe.

„Nein, lasst mal", versuchte Meichsner sie abzuhalten, „ich hab eine Frau zu Hause."

Nachsichtig lächelten sie ihn an und rieben sich weniger aufdringlich weiter. So langsam wurde ihm ziemlich warm. Die Mädels waren auch echt sexy. Beide konnten unterschiedlicher kaum sein. Die eine war der skandinavische Typ. Sie war groß und blond und hatte so blaue Augen, dass der Ozean ein Scheißdreck dagegen war. Die andere war der asiatische Typ. Sie war eher zierlich, dunkelhaarig und hatte Haut von der Farbe eines Karamellpuddings. Die Garnitur auf diesem Karamellpudding waren zwei Mandeln, nämlich die Augen. Einen sehr süßen Akzent hatte sie auch. Was die beiden gemeinsam hatten, war eine atemberaubende Figur, schöne große Brüste und dass sie sich beide an ihm rieben. Neben diesen Prachtstuten sahen Tanjas Nutten wie Putzfrauen aus. Sein Widerstand schmolz. Ein letzter Versuch: „Mädels, ihr seid echt sexy", beschwor er sie, „aber ich hab doch meine Frau zuhause, der bin ich doch treu."

„Ja, ja", sagte die Blonde und führte ihn zu einem der Tische. Inzwischen war der Raum ziemlich leer geworden.

Meichsner hatte nicht darauf geachtet, wohin alle gegangen waren.

„Wahrscheinlich sind sie in den Separees verschwunden", vermutete er.

Am Tisch angekommen, setzte sich die Asiatin auf den Tisch. Sie gab sich nicht besonders Mühe, ihre Beine in ihrem Minirock geschlossen zu halten. Automatisch musste Meichsner hinsehen. Er wäre nicht überrascht gewesen, ein Stück Spitze zu erblicken. Stattdessen – nichts.

„Wo nichts ist, kann man nichts sehen", folgerte Meichsner, „nach Rock kommt nichts!"

Während die Asiatin verführerisch auf dem Tisch saß und dabei nach einer der goldenen Minidosen griff, drückte die Blonde ihn etwas näher zum Tisch. Das tat sie, indem sie ihn einfach an den Allerwertesten packte und ihn zärtlich Richtung Tisch schob. Natürlich nicht, ohne ihn einmal mit ihren herrlichen Brüsten am Rücken zu streifen. Es wurde ein wenig eng im vorderen Bereich seiner Hose. Dieses blonde Rasseweib griff nach einem Glas Champagner, schob es sich zwischen ihre tollen Lippen und nahm einen kräftigen Schluck. Anschließend drückte sie ihren Mund auf den von Meichsner und sprühte den Champagner zwischen seine Lippen. Dann leckte sie auch noch das Danebengelaufene ab. Erschrocken wich Meichsner zurück und schalt sich sofort dafür: „Du alter Esel. Jahrelang träumst du von so was und jetzt machst du hier auf schüchtern."

Die Asiatin führte den kleinen Löffel von einer goldenen Minidose zur Nase und schniefte daran. Er konnte noch einen Blick auf den Löffel erhaschen, bevor der Inhalt in der Nase der Asiatin verschwand. „Das ist kein Schnupftabak", stellte er etwas schwerfällig fest.

Die leckere Asiatin lud den Löffel noch mal voll und hielt ihn Meichsner vor die Nase. „Probier das mal, das lockert dich auf", forderte sie ihn auf.

„Was ist das?", fragte Detlef blöde.

„Erstklassiger bolivianischer Koks, du Dummerchen", erklärte die Asiatin.

„Nun nimm mal, was die liebe Lila dir anbietet", mischte sich nun auch die Blonde ein.

Jetzt wollte er nun nicht so blöde dastehen und ablehnen. Er schniefte sich den Inhalt des Löffels rein. Eigentlich hatte er eine Explosion in seinem Kopf erwartet. Diese trat jedoch nicht ein. Dafür stellte sich ein gutes Gefühl in seinem Kopf ein. Ziemlich schnell wurde er auch lockerer. Der Gedanke, Tanja zu betrügen, hörte sich nun nicht mehr so schlimm an. „Ganz im Gegenteil", dachte er, „da ist doch nichts dabei."

So ließ er sich von den Beiden ins Separee führen.

***

Martin Zimmermann und Kommissar René Fuchs waren auf dem Weg nach Berlin Mitte zum LKA. Sie befanden sich gerade am Frankfurter Tor, wo die Frankfurter Allee zur Karl Marx Allee wird. Beidseitig standen die Gebäude, die die DDR-Staatsführung hier in den Fünfziger Jahren im Zuckerbäckerstil errichten ließ. Das war Stalins

Lieblingsbaustil. Ihm wollte die Staatsführung noch zu Lebzeiten ein Denkmal setzen. Deshalb hieß diese Straße damals Stalinallee. Ausgerechnet die Bauarbeiter der Stalinallee waren die ersten, die gegen die Normerhöhung der DDR-Führung protestierten. Daraus resultierte der Streik am 17. Juni, bei dem aus dem Protest gegen die Normerhöhungen ein politischer Streik gegen die DDR-Staatsführung wurde.

Sie umkreisten den Brunnen am Strausberger Platz. Beide hingen ihren Gedanken nach. Martin fieberte der bevorstehenden Begegnung entgegen. Sie passierten das Berliner Congress Centrum und das Haus des Lehrers. Für Martin war das das Zeichen, gleich seinem Chef Auge in Auge gegenüber zu stehen. Er war sichtlich nervös.

„Wir nehmen ihn richtig in die Zange", kündigte René an, „mach dir keine Sorgen, der wird schon singen."

Das war einfacher gesagt als getan. „Welche Rolle spielt er in diesem dreckigem Spiel?", sinnierte Martin.

Sie betraten das LKA-Gebäude. Mit dem Lift fuhren sie in den zweiten Stock. Mit großen Schritten liefen sie auf das Büro des Abteilungsleiters zu. Doch an der Tür rüttelten sie vergebens. Es war keiner drinnen. Da kam wieder der Stellvertreter des Alten angelaufen. „Martin", rief er schon von weiten, „das kannst du dir nicht vorstellen."

Zimmermann und Fuchs drehten sich schnell um. „Was denn, Piet?", fragte Martin.

„Das kannst du dir nicht vorstellen", wiederholte sich dieser, „Die haben den Alten vorhin abgeholt und gleich einen neuen Chef mitgebracht."

„Wie abgeholt?", wollte René Fuchs wissen, „wer hat den Chef abgeholt?"

„Sie haben ihn zum Staatsschutz geholt", erklärte Piet, „dort soll er seine eigene Ermittlungsgruppe bekommen."

„Was? Sie haben ihn heute abgeholt und er soll sofort beim Staatsschutz beginnen?", fragte René.

„Ja, sie haben ihn überfallartig abgeholt, aber er sah nicht überrascht aus. Er hat zwar versucht, den Überraschten zu mimen, aber das hat nicht besonders gut geklappt."

Fuchs und Martin sahen sich verblüfft an.

„Und einen neuen Chef haben sie gleich mitgebracht?", erkundigte sich Martin.

„Genau", berichtete Piet weiter, „und der hat gleich angekündigt, dass du jetzt hier Hausverbot hast."

„Und Sie soll ich gleich rausschmeißen, wenn ich Sie hier sehe", sagte er an René gewandt. „Der Neue hat mit Ihrem Chef geredet, der hat Sie von diesem Fall abgezogen."

Das hatte er kaum ausgesprochen, da kam der neue Chef schon wild gestikulierend um die Ecke. „Bitte verlassen Sie das Gebäude, Sie haben hier nicht zu suchen. Zimmermann, Sie werden das LKA verlassen und haben deshalb hier nichts mehr zu suchen", brüllte er Martin an.

„Und Sie", wandte er sich an René, „haben hier sowieso nichts zu suchen, sie sind beim BKA und das hat eine andere Adresse. Falls sie sie nicht mehr kennen, ich kann sie ihnen gerne nennen."

Alle vier schauten sich ein paar Sekunden stumm an.

Dann riet der Neue Martin und René, nun ganz ruhig und eindringlich: „Lasst den Fall ruhen, sonst könnte euch beiden das nicht bekommen."

Nach diesem Rat verließen die beiden kochend das Gebäude.

***

Die beiden Damen führten Meichsner in ein Separeebereich. Die Blonde, die sich Chantal nannte, nahm ihn dabei an die Hand. Er konnte kaum glauben, was er sah, als sie durch die verschiedenen Separees gingen. In manchen trieb es ein Mann mit einer Frau in dem gemütlichen Dämmerlicht. In anderen verwöhnten zwei Frauen einen Mann. Im nächsten wiederum besorgten es zwei Männer einer der Damen. Dann war da ein Raum, in dem sich gleich acht Damen um einen Mann gekümmert hatten. Meichsner glaubte, den Chef erkannt zu haben. Er konnte sich erinnern, dass dieser, wie fast alle Männer hier, einen Ehering trug. Trotzdem hatte eine Dame sich über dessen Gesicht gehockt und ließ sich dort verwöhnen, während zwei andere dasselbe mit seiner unteren Region taten.

Die anderen Damen befriedigten sich mehr oder weniger selbst oder sich gegenseitig. So etwas hatte Meichsner bisher bloß in Filmchen oder in seiner Phantasie gesehen. Seine Hose beulte sich vorne deutlich aus.

Seine zwei Begleiterinnen sahen das und lächelten ihn kokett an. Er war jetzt über das Stadium hinaus, in dem ihm das noch peinlich wäre.

Als letztes kamen die drei in einen Raum, in dem sich ein ganzes Rudel nackt tummelte. „Das müssen ja ein Dutzend Weiber sein und fast ebenso viele Kerle", dachte Meichsner erfreut.

Ihm gefiel das. Eine Zuordnung, wer hier wen verwöhnte, war nicht zu erkennen, es wurde viel gewechselt. Sie gingen in das nächste Separee. Dort war noch niemand.

Sofort schmiss sich Meichsner auf die Spielwiese. Die beiden Damen sprangen hinterher. Erst einmal gab es noch eine Portion vom goldenen Kokslöffel, Chantal hatte glücklicherweise daran gedacht. Wieder spürte er eine Energie in sich aufsteigen und das gute Gefühl, alles schaffen zu können.

Die beiden Frauen fingen an, sich gegenseitig auszuziehen. Dabei steckten sie sich gegenseitig ihre Zungen in den Mund. Sie schienen das wirklich zu genießen, es sah nicht so aus, als ob sie nur so taten. Nun hatte Chantal nur noch ihren Slip an und Lila ihren Minirock, von dem Meichsner wusste, dass dort nichts drunter war. Lila fing an, Chantals Brüste zu liebkosen. Meichsner konnte von der Bettkante aus sehen, dass ihre Nippel ein gutes Stück wuchsen. Er hatte inzwischen ein ordentliches Zelt aufgebaut, außerdem spürte er den ersten Lusttropfen aus seiner Penisöffnung quellen. Während Lila Chantals steife Nippel mit der Zunge bearbeitete, zog diese Lilas Rock aus. Zarte Lippen kamen zum Vorschein. Nicht ein Härchen störte diesen fantastischen Anblick. „Davon hätte ich nicht zu träumen gewagt", stöhnte Meichsner. Er fing an, seine Beule in der Hose ein wenig zu massieren. In einem großen Eiskübel stand eine Magnumflasche Champagner. Lila nahm diese und fütterte Chantal damit. Dann kam sie zu Detlef und ließ auch ihn trinken. Chantal kam jetzt ebenfalls zu Meichsner und Lila kippte ihr einen großen Schluck Champagner vorn in den Slip. „Lila war unartig", hauchte Chantal ihm zu, „sie hat mich vorne nass gemacht. Willst du das nicht wegmachen?"

Detlef, ganz der Wohltäter, ließ sich nicht lange bitten. „Wenn Frauen Hilfe brauchen, dann hilft man eben", grinste er in sich hinein.

Er zog ihr den Slip herunter und sie stellte einen Fuß auf sein Knie. Dadurch gaben ihre Schamlippen frei, was sie umschlossen. Detlef fand mit der Zunge sofort die kleine Murmel und begann auch sofort daran herumzulecken. Zuerst schmeckte es nach Champagner, dann kam ihr Eigengeschmack, der irgendwie bei jeder Frau anders ist. Lila stand hinter Chantal und streichelte ihre Brüste, währenddessen rieb sie ihre eigenen an Chantals Rücken. Chantal stöhnte in regelmäßigem Rhythmus.

Meichsner Zunge kam inzwischen auf eine beachtliche Geschwindigkeit. In kleiner werdenden Abständen durchfuhren Zuckungen Chantals Körper. Die Feuchtigkeit an Zunge und Vagina nahm stark zu. Dann gab Chantal zehn Sekunden kein einziges Geräusch von sich, sie schien nicht einmal zu atmen. Plötzliche schnelle Zuckungen kündigten einen heftigen Orgasmus an. Sie pumpte mit den Hüften und streckte ihre Lenden im Sekundentakt seiner Zunge entgegen.

Erschöpft ließ sie sich auf das Bett fallen.

Auch Meichsner musste erstmal wieder zu Atem kommen.

Er hatte ein komisches Gefühl auf der Zunge und spülte es mit einem Riesenschluck Champagner weg. Auch Chantal wollte damit gefüttert werden. Als er so am Bett stand, um die schwere Flasche über ihr Gesicht zu heben, nutzte Lila die Gelegenheit und setzte sich vor ihn auf das Bett. Er spürte ihre Zunge an seinem Ding. Diese Zunge war wahnsinnig schnell. Sie schleckte mit hoher Geschwindigkeit an seiner Öffnung hin und her. Dann strich sie zärtlich um seine Kuppe, dann genauso zärtlich an seinem Schaft entlang. Nun war auch Chantal wieder fit, und unterstützte ihre Kollegin nach allen Regeln der Hurenkunst. Zu zweit bearbeiteten sie mit Mund und Händen seine unteren Regionen. Gleichzeitig spürte er Zungen und Hände an Hoden, Po und seinem Schwanz. Er wurde fast wahnsinnig. Sein Denken setzte völlig aus, so etwas hatte er noch nicht erlebt. Lange konnte er sich nicht mehr zusammenreißen, zu viel hatte sich in der letzten halben Stunde aufgeladen. Die Zungen und Hände wurden immer schneller und fordernder. Immer stärker spürte er das Saugen an seinem Glied. Dann konnte er sich nicht mehr halten, er ergoss sich reichhaltig in ihre Gesichter. Ihnen schien das zu gefallen.

Eine schwere Last fiel von ihm ab, aber nicht vom Herzen. Nach einer kleinen Ruhepause und einem Löffelchen Dosenschnee ging die wilde Party weiter. Am Ende war Detlef so geschafft, dass er mehrere Minuten nur bewegungslos auf dem Bett liegen konnte.

Die unauffällige Kamera oben über dem Bett filmte trotzdem weiter.

***

Walter Peters hatte wieder vor dem Hotel Stellung bezogen. Er hatte das Auto gewechselt. Jetzt fuhr er einen schwarzen BMW X5. Die Scheiben waren von außen leicht verspiegelt. Man konnte nicht so einfach ins Innere sehen. Er hatte auch wieder sein Richtmikrophon in Stellung gebracht. Aber zurzeit war nichts Sinnvolles zu hören. Die Chefin schien die Flure zu saugen, das war das lauteste Geräusch und übertönte jetzt alles. „Macht nix", dachte er, „die beiden Idioten sind sowieso nicht da."

Aber er wollte bereit sein, wenn sie zurückkamen. Vielleicht brachten sie ihn der Lösung ein wenig näher. Er hatte seine Dienststelle immer noch nicht über den Fund der Aufzeichnungen unterrichtet, irgendwie konnte er sich nicht dazu überwinden.

Der Sauger wurde jetzt ausgeschaltet und er hörte leise Geräusche. Ein Waschbecken plätscherte, eine Klospülung ging und irgendwer sah im Fernsehen überlaut eine Talkshow.

Peters hörte nicht besonders aufmerksam zu. Er war in Gedanken. Abwesend beobachtete er, wie auf der anderen Straßenseite ein silberner Mercedes anhielt. Es stieg niemand aus.

„Wahrscheinlich liefert jemand seine Geliebte oder seinen Geliebten hier ab", amüsierte er sich, „und nun wollen sie noch ein bisschen knutschen oder fummeln."

Er lachte auf: „Petting wurde das zu meiner Zeit noch genannt!"

Doch dann sah er genauer hin. „Das ist doch…", grübelte er abgehackt, „das gibt es doch nicht."

Jetzt hatte er den Mann erkannt. „Das ist dieser LKA-Heini! Der ist ja lästiger als eine Scheißhausfliege!"

Er zog sein Diensthandy aus der Tasche. Er hatte ein wichtiges Telefonat zu führen.

***

Die Männer rauchten Zigarre, tranken Whisky und schnieften hin und wieder ein Löffelchen Koks. Meichsner staunte, was er so alles in sich reinschüttete. Er hatte schon das zwölfte Glas Whisky intus. Trotzdem wurde er nicht betrunken. „Ob das am Koks liegt?", fragte er sich.

Alle lümmelten sich auf den Couches. Die Mädchen waren auch noch da. Ab und zu verschwand einer der Herren mit irgendeinem Mädchen in den Separees und kam dann eine Weile später etwas zerzauster wieder. Inzwischen waren alle leger gekleidet. So also feierten die Männer von Welt.

Kapitel 27

Am nächsten Morgen wachte Meichsner auf und fühlte sich wie gerädert. Sein Kopf fühlte sich irgendwie dumpf an. Gestern war er nicht betrunken gewesen. Heute fühlte er, dass er es eigentlich hätte sein müssen. „Lag wahrscheinlich wirklich am Koks", vermutete er.

Dann war noch das andere Gefühl – das schlechte Gewissen, Tanja betrogen zu haben. Schnell drehte er sich um und sah nach ihr, sie war aber schon auf. Einer musste ja die Gäste versorgen.

Meichsner ließ den Abend zuvor noch einmal Revue passieren. Die verzockte Kohle und Luigis verharmlosende Bemerkung darauf. Dann hatte er eine stattliche Summe vom Boss der Connection erhalten. Danach das Bankett. Und schließlich eine Stunde lang ‚Rudelbumsen'. Anschließend hatten alle gemütlich auf den Couches gelümmelt. Dabei hatten sie Zigarre geraucht, Champagner oder Whisky getrunken und gekokst, was das Zeug hielt. Der Eine oder Andere hatte sich noch einmal von einer Vertreterin der Zunft des horizontalen Gewerbes behandeln lassen. Auch er hatte sich noch mal mit einem Abschiedsfellatio beglücken lassen. „Oh oh, Tanja, wenn du das alles so wüsstest", schämte er sich, „an allem war nur der verdammte Koks schuld."

Er würde es am liebsten ungeschehen machen. Der moralische Aspekt des Fremdgehens war daran weniger schuld, vielmehr hatte er Angst, Tanja könnte es erfahren und ihn verlassen. Er glaubte, ohne sie nicht mehr leben zu können.

Langsam schob er seinen Körper in die Höhe. Sein Nacken ächzte, sein Kopf dröhnte. Ein merkwürdiges Gefühl im Brustkorb machte ihm zu schaffen. Es war das schlechte Gewissen.

Nun hatte er schon einige Menschen auf dem Gewissen, aber nach keinem Mord hatte er sich so gequält wie in dieser Situation. Sein Mund fühlte sich pelzig an. Der Geschmack erinnerte ihn an etwas, dass in seinem Mund genistet hatte, aber nicht überlebt hatte. Sein Körperaroma war auch etwas pikanter. Er entschied sich trotzdem gegen eine Dusche.

„Aber Zähneputzen ist Pflicht", befahl er sich, „sonst fällt jeder, den ich anspreche in Ohnmacht. Mit so einem Kompostgeschmack kann ich auf keinen Fall unter die Leute gehen."

Schnell war die Kauleiste wieder auf Vordermann gebracht. Anschließend verließ er die Wohnung, um unten im Gastraum frühstücken zu gehen. Auf dem Flur traf er auf Luigi. Der sah so aus, wie er sich selbst auch fühlte. Beschissen nämlich. „Mann, so wie du aussiehst, möchte ich nicht tot gefunden werden", scherzte Meichsner gequält.

„Was meinst du, wie du erstmal aussiehst, wenn ich deiner Perle erzähle, wie du den Abend verbracht hast", konterte Luigi trocken.

Meichsner machte ein erschrockenes Gesicht. „Bist du wahnsinnig geworden?", fragte er.

„Nun bleib mal ganz ruhig", antwortete der Italiener, „wenn du schön artig bist, werde ich ihr auch nichts sagen."

Beide gingen die Treppe runter in den Gastraum. Unten roch es lecker nach Kaffee und frischen Brötchen. Tanja begrüßte ihn erfreut: „Na Schlafmütze, auch schon wach?"

„So halbwegs", antwortete er einsilbig.

Er fror ein wenig und zeigte dies durch ein Frösteln. „Es frieret selbst im dicksten Rock der Säufer und der Hurenbock", spottete Tanja.

„Na na", mischte sich Luigi ein, „ein Säufer ist er nun wirklich nicht", und grinste dabei schelmisch.

Meichsner stieß Luigi an und sagte schlicht: „Idiot."

„Na kommt, ihr beiden Helden, ich gebe euch erst einmal Kaffee", bot Tanja an.

Sie frühstückten ausgiebig. Meichsner fragte Tanja: „Wann hast du mal eine Weile Zeit, ich muss dir noch was zeigen."

„Nach dem Abräumen komme ich hoch", versprach sie.

„Was willst du ihr zeigen?", fragte Luigi.

„Das Geld."

„Meinst du, das ist gut?"

„Warum nicht?"

„Sie wird wissen wollen, warum du's bekommen hast."

„Sie weiß von den Aufzeichnungen."

„Ach so", sagte Luigi und dachte: „Sie weiß es also, wenn wir uns gegen diesen Idioten entscheiden sollten, wird sie also auch verschwinden müssen."

Abschließend sagte er: „Ist ja auch deine Sache."

Unten im Auto dachte Walter Peters: „Sie weiß auch davon. Scheiße eigentlich! Dann muss sie zur Not auch dran glauben."

***

Sing mei Sachse sing
Es is en eichen Ding.
Und ooch a düchtches Glück
um d'n Zauber der Musik.
Und schon das gleenste Lied,
das lecht sich offs Gemüt.
Und er macht dich oochenblicklich
zufrieden, ruhig und glücklich.

Diesen alten DDR-Schlager krächzte er leise vor sich hin. So leise, dass ihn niemand hätte hören können, selbst wenn jemand bei ihm gewesen wäre. „Mann, was haben wir dieses Lied geträllert", dachte er auf seine neue langsame Weise, „jedes Wochenende Fete auf der Datsche. Damals hat sie noch gelebt, meine Hilde."

Weber hatte Schwierigkeiten, sich zu erinnern, wann seine Frau gestorben war. Irgendwie ging nichts mehr in seinem Gehirn. Es war nicht mehr nur langsam, es hatte jetzt Totalausfälle. Vor ein paar Minuten war er fast erstickt. Nach einer Dusche merkte er, dass er irgendwie keine Luft mehr bekam. Dann stellte er fest, dass er bloß vergessen hatte, zu atmen. Sein Gehirn hatte einfach den Befehl zum Atmen nicht gegeben. Zum Glück hatte er diesen Mangel noch rechtzeitig bemerkt. „Wenn ich hier nicht mehr lebendig heraus komme, dann bin ich endlich wieder bei meiner Hilde", überlegte er.

Er freute sich wirklich. Beim Versuch sich vorzustellen, wie seine Hilde ausgesehen hatte, musste er passen. Er konnte zwar an einzelne Fragmente ihres Gesichts erinnern, aber ihr ganzes Gesicht war ihm nicht vergönnt. Das war bei der derzeitigen Arbeitskapazität seines Hirns einfach nicht möglich. Dieses hatte sich darauf eingestellt, nur noch die Grundfunktionen des Körpers am Laufen zu halten, und selbst da haperte es, wie er an seinem Erstickungsanfall gesehen hatte.

Weber fing an, ein bisschen zu weinen. Es war nicht die Qual, die ihn zum Weinen brachte. Es war auch nicht sein drohende Tod oder sein nicht vorhandenes Wohlbefinden. Es war einfach erschütternd für ihn, dass er sich nicht an das Gesicht seiner verstorbenen Frau erinnern konnte. „Meine Hilde", weinte er, „vielleicht bin ich bald bei dir, dann verbringen wir unsere Zeit wieder gemeinsam."

Er merkte gar nicht, dass die nächste Dusche schon wieder begonnen hatte. Seine Impulse reichten nicht aus, um seinem Gehirn das mitzuteilen. Erst als er nicht mehr atmen konnte, weil das Wasser in seinen Mund spritzte, schloss er ihn. Für den Rest der Duschminute setzte sein Denken wieder aus. Er saß teilnahmslos auf seinem Stuhl wie der kleine Buddha zu Hause in seiner Schrankwand und ließ sich beregnen.

***

Meichsner, Luigi und Tanja saßen in dem kleinen Büro in Tanjas Wohnung. Ungläubig sah sie von Meichsner zu Luigi und wieder zurück. „Wer gibt dir soviel Kohle?", fragte sie entgeistert.

„Seine Chefs", antwortete Meichsner und zeigte mit dem Kopf auf Luigi.

„Warum geben sie dir soviel Geld?", fragte sie weiter und wedelte mit den Scheinen herum.

„Weil ich etwas habe, was die wollten. Und das habe ich ihnen gegeben."

„Was sollst du schon haben, was soviel Geld wert ist?", fragte sie etwas gehässig.

Nun mischte sich Luigi ein.

„Das ist noch viel mehr Geld wert, das war nur eine Anzahlung", erklärte er.

„Wie viel?", wollte sie wissen.

„Ooch, ein paar Milliönchen könnten es schon werden. Wahrscheinlich eine Zahl mit sieben Nullen", behauptete Luigi.

Das konnte Tanja nun wirklich nicht glauben.

„Du glaubst wohl, dass ich mir ne´ Leiter kaufen gehe, wenn du mir erzählst, im Himmel ist Jahrmarkt", redete sie sich in Rage.

Doch auch Meichsner schaute ernst drein. Es war also keine Spinnerei. Und Luigi legte noch eins drauf. „Dein Detlef hat meine Auftraggeber schwer beeindruckt", erzählte er, „wie er an die Aufzeichnungen geraten ist, sie jahrelang versteckt hat und sie sich dann wiedergeholt hat."

Luigi nickte anerkennend.

„Das fanden sie so beeindruckend", fuhr er dann fort, „dass er auch für sie arbeiten soll."

„Ist er dann ein Berufsverbrecher?", erkundigte Tanja ziemlich skeptisch.

„Nein, eher ein Detektiv und ein Agent, und zwar ein ziemlich gut bezahlter", teilte Luigi ihr mit.

Zweifelnd sah Tanja abwechselnd mal Detlef und mal Luigi an. Ihr kam das alles spanisch vor.

„Und dann noch die Morde, die er inzwischen verübt hat", dachte sie. Dann sagte sie: „Was ist es denn nun, was deine Leute ermuntert, so viel Kohle rauszuhauen?"

***

„Das könnte ich Dir beantworten", dachte Walter Peters, der unten im Auto mithörte. „Und ich könnte dir noch viel mehr erzählen. Zum Beispiel, dass dein Detlef eines Tages wahrscheinlich einen tödlichen Unfall haben wird, wenn diese Leute erstmal haben, was sie wollen."

Er hörte weiter interessiert zu. „Vielleicht erfahre ich ja mal was Neues", hoffte er.

Bis jetzt war die Ausbeute seiner Abhöraktion ziemlich dürftig. Seinen Vorgesetzten erzählte er immer dieselben Phrasen.

„Ich bin dran, Chef", beruhigte er seinen Abteilungsleiter, wenn dieser ihn auf seinen bemerkenswerten Mangel an Erfolg ansprach.

Das genügte meist. Sie vertrauten ihm. Wenn es darauf ankam, hatte er nie versagt. Und das würde er wieder nicht tun.

In diesem Augenblick fuhr ein großer gelber Abschleppwagen die Straße entlang und setzte sich direkt vor den Wagen, in dem dieses Rindvieh vom LKA saß. Der Abschleppfahrer beugte sich in das Fahrzeug vom LKA-Mann und sprach mit den Beiden. Er zeigte eine komische Dose vor und gab sie dem Fahrer. Plötzlich begann diese Dose zu zischen. Der Abschleppfahrer ging abrupt ein Stück zurück. Dann hängte er die Seilwinde seines Lkws in die Abschleppöse des Autos, und zog dieses auf seine Ladefläche. Schließlich brauste er mit seiner Fracht davon.

„Ihr könnt Euch auf mich verlassen", brummte Peters und dachte dabei an seine Vorgesetzten, „so, wie ich mich auf euch verlassen kann."

Dabei sah er dem Abschleppwagen hinterher.

***

Frau Lange wunderte sich. „Da muss ich schon 76 Jahre alt werden, um so etwas zu sehen."

Dass Autos abgeschleppt werden, hatte sie schon oft gesehen. Gerade hier im Prenzlberg war die Parksituation nicht gerade befriedigend. „Aber dass die Fahrzeuginsassen irgendwie betäubt und dann gleich mit abgeschleppt werden, dass habe ich noch nicht erlebt", staunte sie.

Ein Kunde kam herein und verlangte eine Flasche Mineralwasser.

„Eine komische Welt ist das geworden", informierte sie ihn, „eine wirklich komische Welt!"

***

„Was wollen die denn nun von dir, dass sie dir soviel Geld in deinen süßen Arsch stecken", drängte Tanja Detlef zu einer Antwort.

Luigi verzog ob der Neckerei ein wenig das Gesicht. „Meine Aufzeichnungen wollen sie", antwortete Detlef.

„Nun lass dir nicht jedes Wort aus der Nase ziehen! Was für Aufzeichnungen?"

Tanja wurde nun schon ungeduldiger. Detlef und Luigi sahen sich an. Luigi hob unmerklich die Schultern. Leise und voller Würde sprach

145

Meichsner die magischen Worte: „Über etwas, was irgendwo hier in Deutschland seit dem Ende des Zweiten Weltkriegs versteckt ist. Wir vermuten, dass es sich um das Bernsteinzimmer handelt.“

Luigi und Detlef hatten mit einigen Reaktionen gerechnet. Mit Lachen oder Ungläubigkeit zum Beispiel. Mit Ärger über eine versuchte Verscheißerung. Mit Fragen wie: ‚Hast du getrunken?‘ oder der Feststellung ‚Und dann hat der Wecker geklingelt!‘.

Aber was nun kam, damit hatten beide nicht gerechnet.

„Was für ein Zimmer?“, fragte Tanja tatsächlich, „ein Bernsteinzimmer? Was soll denn das sein?“

Dann erklärte sie, dass die Zeiten, in denen man glaubte, Bernstein sei wertvoll oder gar ein Edelstein, lange vorbei wären. Detlef und Luigi schauten sich ein bisschen erstaunt an. „Du weißt nicht, was dass Bernsteinzimmer ist?“, fragten beide fast gleichzeitig.

***

„Soso, die glauben also, dass es sich um das Bernsteinzimmer handelt. Und sie weiß nicht, was das Bernsteinzimmer ist, so eine dumme Pute“, brummte Walter Peters unten in seinem Auto vor sich hin, „sie wird also vielleicht für eine Sache sterben, die sie gar nicht kennt.“

Er schüttelte seinen Kopf und hörte den weiteren Ausführungen derjenigen zu, die er belauschte.

Kapitel 28

‚Bernsteinzimmer'.

Meichsner, Luigi und Tanja saßen am Computer und Meichsner gab das elektrisierende Wort in das Suchfeld einer Online-Suchmaschine ein.

„Meine Güte, 65.000 Ergebnisse, Wahnsinn", entfuhr es Meichsner. „Diese Möglichkeit hätte ich 1989 haben müssen, dann würde der alte Mann vielleicht noch leben und ich …"

Sie klickten eine Online-Enzyklopädie an.

Was Tanja auf dieser Seite als erstes ins Auge fiel, war: „Demjenigen, der den Verbleib des Bernsteinzimmers aufklären kann, winken Ruhm und Reichtum."

„Deswegen geben sie dir soviel Geld", erläuterte sie und zeigte mit dem Mauszeiger auf diesen Satz.

Meichsner sah sie nur mit einem Blick an, der bedeuten könnte: „Ich hab's dir ja gesagt, Baby."

Tanja las den Text weiter.

„Ursprünglich wurde das Zimmer 1701 von König Friedrich I. für das Schloss Charlottenburg in Berlin in Auftrag gegeben. Die Preußen waren aufgrund der natürlichen Bernsteinvorkommen auf ihrem Territorium wahre Meister der künstlerischen Bernsteinschnitzerei. Damals glaubte man außerdem, Bernstein sei ein besonderer Edelstein. Dass es sich dabei ‚nur' um ein fossiles Harz handelte, fanden russische Naturwissenschaftler erst rund 200 Jahre später heraus. Obwohl die honiggelben bis braunen Wandvertäfelungen als kostbar und glanzvoll galten, war die damalige Bedeutung des Bernsteinzimmers, verglichen mit heute, weit geringer", las sie laut vor.

„Obwohl man heute weiß, dass Bernstein kein Edelstein ist, ist das Zimmer heute wertvoller als zu der Zeit, als man das noch so glaubte", sagte Tanja in fragendem Ton, „das widerspricht sich doch!"

„Das liegt an der wechselvollen Geschichte, die das Zimmer hinter sich gebracht hat", erklärte ihr Luigi, „lies doch mal weiter, dann wirst du es verstehen!"

„Ja schon gut, ich les ja schon", entgegnete sie und setzte sich ihre kleine Lesebrille auf. In schnellem Tempo rezitierte sie: „Der russische Zar Peter der Große bewunderte das Zimmer bei seinem Besuch in der preußischen Residenz des ‚Soldatenkönigs', der im Gegensatz zu seinem Vorgänger für derlei Kunst am Bau wenig übrig hatte, dafür aber ‚Lange Kerls' für seine Leibgarde suchte. So kam es mit Zar Peter zum Austausch von Geschenken zur Besiegelung einer Allianz: Zimmer gegen Soldaten mit Gardemaß. Peters Tochter, Zarin Elisabeth, ließ das Zimmer in Sankt Petersburg zunächst im Winterpalast installieren, später im Katharinenpalast in Zarskoje Selo."

„Das erklärt noch nicht allzu viel", bemerkte Detlef.

„Nun lass sie doch mal auslesen!", schimpfte Luigi, „du wirst es schon verstehen."

„Ich verstehe es auch so, schließlich habe ich mich jahrelang beruflich damit befassen müssen", wehrte sich Detlef, „ich habe mit Oberstleutnant Paul Enke zusammengearbeitet und das war immerhin der berühmte Bernsteinzimmerfahnder der Staatssicherheit. Es gab für die Suche eine eigene Abteilung und der Staat gab Millionen für dieses Prestigeobjekt aus."

„Millionen haben diese Idioten dafür ausgegeben?", fragte Tanja entsetzt, „und uns haben sie nicht mal ein paar Apfelsinen gegönnt."

„Und warum sie Millionen dafür ausgegeben haben, erfährst du, wenn du weiter liest", bemerkte Luigi trocken.

Diesmal las Tanja langsamer: „Die für 1941 vorgesehene Generalüberholung und Restaurierung des Bernsteinzimmers konnte nie in die Tat umgesetzt werden. Am 22. Juni 1941 begann Hitler mit dem Überfall auf die Sowjetunion. Schon bald geriet der Katharinenpalast vor dem belagerten Leningrad zwischen die Fronten. Um den zerbrechlichen Bernstein so gut wie möglich zu schützen, wurden die Paneele nicht demontiert, sondern lediglich mit festen Papierbahnen abgedeckt, die Fenster verschloss man mit Holzplatten. Die im Heer mitziehenden ‚Kunstschutz-Offiziere', die für den Kunstraub in den eroberten Ostgebieten zuständig waren, konnten jedoch dem Vandalismus der Wehrmachtssoldaten nicht sofort Einhalt gebieten: Einige brachen sich mit ihren Gewehrkolben Stuckaturen und ganze Stücke aus den

Bernsteinverkleidungen heraus, und eines der kunstvollen Steinmosaike wurde von den Soldaten entwendet."

Tanja bekam durch das laute Vorlesen einen trockenen Hals und musste einen Schluck Mineralwasser trinken. Dann las sie weiter: „Schließlich demontierte man unter Aufsicht des Rittmeisters und Kunstschutz-Offiziers Ernst-Otto Graf zu Solms-Laubach das Bernsteinzimmer und brachte es in Kisten verpackt nach Königsberg. Dies sollte sein letzter beweisbarer Aufenthaltsort sein. Dr. Alfred Rohde, Direktor des Königsberger Schlosses und der Kunstsammlungen der Stadt Königsberg, der zu den bedeutendsten Bernsteinexperten Europas zählte, stellte im dritten Stock im Südflügel des Schlosses einen Raum für das Bernsteinzimmer zur Verfügung. Zwei Jahre lang war es für die Öffentlichkeit zugänglich. Im August 1944 wurde das bisher verschonte Königsberg in zwei Nächten von britischen Bombern in Schutt und Asche gelegt.

Auch das Schloss brannte bis auf die Grundmauern nieder. In weiser Voraussicht hatte Rohde das Bernsteinzimmer schon Monate vorher demontieren, in Kisten verpacken und in einem bombensicheren Kellergewölbe des Schlosses lagern lassen. 1945 wurde Königsberg schließlich von der Roten Armee erobert."

„So, jetzt wird es erst interessant", behauptete Luigi, „es gibt nämlich viele Versionen zum Verbleib des Bernsteinzimmers. Fakt ist, es wurde seit 1945 nicht mehr gesehen. Einige behaupten, es wurde mit dem Königsberger Schloss vernichtet. Andere wiederum schwören, es wurde nicht zerstört und hat Königsberg nie verlassen." Luigi musste sich räuspern. „In der einschlägigen Literatur wurden mehrere hundert mögliche Verstecke genannt", fuhr er fort, „ darunter das Wrack der „Wilhelm Gustloff."

Man merkte, dass er sich ausgiebig mit dem Thema befasst hatte. „Der Einzige, der mehr über den Verbleib hätte berichten können, sagte nichts", referierte Luigi, „lies mal *die* Stelle vor!", und zeigte auf eine Textstelle.

Wo sein Finger auf den Flachbild-Monitor traf, verschwommen die Farben ein wenig. Tanja las die gewünschte Stelle vor: „Alfred Rohde erlebte die Besetzung der Stadt durch die Rote Armee, die zwar nach geraubten Kunstschätzen suchte, jedoch von der Existenz des

Bernsteinzimmers zunächst nichts wusste. Zu etlichen im Schloss eingelagerten Kunstschätzen gab Rohde Hinweise, doch zum Verbleib des Bernsteinzimmers schwieg er. Im Dezember 1945 starb er an durch Hunger verursachten Typhus."

„Schade eigentlich", kommentierte Meichsner, „aber wenn er es damals verraten hätte, hätte ich diesen hübschen Haufen hier nicht", und zeigte die vielen Stapel mit den Fünfzigern.

„Da hast du verdammt Recht", bestätigte Luigi.

„Hier steht, dass jemand sein ganzes Leben der Suche nach dem Bernsteinzimmer gewidmet hat", las Tanja vor. „er brachte sich und seine Familie an den Rand des finanziellen Ruins. Aufgrund seines Misserfolgs nahm er sich geistig verwirrt und völlig verzweifelt das Leben."

„Außer denen, die glauben, dass Zimmer ist vernichtet, oder denen, die glauben es liegt noch in Königsberg oder in der versunkenen ,Wilhelm Gustloff', gibt es einige, die der Meinung sind, es ist in Thüringen oder im Erzgebirge versteckt."

„Jetzt ist es an uns, herauszufinden, ob einer von denen Recht hat", sagte Meichsner.

***

Einen Tag später, zwei Etagen tiefer: Sekunden dehnen sich zu Stunden. Schon Herbert Grönemeyer hat einst gesungen: „Gedanken fließen zäh wie Kaugummi". So war es bei Weber auch. Ein dumpfes Gefühl herrschte in seinem Kopf vor. Manchmal kamen die Gedanken gar nicht mehr an. Dann spürte er nur noch eine Leere. Immer wenn das eintrat, glaubte er wäre tot. Doch dann ging es entweder doch irgendwie weiter und der Gedankenstrom konnte wieder zäh fließen, oder die nächste Dusche brachte ihn ins Leben zurück.

Weber wollte sich gern an seine Frau erinnern, aber mittlerweile fiel ihm nicht einmal der Name ein. „Wenn ich hier raus bin, werde ich dafür Buße tun", dachte er.

Es war einer seiner wenigen klaren Gedanken, die er noch hatte. Ja, er würde hier rauskommen. Er glaubte immer noch, dass das alles nur eine grausame Bestrafung wäre, die aber irgendwann vorbei sein würde. „Wenn ich wieder zu Hause bin, werde ich erstmal fünf Tage durchschlafen", wollte er Weller mitteilen, doch er war zu leise, der alte Rostofen hörte ihn nicht.

Weber würde seinen ganzen Besitz für eine Mütze voll Schlaf hergeben. Stattdessen bekam er eine Dusche. Als diese vorbei war, versuchte er sich zu erinnern, warum ihn dieser Bekloppte hier eigentlich eingesperrt hatte. Es fiel ihm nicht ein.

„Ging es um Geld?", fragte er sich, „oder war dieser Meichsner sein Nachbar, mit dem er sich immer wegen dessen dämlichen Hahn stritt, weil er jeden Morgen um sechs krähte, als ob ihm jemand an den Vogelhoden gezogen hatte?"

Seine Gedanken gingen völlig mit ihm durch. Für diese paar Überlegungen hatte sein langsamer Geist fünf Minuten gebraucht, so dass schon die nächste Dusche fällig war. Wieder stellte sein Gehirn den Schalter auf die ‚Ich-merke-nichts-mehr'-Stellung um. Weber war wie weggetreten. Nach dieser Dusche brauchte er fast zwei Minuten, um wieder halbwegs zu sich zu kommen. Ihm war jetzt sehr kalt und sein Kopf drohte vor Schmerz zu platzen. Dann fiel ihm wieder der Name seiner Frau ein. „Meine Hilde" dachte er.

Mit diesem Gedanken schlief er ein.

Für immer.

Die nächste Dusche bewässerte eine Leiche.

Kapitel 29

Aus dem Berliner Boulevardblick:
Berlin (von Sönke Ludwig)

Ein Unglücksfall erschüttert derzeit die Berliner Polizei. Doch nach den Recherchen unseres Blattes zu urteilen, kann man nicht von einem Unglück sprechen, sondern von einem Verbrechen. Diese Vermutung wird noch untermauert von der Aussage unseres Informanten.

Zum Fall: Am frühen Montagmorgen entdeckte ein Spaziergänger im Grünheider Ortsteil Fangschleuse (Landkreis Oder-Spree, Nähe Erkner) im Peetzsee das herausragende Heck eines Autos. Nachdem die Polizei das Auto geborgen hatte, fand man darin die Leiche von Martin Z., Beamter des LKA Berlin, und die Leiche des BKA-Ermittlers René F. Den Angaben der Polizei zufolge kam der Fahrer René F. von der Straße ‚Am Schlangenluch' ab und stürzte ungebremst in den See. Es wurden keinerlei Bremsspuren gefunden.

Die Obduktion hatte ergeben, dass Fahrer und Beifahrer stark alkoholisiert waren und auch Spuren von Drogen waren gefunden worden. Zudem ist von Martin Z. bekannt, dass ihm seine Scheidung und die Trennung von seiner Tochter schwer zu schaffen machte. Auch beruflich hatte er in letzter Zeit Probleme. Die Ermittlungen gegen ein Mitglied des organisierten Verbrechens wurden Z. entzogen. Danach fiel er negativ auf, weil er in imaginären Fällen ermittelte. Zuletzt zweifelte man so an seinem geistigen Zustand, dass man ihm eine Kur nahe legte, die Z. allerdings verweigerte.

Über René F's Privatleben ist nur wenig bekannt, er soll sich aber in homosexuellen Kreisen aufgehalten haben, und Kontakt zu minderjährigen Jungen gesucht haben. Den Gewissenskonflikt zwischen seiner Arbeit bei der Polizei und seinem moralisch nicht vertretbaren Privatleben hat er scheinbar nicht gut verkraftet und soll immer mehr in Alkohol und Drogen einen Ausweg gesucht haben. Einen dienstlichen Grund für das Zusammensein der beiden Beamten gab es laut Polizeisprecher Grabowski nicht. Einen gemeinsamen Auftrag hatten die beiden nicht auszuführen. Der Grund ihres Kontaktes ist daher in ihren Privatleben zu suchen. Leider hatte den Unfall niemand bemerkt, da auf der Höhe der Straße keine bewohnten Häuser zu finden sind. Dort existieren nur noch Campingplätze, die um diese Jahreszeit nicht besucht sind. Soweit die offizielle Stellungnahme des Polizeisprechers.

Nun darf allerdings einiges an dieser Version bezweifelt werden. Zum Beispiel der Unfall als solcher. Wir haben einen Dauercamper ausfindig gemacht, der seinen Campingwagen winterfest gemacht hat und daher das ganze Jahr über dort zu finden ist. Wir befragten Roland D. (Name geändert) zu dem Unfall. Zu der angeblichen Unfallzeit war der rüstige Rentner auf dem Gelände des Campingplatzes und sammelte Holz für seinen Ofen. Der Campingplatz ist keine 100 Meter von der Unfallstelle entfernt. Wenn es also diesen Unfall gegeben hätte, hätte der Mann das Aufklatschen des Wagens auf die Wasseroberfläche hören müssen. Das hat er aber nicht getan, obwohl er auf seine gute Hörfähigkeit schwört. Man kann also davon ausgehen, dass der Wagen ins Wasser geschoben wurde. Des Weiteren geben Bekannte von René F. an, dass dieser nicht homosexuell gewesen sei und erst recht nicht den Kontakt zu minderjährigen Jungen suchte.

Vielmehr hatte er oft Freundinnen, lebte aber aktuell allein. Auch ein Alkohol- oder Drogenproblem verwiesen die Bekannten ins Reich der Fabel. „Uns war F. als begeisterter Ruderer bekannt, dem der Sport so wichtig war, dass er selbst auf Feiern maximal drei bis vier Bier trank", können wir einen nahestehenden Freund zitieren.

Auch in der Behörde des Beamten Martin Z. haben wir einen Informanten. Dieser gibt an, die beiden Toten hatten sehr wohl dienstlich miteinander zu tun. Allerdings gibt es keinerlei Aufzeichnungen mehr zu dem Fall. Er selbst hatte die Beiden im Gebäude des LKA gesehen und gesprochen. Was aber am meisten gegen die offizielle Version spricht, ist, dass zwei verschiedene Obduktionsberichte aufgetaucht sind. Einmal der Offizielle, über den wir an dieser Stelle schon berichtet hatten. Doch nun wurden uns anonym in einem Briefumschlag die Fragmente eines Berichtes, der durch einen Aktenvernichter gegangen war, zugespielt. Die Rekonstruktion dieses Berichtes wird noch mindestens eine Woche andauern. Es ist aber schon zu erkennen, dass bei Alkohol und bei Drogen ein „neg" (negativ) steht. Außerdem kann man erkennen, dass in den Lungen der Toten keinerlei Wasser zu finden war. Das bedeutet, dass sie zum Zeitpunkt des Versinkens des Wagens schon tot gewesen sein müssen. Leider ist es uns nicht gelungen, Dr. Witte, den Verfasser der beiden Obduktionsberichte, dazu zu befragen. Sein Haus in Schmöckwitz sieht verlassen aus, in der Pathologie sind keine Auskünfte über den Verbleib des Doktors zu bekommen. Unsere Recherchen werden von offizieller Seite behindert. Nachdem wir versucht hatten, Polizeisprecher Grabowski mehr Informationen abseits der offiziellen Version zu entlocken, haben wir Aufenthaltsverbot für die Gebäude des LKA, des BKA, allen ermittelnden Polizeidienststellen und dem Tatort erhalten.

Außerdem hatten wir einen längeren Stromausfall in der Redaktion. Die Telefone funktionieren nicht mehr einwandfrei. Kein Mitarbeiter hat seit dem Interview des Polizeisprechers auch nur eine E-Mail erhalten. Diese Einschränkung der Pressefreiheit werden wir in Ihrem Auftrag, liebe Leser, absolut nicht dulden. Wir kämpfen weiter für das Recht auf unverfälschte Information. Wir versprechen Ihnen, der ‚Berliner Boulevardblick' wird in dieser Sache weiter recherchieren. Hier riecht es nach Verflechtung der Politik und der Polizei mit dem organisierten Verbrechen.

Detlef, Luigi und Tanja saßen wieder zusammen. Heute wollten sie gemeinsam herausfinden, ob es sich wirklich um das Bernsteinzimmer handelte und wo es sich aller Wahrscheinlichkeit nach befand. Sie vermuteten, dass es sich bei der merkwürdigen Ziffernfolge, die in den Aufzeichnungen standen, um verschlüsselte Geodaten handelte, die diese Frage beantworten würde.

Luigi hatte etwas recherchiert und war dabei auf eine Internetseite gestoßen, bei der man Koordinaten eingeben konnte, und man dann erfuhr, wo auf dieser schönen Erde sich der Platz hinter diesen Koordinaten versteckte. Nun gaben sie die Koordinatenzeile in das Suchfeld ein. Die Antwort des Systems war nicht befriedigend.

„Die Koordinaten 259°043′N, 030° 425′ 0″O sind nicht zulässig. Bitte geben Sie Werte streng nach kartesischem Rechtsystem ein", stand da zu lesen.

Mehrmals überprüften sie ihre Eingabe und verglichen sie mit den Beispielangaben in der Website. Sie konnten keinen Fehler entdecken. „So eine Scheiße", motzte Meichsner, „irgendetwas stimmt mit den Zahlen nicht!"

***

„Da hast du Recht", pflichtete ihm der unten in seinem Auto lauschende Walter Peters bei, „das ist Scheiße und die Zahlen sind Scheiße. Nun gebt euch mal mehr Mühe."

Peters wohnte nun eigentlich schon in seinem Auto. Er aß darin, er trank darin und er schlief darin. Nur waschen konnte er sich darin nicht. Deswegen musste er oft die Scheibe ein klitzekleines bisschen öffnen, denn sein Aroma war nicht gerade veilchengleich. Zum Pinkeln ging er ans Ende der Sackgasse, wo sich eine dunkle Wendekehre befand, die mit großen Heckenpflanzen umgeben war. Dann stand er mitten in einem von der kalten Jahreszeit entlaubten Knallerbsenstrauch und versuchte trotzdem von Weitem das Hotel im Auge zu behalten. Wenn er ein großes Geschäft zu verrichten hatte, dann fuhr er zum fünf Minuten entfernten Fast Food Restaurant und schiss sich dort aus. Bei der Gelegenheit putzte er sich am dortigen Waschbecken gleich noch die Zähne, umgeben von den Düften seiner Ausscheidungen, immer in Sorge, dass im zweiten Stock des Hotels die entscheidenden Worte fallen würden. Die Angestellten schauten schon etwas irritiert, wenn er den Weg zur Toilette einschlug. Dann standen sie, mit einem Burger oder einer Schachtel voll fettiger Fritten in der Hand, und hatten den Mund zu einem O geformt. Doch niemand sprach ihn an. Sie waren froh, dass er von der Toilette kam und immer gleich verschwand.

Als er einmal kräftig Hunger hatte, entschied er spontan, sich hier einmal anzustellen. Als einer der Angestellten sein Vorhaben bemerkte, packte er schnell eine Juniortüte voll Burger und Pommes, kam auf ihn zu und gab ihm die Tüte mit den Worten: „Hier nehmen Sie, geht aufs Haus, aber bitte verschwinden Sie schnell!"

155

Peters hatte mechanisch nach der Tüte gegriffen und verließ verdattert diese Fetttankstelle. Draußen betrachtete er die Tüte und stellte fest, dass sich mindestens fünf Burger und sechs Portionen Pommes darin befanden. „Das schaffe ich nie im Leben", wunderte er sich.

Er spielte mit dem Gedanken, wieder hineinzugehen und sich über das fehlende Spielzeug zu beschweren. „In eine Juniortüte gehört ein Spielzeug, du Idiot", würde er sagen, „haben sie dir hier nichts beigebracht?"

Aber dann hatte er es doch sein gelassen. Stattdessen war er schnell zu seinem Platz gegenüber dem Hotel zurückgefahren und hatte ganze vier verschiedene Burger und eine Portion Pommes verputzt. Den Rest hatte er achtlos auf die Rücksitzbank geworfen. Dort stank es nun vor sich hin. „Lieber kalte Pommes riechen, als kalten Schweiß", dachte er und freute sich, dass die Esswaren seinen eigenen Geruch ein wenig überlagerten.

Nun saß er wieder vor dem Hotel und hoffte, dass einer der drei Intelligenzbestien da oben endlich mal das Rätsel löste.

Sein Problem war nämlich folgendes: Er selbst besaß nur Kopien von den Aufzeichnungen. Als ihm dann endlich mal dämmerte, dass es sich bei dem Code um Koordinaten des World Geodetic System handeln könnte, hatte auch er seinen Laptop mit diesem Code gefüttert. Dieser teilte ihm leider ebenfalls mit, dass seine Eingabe falsch ist. Zu viele Daten. Zu viel, um eine richtige Lösung zu erraten. Der Kopierer im Büro der Hotelmutter hatte nicht die erforderliche Qualität abgeliefert und einige Stellen unleserlich oder gar nicht ausgedruckt – trotzdem zu viel für das Koordinatensystem der Erde.

So war Peters weiter davon abhängig, dass diese drei Dillgurken dort oben mal einen Intelligenzschub bekämen.

***

Die Drei grübelten und grübelten. Sie rätselten und rätselten. Noch einmal verglichen sie ihre Eingabe mit den Beispielen. „Irgendwie sieht das Beispiel kürzer aus, als unsere Eingabe", bemerkte Tanja.

„Tatsächlich", rief Luigi, „wir haben zu viele Zahlen."

„Äh, sagt mal", begann Tanja grübelnd zu flüstern, „ist euch eigentlich aufgefallen, dass jede Zahl je Reihe mit denselben Zahlen anfängt?"

„Wie?", fragte Luigi und krauste die Nase.

„Naja. Die erste gleiche Zahl ist die 2, dann kommen zweimal die 0 und dann die 4."

„Ja, und?", mischte sich nun auch Meichsner ein, „2004! Na und! Da hat doch 1945 keiner an 2004 gedacht? Oder?"

„Ha, ha. Nein, das kann ich mir auch nicht vorstellen. Eher an den 20.04.", lachte Luigi auf, „an dem Tag hat meine Großmutter Geburtstag. Ha, ha, ha ..."

Er konnte sich gar nicht mehr beruhigen. Der Gedanke an seine Großmutter schien ihn zu erheitern.

Meichsner war blass geworden und schlug sich plötzlich mit der flachen Hand gegen seine breite Stirn. „Deshalb bin ich nie weiter gekommen. Der Schreiber hat die Daten um ein für ihn ganz wichtigen Geburtstag erweitert."

„Wessen Geburtstag?", hakte Tanja sofort nach. „Den Geburtstag von Luigis Oma? Kannte der denn die?"

„Den Ge-Geburtstag des Führers. Hi-Hitlers Geburtstag", stotterte er. „Deswegen steht als Code auch ‚Schicklgruber' drauf. So hieß doch der Führer ursprünglich!"

„Na und?", schüttelte Luigi nur den Kopf, „deswegen brauchst du doch nicht zu stottern. Ist doch ganz egal, wessen Geburtstag. Und wenn's der vom Duce gewesen wäre! Wir lassen also mal dieses verdammte Datum weg und dann wissen wir mehr."

Sie gaben gespannt die neuen Daten ein.

Trotzdem kam kein brauchbares Resultat zustande. Dieses Mal waren die eingegebenen Daten offensichtlich zu kurz.

Sie lasen nochmals in der Beschreibung nach und stellten fest, dass sie Leerzeichen nicht richtig eingesetzt hatten. Es hätte heißen müssen: 59° 43′ 0′′ N, 30° 25′ 0″ O. Sie hatten 59°43′0″N, 30° 25′ 0″O eingegeben.

Nun gaben sie den Code neu ein. Schnell spuckte das System ein Ergebnis aus.

Verblüfft sahen sie das Ergebnis: Puschkin, früher: Zarskoje Selo. „Das hab ich doch schon mal gehört", hauchte Tanja ehrfurchtsvoll.

„Genau", antwortete Meichsner, nicht minder ehrfurchtsvoll, „dort steht der Katharinenpalast."

„Nun gib schon die nächsten Daten ein", drängelte Luigi. Er hatte einen tiefroten Kopf.

Schnell waren 52° 31′ 0′′ N, 13° 24′ 0″ O eingegeben und genauso schnell erschien ein Ergebnis: Strausberg.„Aha! Und was soll uns das sagen?", fragte Tanja und schüttelte sichtlich enttäuscht den Kopf.

„Weiß der Teufel", antworte Meichsner, „aber es interessiert auch nicht besonders. Der erste Ort war der entscheidende: Dieser Ort bestätigt uns, dass es sich wirklich um das Bernsteinzimmer handeln muss. Außerdem wissen wir nun auch mit Sicherheit, dass dieses „P.A.Rom" auf die Romanovs hindeutet."

„Und diese blöden V's müssten oder könnten ‚von, via und Versteck' bedeuten", meinte Tanja nachdenklich.

„Müssten, könnten", warf Luigi ungeduldig ein, „ist doch egal. Wirklich wichtig ist der letzte Ort, denn dort dürfte sich der Schatz befinden. Dieses Strausberg kann wirklich eine Art Zwischenstation gewesen sein."

Tanja und Detlef nickten zustimmend, während letzterer die letzen Geodaten eingab: 51° 47′ 1′′ N, 10° 30′ 0″ O und auf die Enter-Taste hämmerte.

Tanja riss ihre kleine Faust hoch und wollte gerade sagen: „Auch ein Ergebnis. Es ist der Bruchberg im Harz."

Aber bevor sie das ausgesprochen hatte, erhob sich plötzlich ein ungewöhnlicher Lärm im Haus. Erst war ein lauter Knall zu hören, dann ein Zischen. „Mist, der blöde CO_2-Schlauch ist wieder von der Bierzapfanlage geflogen", rief Tanja stattdessen, „Detlef, komm schnell mit runter!"

Auch Luigi rannte mit runter. Inzwischen war das Zischen schon leiser geworden. Die CO_2-Flasche war nun leer. Eine simple Schlauchklemme hielt den Schlauch normalerweise am Manometer. Dieser war nun aber mal wieder abgeflogen. Luigi hielt das Schlauchende in der einen Hand, die gebrochene Schlauchklemme in der anderen. „Ich glaube nicht, dass der Gesetzgeber das so vorgesehen hat", sagte er, „bei dem Druck, der da herrscht, war doch klar, dass das nicht hält!"

„Na ja, macht nichts. Ich hab ja noch ein paar Schlauchklemmen", brummte Tanja, ohne auf Luigis Worte zu reagieren und etwas lauter sagte sie zu Detlef: „Du kannst sie gleich mal wieder anbauen."

Doch der Angesprochene, der direkt bei der CO_2-Flasche stand, reagierte kaum. Er sah leichenblass aus. „Mir ist ein bisschen übel", flüsterte er.

„Das liegt an der Sauerstoffverdrängung des CO_2-Gases, brauchst nur ein paar Minuten an die frische Luft gehen", riet Luigi ihm.

Das ließ sich Detlef nicht zweimal sagen. Nach einem kurzen Aufenthalt im Freien montierte er den Schlauch wieder mit einer neuen Schlauchklemme an. Endlich konnten sie wieder hoch an Tanjas Rechner gehen und ihre Recherchen fortsetzten.

***

Walter Peters saß wie auf Kohlen. Er hatte jetzt ohne Unterbrechung sechs Stunden in seinem Beifahrersitz gesessen und gelauscht. Seine Beine kribbelten wie verrückt. Seine Hoden schmerzten, weil sie schon zu lange in der engen Jeans zusammen gequetscht wurden. Er würde es nicht mehr lange aushalten. Doch jetzt konnte er nicht aussteigen. „Nicht, wo diese drei Superhirne dort oben so kurz vor der Lösung stehen", schwor er sich.

Er hatte gehört, wie sie den Grund ihres Misserfolgs herausfanden. Dann hörte er folgendes: „Er hat ein Ergebnis, es ist der…"

Dann folgte ein Knacken und die Sicherheitsautomatik des Richtmikrophons schaltete ab. Diese war dafür gedacht, bei zu lauten Geräuschen das menschliche Ohr zu schützen. Walter fluchte ungehalten. „So ein Scheißdreck!", brüllte er.

Hektisch fummelte er an der Elektronik herum. „Geh wieder an, du Mistding", schrie er das Gerät an.

Doch dieses zeigte sich uneinsichtig. Es würde erst in ungefähr zwei Minuten einzuschalten sein. Die genügten Peters nicht. „Es muss gehen, es muss, es muss, es muss!", brüllte er.

Dabei schaltete er brachial an dem sensiblen Gerät herum. Die Adern an seinen Schläfen traten hervor. Immer hektischer klickte er am Schalter hin und her. Immer mehr Kraft wandte er an. Dann hatte er den Schalter in der Hand. Plötzlich wurde er ganz ruhig. „Das ist ja nicht zu fassen", murmelte er vor sich hin, „das ist ja wirklich nicht zu glauben. Tagelang warte ich eingequetscht wie eine Ölsardine in dieser Pisskarre und nun sagen sie endlich den Ort und dieses blöde Gerät schaltet sich ab."

Er schüttelte das Mikrophon und wiederholte noch einmal: „Das ist ja nicht zu fassen."

Dann schlug er das empfindliche Gerät mehrmals auf das Armaturenbrett. Das Gerät war nun nicht mehr zu gebrauchen. Jedenfalls nicht als Richtmikrophon. Wieder wurde Peters ganz ruhig. Dieser Misserfolg so kurz vor dem Ziel raubte ihm alle Kräfte. Er sank in seinen Beifahrersitz zurück und schloss die Augen. Von seinem Wunsch, auszusteigen und sich zu bewegen war nichts mehr zu spüren. Erschöpft schlief er ein.

***

Detlef, Tanja und Luigi saßen wieder vor dem Monitor. „Bruchberg im Harz" war dort immer noch zu sehen, nachdem sie den Bildschirmschoner vertrieben hatten.

Nun gaben sie das Wort Bruchberg in die Online-Enzyklopädie ein. Dort erfuhren sie, dass der Berg in der Nähe von Altenau in Niedersachsen liegt. Außerdem registrierten sie lächelnd, dass sich dort eine Stempelstation zum Erhalt der Harzer Wandernadel befindet. „Na dann können wir uns ja dort unseren ersten Stempel abholen", griente Meichsner, „wie viel braucht man denn, um diese dämliche Wandernadel zu bekommen."

„Lass mich in Ruhe mit deiner bekloppten Wandernadel", brummte Luigi, „wir haben jetzt Wichtigeres im Kopf. Oder hast du jetzt kein Interesse mehr an dem Geld?"

„Doch, doch", brabbelte Detlef, „sollte ja auch nur ein Scherz sein."

Doch Luigi hörte gar nicht mehr hin. „Ich geh jetzt mal in mein Zimmer, muss mal dringend telefonieren. Ich erzähle euch morgen, wie es weiter geht", informierte er sie.

Damit verließ er den Raum.

Kapitel 30

Aus dem Berliner Boulevardblick:

Heute müssen wir uns einmal bei Ihnen, liebe Leser, entschuldigen. Vor zwei Tagen hat sich bei uns mächtig ein Fehlerteufel eingeschlichen. Der allgemeine wirtschaftliche Druck macht auch vor unserem Hause nicht Halt. Daher ist es nicht auszuschließen, dass auch in unserer Redaktion einmal Arbeitsplätze abgebaut werden müssen. Mit diesem Druck konnte unser Redakteur Sönke Ludwig anscheinend nicht besonders gut umgehen. Er wollte die ‚ganz tolle Story' bringen, nach der die meisten Zeitungsmacher ihr ganzes Leben suchen. So schrieb er einen Artikel, von dem kaum ein Wort wahr ist. Deswegen möchten wir hier einiges richtig stellen.

Es ist unwahr, dass:

- es einen Informanten in Martin Z's Behörde gibt
- es einen zweiten Obduktionsbericht gibt
- Recherchen des Berliner Boulevardblick behindert worden sind
- man eine Verflechtung zwischen offiziellen Stellen und dem
  organisierten Verbrechen vermuten muss
- der Wagen der toten Beamten in den See geschoben wurde

Diese Behauptungen sind alle miteinander völlig aus der Luft gegriffen.

Außerdem ist Dr. Witte, der den Obduktionsbericht verfasst hat, nicht auf geheimnisvolle Art und Weise verschwunden, wie es der Bericht von Sönke Ludwig wahrscheinlich suggerieren sollte. Vielmehr hat er seinen wohlverdienten Jahresurlaub am Stettiner Haff angetreten, den er schon um zwei Tage verschoben hatte, um den Tod der zwei Beamten aufzuklären. Auch haben wir den ‚rüstigen Rentner' auf dem Campingplatz unweit der Unfallstelle ausfindig gemacht. Ohne ihm zu nahe treten zu wollen, muss er aus der Liste akzeptabler

Zeugen gestrichen werden. Dieser Mann ist 83 Jahre alt, auf unser Rufen an seiner Parzelleneinfriedung hatte er erst reagiert, als unser Rufen in Brüllen überging. Roland D. ist so schwerhörig, dass man es mit etwas weniger Respekt schon als taub bezeichnen könnte. Wenn er den Aufschlag des Wagens auf das Wasser nicht gehört hat, dann liegt es nicht daran, dass es keinen gab, sondern dass er ihn nicht hören konnte. Außerdem hatten wir den Verdacht, dass der Tee, den er trank, eher als Grog bezeichnet werden darf. Inwiefern man René F. als Sportler bezeichnen kann, ist Ansichtssache. Meiner Meinung nach ist ein Mann, der gelegentlich mal auf dem Liepnitzsee mit dem Ruderboot um die Liepnitzseeinsel schippert, noch lange nicht als Ruderer anzusehen. Dass diese Freizeitaktivität ein Alkohol- oder Drogenproblem ausschließen soll, halte ich für fragwürdig. Der angeblichen Behinderung unserer Redaktion bei ihren Recherchen, bei der es zu Strom-; Telefon- und Computerausfällen gekommen ist, kann ich mit reinstem Gewissen widersprechen. Dieses einmalige Ereignis wurde hervorgerufen durch einen unvorsichtigen Hausmeister unserer Vermietungsgesellschaft, der beim Versuch, einen Verteilerkasten mit einem Hochdruckreiniger zu säubern, einen mächtigen Kurzschluss fabrizierte.

Ein Redakteur, der sich der Wahrheit nicht verpflichtet fühlt, hat in unserer Redaktion nichts verloren. Daher wurde Sönke Ludwig unverzüglich aus dem Redaktionskollegium entfernt. Möge er bei einem anderen Blatt seine Lügen verbreiten. Auch Hagen Wolters, bis gestern noch Chefredakteur unseres Blattes, wurde seines Postens enthoben. An seiner Stelle werde nun ich die Geschicke unserer Zeitung mitbestimmen. Ich werde diese Aufgabe nach bestem Wissen und Gewissen wahrnehmen und nicht zulassen, dass sich wild gewordene Redaktionäre mit Hang zur Selbstdarstellung in unseren Räumen austoben.

Wieder einmal hat der Berliner Boulevardblick das Unrecht bekämpft, auch wenn es diesmal in unserem eigenen Hause zu finden war. Wieder einmal hat die Wahrheit gesiegt.

Lothar von Berndshausen, neuer Chefredakteur

Diese Richtigstellung wurde in unserem eigenen Interesse abgedruckt. Dies ist keine offizielle Gegendarstellung, die von einem Rechtsanwalt erzwungen wurde. Sie ist eine freiwillige Maßnahme unserer Zeitung und dient der Wahrheitsfindung.

Kapitel 31

Detlef war ungeduldig.

Sie wollten in drei Tagen in den Harz nach Altenau fahren. Dorthin wollten sie ihr strategisches Hauptquartier verlegen. Bis dahin hatte Luigi aber noch einiges zu klären und einige Vorbereitungen zu treffen. Was das im Einzelnen war, darüber hatte er Detlef und Tanja und ihn im Unklaren gelassen.

„Hoffentlich führt er nichts Falsches im Schilde, sonst wird er im Harz seine letzte Ruhestätte finden", grübelte Detlef.

Aber er hatte noch andere Sorgen. Sehr wichtige Sorgen sogar.

„Noch befinden sich zwei Kandidaten auf meiner persönlichen Racheliste", überlegte er, „die wollen noch vor der Abreise in den Harz verarztet werden."

Er versank in Erinnerungen.

„Ja, Harald Grünwald und Marek Plonzka waren immer dicke Freunde gewesen", erinnerte er sich, „vermutlich werden sie das heute noch sein."

Beide wohnten im nördlichen Berliner Umland, in Hohen Neuendorf.

„Dort klebten sie ständig aufeinander. Angeln war ihr größtes Hobby gewesen", wusste er noch, „und wenn sie nicht gerade angeln waren, dann befanden sie sich meistens auf Grünwalds Grundstück. Dort waren sie fast immer zu finden. Dort spielten sie Tischtennis, grillten mit ihren Weibern, oder beglotzten blöde ihre Angeln."

„Ja", brubbelte er leise vor sich hin, „wann immer man dort hinkam: Wenn sie nicht angeln waren, dann begafften sie wenigstens ihre Angeln."

Er wusste noch genau, wie es auf der Dienststelle war. Die Beiden kannten nur ein Thema: Angeln, angeln und nochmals angeln. Schon zu DDR-Zeiten sind die beiden überall zum Angeln gewesen, wo man als DDR-Bürger so hin durfte. Mindestens einmal im Jahr sind die Zwei an der polnischen Ostsee gewesen, wo Plonzkas polnische Verwandtschaft wohnte. Wenn sie dann zurückgekehrt waren, musste man die die ganze Angeberei über sich ergehen lassen. „Massenhaft Hechte, etliche Zander und an die zwei Millionen Plötzen hatten sie dann im Allgemeinen gefangen", erinnerte er sich voller Abscheu, „sie gaben an, wie eine Lore Affen."

Ihm, der sich gar nichts aus Fisch machte, ging das Fischgequatsche gehörig auf den Beutel. Er sagte dann immer: „Ich esse keinen Fisch, schon wegen der Gräten nicht. Außerdem ist der Geschmack nicht so meine Welt."

Egal, welchem Angler man diese Antwort gibt, die Standartantwort lautet meistens: „Dann musst du mal meinen Fisch probiert haben, der hat so gut wie keine Gräten, und geschmacklich ist er delikat."

„So auch bei Grünwald und Plonzka", dachte Meichsner zurück. „Musst mal meinen Fisch probieren, hieß es da immer, aber mitgebracht hat keiner von beiden welchen", grinste er bitter sich hin.

„Dann, als er vor Gericht gestanden hatte, sprachen sie nicht mehr vom Angeln", wusste er, „da hatten sie davon gesprochen, dass sie einen grausamen Mord beobachtet hätten. Nein, zugetraut hatte man das dem Meichsner nicht. Nein, Herr Staatsanwalt, aber selbst die Ruhigsten rasten manchmal aus. So hatten sie geschwafelt."

Er wusste noch genau, wie er sich gefühlt hatte. An seine Hilflosigkeit konnte er sich am deutlichsten erinnern.

Die Ungerechtigkeit hatte wie Sodbrennen in seiner Brust gebrannt.

Er hatte geschrien: „Ihr Lügner! Es war ein Unfall! Ich bin kein Mörder."

Er wurde vom Gericht zur Ordnung gerufen, und alle hatten ihn angesehen, wie einen Verrückten.

Er sah es noch genau vor sich: Überall, wo sein Blick hineilte, senkten sich die Gesichter. Keiner wollte einem Mörder ins Auge sehen, und dazu wahrscheinlich noch einem verrückten. Die Gesichter der Hauptbelastungszeugen senkten sich auch, wenn auch aus anderem Grund.

Meichsner könnte heute noch heulen, wenn er daran zurückdachte. Dann wurde seine Kehle eng und ein kaltes Gefühl stieg in ihm hoch. Zuerst fühlte er noch Hass, doch dann wurden alle Gefühle verdrängt und er spürte nur noch Kälte. Und Mordlust.

„Auch diese beiden Pisser werden ihre gerechte Strafe erhalten", dachte er verbittert, „und zwar noch vor meiner Abreise in den Harz. Wer weiß, ob wir noch mal zurückkommen können, wenn wir das Zimmer geborgen haben. Vielleicht müssen wir uns alle ins Ausland absetzen."

Kaltes Grausen stieg bei dem Gedanken in ihm auf und seine Körperbehaarung richtete sich auf. „Ich muss mich vielleicht absetzen und diese zwei Lebenszerstörer können in Ruhe ihr Leben leben", dachte er voller Panik, „das geht auf keinen Fall. Ich könnte nachts nicht schlafen und tags nicht in den Spiegel schauen."

Er überlegte sich, was er tun konnte, um sie so schnell wie möglich ihrer Strafe zuzuführen. „Wahrscheinlich ist der dumme Polake sowieso wieder bei Grünwald, da kann ich sie vielleicht gleich beide erledigen", überlegte er sich.

In ihm wuchs ein Plan.

Meichsner fuhr mit dem Auto nach Hohen Neuendorf. Er hatte einen perfekten Plan.

Im Kofferraum von Tanjas Kleinwagen lagen in einem Rucksack verstaut ein Elektroschocker, eine Flasche Diethylether und ein Tuch. Außer diesen Sachen hatte er noch Luigis kleine Pistole dabei, die dieser meistens im Innenfutter seines Mantels trug.

Luigi hatte nicht bemerkt, dass er sie gemopst hatte.

Nun fuhr er gerade die Abfahrt Birkenwerder herunter und malte sich in Gedanken aus, wie es sein wird, wenn Harald Grünwald und Marek Plonzka ihn bemerkten. „Ob sie ahnen, was ich von ihnen will, wenn sie mich sehen?", fragte er sich, „wenn nicht, werden sie es schnell zu spüren bekommen."

Er malte sich aus, wie er beide draußen in dem beheizten Schuppen antraf, wo sie immer ihre Angeln bewunderten. Sie würden sich vielleicht gerade die Fotos ihrer letzten Angeltour nach Norwegen oder so ansehen und in Erinnerungen schwelgen. Detlef würde ganz cool hereinkommen und fragen: „Na Jungs, alles senkrecht?"

Sie würden ein wenig verschwommen hochsehen, weil sie um diese Zeit schon einige Goldkrone intus haben würden. Und sie würden Angst haben, denn sie werden etwas vom Schicksal der ehemaligen Mitstreiter gehört haben. Sie würden winseln ‚Lass uns leben', oder ‚Tu uns nichts'.

In bunten Bildern malte er sich das aus. Dabei vergaß er völlig, dass er gar nicht wissen konnte, ob die Blödbirne Plonzka bei Pißkopf Grünwald war. Ebenso vergaß er, dass er nicht wissen konnte, ob die beiden sich überhaupt im Schuppen aufhielten. Auch die Frauen der beiden Todeskandidaten hatte er überhaupt nicht auf der Rechnung.

Inzwischen war Meichsner Hohen Neuendorf angekommen.

Gerade fuhr er an einem Bauwerk vorbei, dass sich Himmelspagode nannte und ein riesiges chinesisches Restaurant war. Er war einmal dort gewesen. Er hatte dort mit seiner Schwester aus Ueckermünde seine Entlassung aus dem Gefängnis gefeiert.

Er konnte sich noch erinnern, wie überrascht er gewesen war. Früher in der DDR hatte es so etwas nicht gegeben. In den achtzehn Jahren, die er weg war, hatte sich alles von Grund auf geändert. Vieles versetzte ihn nach seiner Entlassung in Erstaunen. Die Welt war bunter geworden und sie roch auch anders, vor allen Dingen sauberer. Das Leben war rauer geworden und die Menschen unpersönlicher. Jeder kochte jetzt sein eigenes Süppchen.

Das hatte er schnell bemerkt. Es gab seiner bescheidenen Meinung nach schlechte und gute Veränderungen. Zu den guten Veränderungen gehörte, dass es jetzt Dinge wie die Himmelspagode gab. Dinge, die das Leben einfach schöner machten. Als er mit seiner Schwester dort zum Essen einkehrte, war Sommer gewesen. Im Teich vor dem Gebäude schwammen Kois. In den asiatisch aussehenden Steintöpfen blühten Blumen. Die Pagode war von der Grundfläche her ein rundes Gebäude mit mehreren Etagen. Jede Etage war schmaler als die darunter liegende. Um das Gebäude herum führte eine Terrasse. Dort hatte er mit seiner Schwester gesessen. Das Essen war für ihn unvergleichlich. Etwas Ähnliches hatte er noch niemals gegessen. Er war vollends begeistert gewesen. Er hätte platzen können vor Glück damals.

Dieses Glücksgefühl wurde nur von einer kleinen bohrenden Unruhe gestört: „Wenn es jetzt so viele tolle Dinge gibt, was habe ich alles verpasst?", fragte er sich damals, „was hätte ich in den achtzehn Jahren alles haben können, wenn mich diese verräterische Saubande nicht in den Knast befördert hätte?"

Jetzt, so viele Jahre später, stieg die Mordlust wieder in den oberen Bereich. Die Nadel auf der internen Wutanzeige schlug ziemlich weit nach rechts aus. „Diese beiden Dreckschweine haben nicht mehr lange zu leben", schwor er sich, während er die Hohen Neuendorfer Dorfstraße entlangfuhr.

Meichsner bog links in eine kleine Straße ein, die direkt am S-Bahnhof vorbei führte, stellte Tanjas kleines Auto am Bahnhof ab und schnallte sich seinen Rucksack um. Den Rest bis zu Grünwalds Haus lief er. Beim Laufen zog er sich dünne Handschuhe an. Diese schützten ihn zwar nicht vor der Kälte, aber er war bestrebt, an seinem Ziel keine Fingerabdrücke zu hinterlassen.

Nach einer Viertelstunde war er an dem Zuhause von ‚Mr. Star-Angler' angekommen. Er hatte viele Eindrücke zu verarbeiten, die ihn alle zum Staunen brachten. Das Haus und das Grundstück sahen sehr ungepflegt aus. Die Bäume waren lange nicht mehr beschnitten worden, die Hecke ragte mittlerweile bis zur Hälfte auf den Gehweg hinaus. Überall im Vorgarten lag Müll verstreut. Da tummelten sich Tassen, Flaschen und sogar ein Aschenbecher nebst Inhalt lag im Schnee. Die reine Weiße des Schnees war durch gelbe Flecken unterbrochen. „Die Moral von der Geschicht, gelben Schnee den isst man nicht", dachte Meichsner scherzhaft.

Sich umsehend trat er zum Tor, das rostig und schief in seinen Angeln hing. Aus dem Briefkasten quoll Werbung und alte Wochenzeitungen fielen fast heraus.

Da fiel ihm etwas ins Auge, was ihn so richtig zum Staunen brachte. Auf dem Briefkasten stand ‚Grünwald / Plonzka'.

„Ist der dumme Pole etwa zu Grünwald gezogen?", wunderte er sich. „Das Haus wäre eigentlich zu klein für die die zwei Männer und ihre Weiber."

Meichsner betrat das Grundstück. Der Schnee knirschte unter seinen Stiefeln. Zuerst ging er zum Schuppen, wo er die beiden Verräter vermutete. Nachdem er die Schuppentür aufgezogen hatte, schlug ihm ein faulig scharfer Geruch entgegen. Er tastete nach dem Lichtschalter.

Als das Licht erstrahlte, glaubte er kaum, was er da sah. Keine Angeln. Keine Fotos von Angelausflügen. Kein Grünwald und kein Plonzka, nur deren Hinterlassenschaften. In Kisten gestapelt standen gelehrte Suffflaschen bis fast zur Decke hoch. Alle möglichen Sorten Fusel waren einst in den Pullen gewesen. Brauner, Klarer und alle Arten von Likören. „Daher der Gestank", dachte er verwundert, „verfaulter Fruchtlikör."

Er kam aus dem Staunen nicht mehr heraus. Als er weiter nach unten sah, glaubte er, ihn träfe der Schlag. Dort wo keine Flaschen den Boden bedeckten, entdeckte er Erbrochenes und auch einen Fäkalienhaufen. Viel hätte nicht gefehlt und er hätte einen Haufen Erbrochenes daneben gelegt.

Schnell ging er hinaus und schloss die Tür. „Das gibt es doch gar nicht", dachte er fassungslos.

Zögerlich ging er um das Haus herum. Was die Vorderseite des Grundstücks versprochen hatte, hielt die Rückseite. Alles war vermüllt. Meterhohe Berge alter Holzpaletten stapelten sich überall. „Wahrscheinlich als Brennholz gedacht", nahm er an, denn er hatte eine vorsintflutliche Kreissäge entdeckt, die ungeschützt dem Winterwetter trotzen musste.

Ein altes Bootswrack stand auf Böcken. „Davon hatten sie immer geträumt", erinnerte er sich, „sie wollten immer ein Boot haben."

Nun stand es auf seinen Böcken herum und verwitterte. Sämtlicher Krempel und Trödel lag über dem Hof verteilt. Alter Hausrat türmte sich an der Garage, ein schrottiger PKW-Anhänger stand herum. Der Anhänger war bis oben zur Kante mit leeren Schnapsflaschen und Zigarettenschachteln vietnamesischer Verkäufer vollgeladen. Auf dem Hof lagen ebenfalls überall Pullen und Zigarettenschachteln verstreut.

Fassungslos schüttelte er den Kopf. „Das ist ja nicht zu fassen", wiederholte er seinen Gedanken.

Langsam bewegte er sich in Richtung Eingangstür. Dazu musste er über die Terrasse gehen. Diese sah nicht besser aus, als der Rest des Grundstücks. In unregelmäßiger Reihenfolge waren Wäscheleinen über die Terrasse gespannt. Auf diesen hingen vergessene Wäschestücke, die steif gefroren waren.

Er bückte sich, um unter einem Männerschlüpfer mit Eingriff durchzutauchen. Dabei streifte er einen wackligen Tisch, auf dem eine leere Flasche Pfefferminzlikör stand. Diese fiel scheppernd zu Boden. Er zuckte zusammen und lauschte. Nichts deutete darauf hin, dass jemand den Lärm gehört hatte oder sich für ihn interessierte.

„Puuh", atmete er hörbar aus, wobei er seine Erleichterung in Atemwolken in die Kälte hinaus stieß.

Nun war er fast bei der Eingangstür angekommen. Um sie herum lagen überall große Haufen Zigarettenkippen, leere Zigarettenschachteln und abgebrannte Streichhölzer. „Die merkwürdigen Bewohner dieses Hauses scheinen nur die Tür zu öffnen, den Arm rauszustrecken und ihre Aschenbecher vor der Tür auszukippen", stellte er verwundert fest.

Den Kopf etwas geneigt haltend, hörte er jetzt leise Stimmen, wie sie aus einem Radio oder Fernsehgerät kommen konnten.

Jetzt, wo er fast vor der Tür stand, konnte er auch sehen, dass diese einen Spalt offen stand. Er zog sie ganz vorsichtig zur Gänze auf und taperte leise in den Flur hinein. Trotz der offenen Tür waren mindestens dreißig Grad in dem Haus, wenn nicht mehr. Ein muffeliger Geruch schlug ihm entgegen. Er erschauderte. Der Teppich sah aus, als ob in ihm schon sämtliche Flüssigkeiten versickert waren, die es auf der Welt gab.

Ihm wurde übel. Er musste noch mal kurz raus, nach Luft schnappen. Dann versuchte er es erneut. „Hier wohnt definitiv keine Frau", war er sich sicher.

Er ging weiter den langen Flur entlang. Alle Türen, die auf diesem Flur lagen, öffnete er.

Hinter der ersten war die Küche. Hier sah es aus wie auf einer Müllkippe. Überall standen alte Verpackungen von Fertiggerichten herum. Erstarrte Soßenreste schimmelten darin. In diesen grün angelaufenen Resten steckten Zigarettenkippen. Er war ehrlich entsetzt. „Was ist bloß aus diesen Leuten geworden?", fragte er sich.

Er zog den Kopf wieder aus der Küche und ging in den nächsten Raum. Das war das Badezimmer. Hier war er an seiner Grenze angelangt. Ihm, der in eine Kackegrube gestiegen war, um an seine Aufzeichnungen zu gelangen, war der Zustand dieser Toilette zu viel. Fäkalien lagen um die Toilette herum und waren sogar an die Wand geschmiert. Das Waschbecken stand vor Dreck. In die Badewanne wurde anscheinend aller flüssiger Unrat abgeleitet, auch ein Haufen

Erbrochenes lag in Stöpselnähe. Alle Fliesen waren matt, kein Glanz war mehr zu sehen. Kleine Tierchen krabbelten emsig herum.

Beinahe hätte Meichsner sich über der Badewanne erbrochen. Die Hand vor den Mund haltend verschwand er aus dem Raum.

Je tiefer er in das geräumige Haus eindrang, desto lauter wurden die Stimmen. Eindeutig Radio oder TV.

Hinter den nächsten Türen war nichts Besonderes zu sehen, außer Dreck, Unrat und alte Schnapsflaschen. „Hier sollen Grünwald und Plonzka wirklich wohnen?", fragte er sich, „der Pole hat schon immer gern getrunken, aber so …?"

Der letzte Raum, der von diesem Flur abging, war das Wohnzimmer. Vorsichtig öffnete er die Tür und lugte er hinein.

Dort saßen die beiden. Nicht, dass er sie sofort erkannt hätte. Beide saßen in Unterhemd auf der Couch und starrten apathisch auf den Fernseher, in dem irgendein Teleshop lief. Plonzka war fett geworden. Eine riesige Wampe schaute aus dem Unterhemd hervor. Sein Putenhals hing fast bis auf die Brust hinab. Seine Fettwampe ragte soweit herunter dass er die ganze Zeit breitbeinig sitzen musste. Seine Haut sah irgendwie gelb aus. Grünwald dagegen war nur noch ein Strich in der Landschaft. Die Knochen, die das Unterhemd freigab, standen weit heraus. Die Haut hing schrumpelig über diesem Knochengestell.

„Der Eine sieht aus, als ob die Welt Hunger leidet", dachte er angewidert, „und der Andere sieht aus, als ob er schuld daran wäre."

Er beobachtete die Zwei noch eine Weile, indem er am Türrahmen vorbeilugte. Sie starrten weiter teilnahmslos auf den Fernseher, wo eine Dame gerade einen Brotbackautomat feilbot. Keiner von beiden sah aus, als ob er auch nur ein Wort von dem registrierte, was die Dame im Fernseher von sich gab. Keiner von beiden schien den jeweils anderen überhaupt zu registrieren. Ab und zu hoben sie ein Glas mit einer unidentifizierbaren Flüssigkeit zum Mund.

Bei Plonzka lief immer wieder etwas am Mund vorbei und tropfte auf die dicke Wampe. Er bemerkte es nicht.

Grünwald ließ ohne erkennbare Regung einen fahren.

Da ihn niemand bemerkte, tastete Meichsner sich ein wenig ins Zimmer vor. Dabei stellte er fest, dass beide nur einen Schlüpfer anhatten. Weder die Unterhemden, noch die Schlüpfer sahen aus, als ob sie in den letzten sechs Wochen gewaschen worden wären. Nun ging er vollends in das Zimmer hinein.

Plonzka sah auf. Kein Erkennen erhellte sein Gesicht. Dann fragte er leicht lallend: „Wer bist du denn und was willst du hier?"

„Erkennst du mich denn nicht?", antwortete Meichsner.

Plonzka sah noch mal angestrengter hin, während Grünwald ihn immer noch nicht registriert hatte. Dann dämmerte es Plonzka. „Meichsner, du alter Esel!", rief er. „Mann, bist du alt geworden."

„Du dagegen siehst aus wie das blühende Leben", entgegnete Meichsner.

Da musste selbst der Dicke drüber gackern. Dann brüllte er in Richtung Grünwald: „Harald, schau doch mal, wer hier ist. Meichsner, der alte Penner ist gekommen."

Träge drehte sich Grünwald in seine Richtung. Entgegen Detlefs Erwartung lächelte dieser und sagte: „Meichsner! Schön dass du dich mal blicken lässt."

Damit hatte dieser nicht gerechnet. „Ahnen die beiden etwa nicht, weshalb ich hier bin?", fragte er sich. „Hat sie der Suff schon so im Griff, dass sie keine klaren Zusammenhänge mehr begreifen können?"

Sie begrüßten sich. Grünwald und Plonzka registrierten nicht einmal, dass Meichsner beim Handschlag seine Handschuhe anließ.

Jedenfalls schienen sie sich nicht darüber zu wundern. Grünwald, der aussah wie ein Skelett mit Haaren, nuschelte: „Ich weiß warum du hier bist. Irgendein Verrückter jagt die Mitglieder unserer alten Einheit. Wolltest du uns warnen oder suchst du Schutz bei uns?"

Darauf antwortete Meichsner erst einmal nicht und sah sich nur im Raum um. Grünwald verstand diese Blicke. „Ja, es sieht nicht so aus", sagte er, „wir können uns aber noch selbst verteidigen."

„Stimmt, es sieht nicht so aus", stimmte Detlef zu.

Dann fragte er: „Wohnt ihr jetzt zusammen?"

„Ja, so ist es", erklärte Plonzka, „seit unsere Weiber abgehauen sind."

„Eure Weiber sind weg?", fragte Meichsner.

„Ja", nickte Grünwald, „wir waren auf einer dreiwöchigen Angeltour in Schweden. Als wir wiederkamen, waren sie weg. Mit all unserer Kohle."

„Wann war das?"

„1992."

„Seitdem wohnt ihr hier zusammen?"

„Ja, warum nicht?", fragte Grünwald, „Was sollen wir alleine machen? Und wir haben uns immer gut verstanden."

„Aha", entgegnete Meichsner, „und was macht ihr hier den ganzen Tag?"

Darauf antwortete keiner der beiden, nur Plonzka zeigte abwechselnd auf den Fernseher, die Couch und ihre Gläser.

„Apropos", meinte er daraufhin, „willst du auch etwas trinken?"

Meichsner verneinte. Er würde in dem überheizten, verdreckten Wohnzimmer kein halbes Glas vertragen. Der Kachelofen platzte fast vor Überhitze. Als Grünwald seinen Blick zum Ofen bemerkte, sagte der: „Ist billiger. Die Zentralheizung haben wir seit zehn Jahren nicht mehr benutzt."

„Dann habt ihr auch kein Warmwasser?", fragte Meichsner staunend.

„Warmwasser, wozu?", wollte Plonzka wissen.

Fast hatte Detlef ein wenig Mitleid. So ein Elend hatte er noch nie gesehen. Er musste sich selbst darauf aufmerksam machen, wozu er hier war. „Sicher nicht, um eine Tüte Mitleid aufzumachen", schimpfte er im Stillen mit sich, „die zwei haben das Schicksal, mit dem sie leben müssen, vollauf verdient!"

„Willst du nun was trinken, oder nicht?", fragte Plonzka noch einmal.

Meichsner verneinte.

„Trotzdem schön, dass du mal kommst", wiederholte Grünwald, „so etwas hätten wir viel früher mal mit allen Kollegen machen sollen."

Meichsner kam aus dem Staunen nicht mehr raus. „Wissen die gar nicht mehr, was die mit mir abgezogen hatten?", grübelte er. „Mann, müssen die schon fertig sein."

Fast kam er zu der Überzeugung, dass wenn er sie leben ließ, er sie am meisten bestrafte. „Nein, nein", befahl er sich, „sie scheinen mit ihrem armseligen Leben zufrieden zu sein. Sie müssen bestraft werden, koste es, was es wolle!"

Plonzka kündigte an, zur Toilette gehen zu wollen. „Muss mal den Wodka wegbringen", grinste er und ließ dabei zwei Reihen gelber Zähne sehen.

Als er weg war, wandte sich Meichsner an Grünwald. „Weißt du noch, als sie dich damals nicht befördert hatten?", erkundigte er sich bei ihm, „ich weiß, warum das so war."

„Ach so?", fragte Grünwald interessiert, „und wieso?"

„Weil er dich angeschmiert hat", antwortete Meichsner und zeigte mit dem Daumen in Richtung Toilette. „Er hatte den Vorgesetzten erzählt, dass du trotz Verbot Westbesuch empfangen hast. Schöne Bilder hat er ihnen gemalt, wie du mit der Westverwandtschaft deiner Frau tolle Grillpartys gefeiert hast."

Grünwald wurde eine Spur blasser und fletschte die Zähne, was ziemlich dämlich aussah, da er nicht mehr viele hatte. Die verbliebenen Zähne waren nur noch graue Stumpen. „Deswegen also", quetschte er lallend heraus, „all die Jahre hatte ich mich gefragt, wieso ich bei meinen guten Leistungen übergangen wurde. Und jetzt tut er so, als ob er immer als Freund an meiner Seite stand."

Meichsner schwieg und ließ ihn grübeln. Von Plonzka war noch nichts zu hören. „Wahrscheinlich hat er ein größeres Geschäft zu erledigen, oder er ist auf dem stinkenden Kackhaus eingeschlafen", hoffte Meichsner, „dann kann ich meinen verkommenen Kumpel hier noch in Ruhe ein bisschen bearbeiten."

Grünwald grummelte vor sich hin: „Dieses dumme Schwein, dieser verräterische Bastard, der kriegt einen Arschtritt von mir, dass er bis in seine polnische Heimat zurückfliegt."

Meichsner unterbrach ihn nicht.

„Ich habe ihn immer unterstützt", fuhr Grünwald in seinem Grübeln fort, „schon beim Dienst habe ich ihn immer gefördert. Dann als seine hässliche Alte mit meiner abgehauen ist, habe ich ihn bei mir wohnen lassen. Seitdem haust er bei mir, und was ist der Dank?"

Fragend starrte er Meichsner an. Dann antwortete er sich selbst: „Dieser versoffene Pole hat mich angeschissen, sodass ich nicht befördert wurde."

Grünwald brachte dabei eine Menge durcheinander. Der vermeintliche Verrat fand schon vor seinen heldenhaften Hilfetaten statt. Außerdem war er mindestens genauso versoffen, wie der ‚der versoffene Pole'. Meichsner begann ihm gut zuzureden: „Mann Grünwald, das ist doch jetzt schon Jahrzehnte her. Außerdem hatte er nur sein eigenes Fortkommen im Auge. Willst du ihn deshalb ermorden?"

„Müsste ich eigentlich", antwortete das Skelett, „ich kann ihn doch nicht so davon kommen lassen."

Eine kleine Abreibung hätte er schon verdient", bestätigte Meichsner, „aber nichts allzu Schlimmes. Ich hätte da eine kleine Idee."

Er hatte wirklich eine Idee. Sein alter Plan war nicht mehr gültig. Der verheerende Zustand der beiden machte es ihm viel einfacher.

„Erzähl mir von deiner Idee", forderte Grünwald ihn auf.

Sein ganzes Gebaren ließ darauf schließen, dass er hoffte, es möge etwas sehr Gemeines sein.

„Also gut", willigte Meichsner ein, „hör zu. Ich hab da eine kleinkalibrige Pistole, die mit Platzpatronen gefüttert ist."

Meichsner zog die Mini-Waffe aus der Manteltasche und zeigte sie Grünwald. Dann fuhr er fort: „Immer wenn ich unterwegs bin, habe ich sie dabei. Wenn mir einer zu nahe kommt, verscheuche ich ihn damit. Zumal gerade die Mitglieder unserer Einheit anscheinend systematisch umgelegt werden."

„Ja, ja", unterbrach ihn Grünwald, „was ist denn nun mit der Idee!"

Meichsner lächelte innerlich, er hatte den alten Säufer genau da, wo er wollte.

„Nun könntest du so tun, als ob du durch mich die Wahrheit über die unterbliebene Beförderung erfahren hast", erklärte er weiter, „und dann könntest du so tun, als ob du ihn erschießen wolltest."

Grünwald zeigte ein gehässiges Lächeln. Die Ruine seines Mundes sah nun noch hässlicher aus. Meichsner setzte noch eins oben drauf: „Und wenn er gerade schön am Winseln ist, drückst du ab. Wenn der Knall ertönt, scheißt er sich bestimmt ein."

Grünwald war begeistert. In seinem ruinierten, alkoholisierten Körper kehrte Leben ein. Er rutschte auf seinem Sofa herum, wie ein Kind kurz vor der Bescherung. „Gib her das Teil", forderte er und zeigte auf die Pistole.

Dann fielen ihm die Handschuhe auf.

„Warum trägst du Handschuhe?", fragte er misstrauisch, „ist ja wirklich nicht kalt hier drin."

„Ich kann sie gerne ausziehen", lächelte Meichsner, „ich habe mir eine Grindflechte zugezogen. Wenn du sie auch haben willst ..."

„Schon gut", wehrte das menschliche Wrack ab, „gib mir schon die Waffe."

Er fuchtelte mit den Händen ungeduldig in Richtung Pistole herum. In diesem Moment hörten sie die Klospülung.

„So wie die Toilette aussieht, hätte ich nicht gedacht, dass sie die Spülung benutzen", dachte Meichsner.

Nachdem die Waffe bei Grünwald war, nahmen die Verschwörer schnell Platz auf der Couch. Plonzka kam herein und griente: „Muss wohl eingeschlafen sein, bei dem netten Aroma."

Dabei rieb er sich den Bauch, als ob er andeuten wollte, dass er ungefähr ein ganzes Kilo losgeworden war. Dann fläzte er sich wieder in seinen Sessel. „Was ist los", fragte er dann, als er merkte, dass ihn beide ruhig anstarrten.

„Nichts, nichts", sagte Grünwald, „nur dass ich erfahren habe, dass du ein ganz dreckiger Verräter bist."

Plonzka wurde blass, sagte aber nichts.

„Dir habe ich die Nichtberücksichtigung bei den Beförderungen zu verdanken."

Plonzka fing an zu stammeln: „Aber, aber, was sollte ich tun? Die haben mich gefragt. Ich musste doch antworten."

„Treffer", staunte Meichsner still, „was wir manchmal im Kollegenkreis vermutet hatten, stellt sich also als wahr heraus."

Grünwald zog die Waffe hervor. Plonzka wurde noch blasser.

„Du wirst mich doch nicht ...", stammelte er.

„Sag mir eins, wieso ist dann niemand von den Vorgesetzten auf mich zugekommen?", wollte Grünwald wissen.

„Das läuft ja hervorragend", freute sich Meichsner insgeheim.

„Weil ich denen versprochen hatte, mit dir zu sprechen. Ich sollte dich dazu bringen, freiwillig auf deine Westbesuche zu verzichten", berichtete Plonzka leise.

„Das gibt es ja nicht", brach es aus dem erschütterten Grünwald heraus, „und all die Jahre hast du so getan, als ob du mein Freund bist."

Plonzka schaute betreten auf den Boden.

„Willst du mich jetzt erschießen?", erkundigte er sich leise.

„Was meinst du, sollte ich?", fragte Grünwald.

„Ich finde, dass du das nicht tun solltest", antwortete der Dicke hoffnungsvoll.

„Ich finde doch", widersprach ihm Grünwald und zielte mit der kleinen Pistole auf ihn.

Plonzka traten fast die Pupillen aus.

„Nein", flüsterte er.

„Doch", widersprach Grünwald und drückte ab.

Der Knall war nicht laut. Plonzka war mitsamt seinem Sessel nach hinten übergekippt. Grünwald lachte hysterisch. Da Plonzka hinter seinem Sessel lag, hatte Grünwald noch gar nicht gesehen, dass das ein echter Schuss gewesen war. Pulvergeruch zog durch das Wohnzimmer. „Na Plonzka, jetzt hat es dich gewaltig umgehauen, was?", brüllte Grünwald, „komm, du kannst wieder aufstehen, oder hast du noch gar nicht bemerkt, dass du noch lebst?"

Keine Reaktion hinter dem Sessel.

„Komm sei nicht beleidigt", blökte Grünwald weiter und lief zum Sessel, „diese Abreibung hast du dir verdient."

Dann kam Grünwald hinter dem Sessel an.

„Verdammt", entfuhr es ihm.

Hilflos ließ er die Arme hängen, die Waffe hing wie eine Einkaufstüte an seinem Finger. Meichsner ging hinterher.

„Du hast ihn ermordet", stellte er trocken fest.

Ihn wunderte, dass Grünwald so ruhig blieb und nicht in Panik ausbrach. „Wahrscheinlich kann sein suffgeschädigtes Gehirn gar nicht verarbeiten, was gerade passiert ist", dachte er sich.

„Du hast doch gesagt …", fing Grünwald an.

„Was hab ich gesagt?", unterbrach Meichsner sofort, „du hast jemanden ermordet."

„Aber du hast doch gesagt, es wären Platzpatronen", heulte Grünwald.

„Ich habe wirklich gedacht, es wären Platzpatronen, aber geschossen hast du nun mal", erinnerte ihn Meichsner.

Beide sahen auf den Toten hinab. Die Waffe war keine sehr durchschlagskräftige gewesen. Plonzka sah nicht sehr schlimm aus, nur dass er einfach tot war. Seine Nase war nicht mehr da. An ihre Stelle war ein blutiges Loch getreten. In dem Blut schwammen kleine Knochensplitter und ein paar Teilchen Hirnmasse. Entsetzt schaute Grünwald seinen Freund an. Meichsner war weniger entsetzt, er hatte sich inzwischen an den Anblick von Toten gewöhnt. „Wenn nun einer den Schuss gehört hat", heulte Grünwald und sah sich gehetzt um.

„War zu leise", urteilte Meichsner kalt.

„Verdammt, verdammt, verdammt", spulte Grünwald mit wachsender Hysterie eine nicht enden wollende Litanei ab.

„Was willst du denn, der Penner hat es doch verdient!", redete Meichsner ihm zu.

„Das schon, aber jetzt bin ich ein Mörder", quiekte Grünwald wie ein Meerschwein, „sie werden mich kriegen und mich in den Bau werfen."

„Das kann passieren", bestätigte Meichsner, „und ich weiß, was sie im Knast mit alten Säufern machen, die zum Durchbumsen zu unattraktiv sind."

„Nämlich?"

„Zum Beispiel werden sie zum Abreagieren gebraucht. Sie werden seelisch gefoltert. Sie dürfen beispielsweise die Toilette sauberlecken. Oder sie müssen per Analbombe Drogen bei ihren Arztbesuchen hineinschmuggeln. Oder ..."

„Was ist eine Analbombe?", unterbrach der Alte entsetzt.

„Ein Kondom, das voll Drogen gestopft wird, und dir dann in deinen alten faltigen Arsch gestopft wird."

Grünwald wurde noch blasser, als er ohnehin schon war.

„Manchmal platzt eine solche Analbombe. Dann geraten Teile der Droge durch kleine Wunden in deine Blutbahn. Das Ergebnis ist ein qualvolles Dahinscheiden", führte Meichsner weiter ungerührt aus.

„Ich will nicht in den Knast", heulte Grünwald.

„Es gibt noch schlimmere Geschichten", behauptete Meichsner, „willst du sie hören?"

„Ich will nicht in den Knast", schrie Grünwald ihn an, als ob er allein dadurch die Tatsache ändern könnte. Kleine Speichelfäden flogen von seinem Mund.

„Ich kann dir helfen", sagte Meichsner ganz ruhig.

„Was?"

„Ich kann dir helfen", wiederholte Meichsner leise und bestimmt.

„Wirklich?", fragte Grünwald misstrauisch.

„Wirklich."

„Und wie soll das aussehen?", erkundigte sich Grünwald.

„Ganz einfach, du schreibst einen Abschiedsbrief. Dann laden wir den Polen in den Kofferraum, stecken ihm deinen Ausweis in die Tasche und schmeißen ihn von der Autobahnbrücke, direkt vor einen großen LKW."

„Und das soll funktionieren?", zweifelte Grünwald.

„Sie werden denken, du bist es, der gesprungen ist", behauptete Meichsner.

„Und wo soll ich dann hin?", jammerte Grünwald weiter.

„Ich kann dich in Sicherheit bringen", log Meichsner, „ich habe einflussreiche Freunde, die können dir eine ganz neue Existenz verschaffen. Vertrau mir! Ich habe dir auch die Wahrheit gesagt, als es um deine misslungene Beförderung ging."

Hoffnungsvoll sah Grünwald ihn an. Er schien ihm zu glauben.

„Jetzt schreibst du einen Abschiedsbrief", befahl Meichsner.

Grünwald holte Papier und Kugelschreiber.

„Was soll ich denn schreiben?", fragte er unterwürfig, „und an wen soll ich ihn richten?"

„Hast du nicht eine Schwester, die oben in Prenzlau wohnt? Wir schreiben ihn an sie!"

Meichsner diktierte ihm den Brief und Grünwald schrieb mit zittriger Hand:

Liebe Magdalena,

ich habe einen großen Fehler begangen. Inzwischen wirst du davon gehört haben. Leider konnte ich nicht anders handeln. Du weißt, wie ich damals von einer großen Karriere beim MfS geträumt habe. Und nun habe ich erfahren, dass genau der Mann, den ich als meinen besten und einzigen Freund bezeichnet habe, diese große Karriere auf dem Gewissen hat. Ich konnte echt nicht anders!!! Es war ein tolles Gefühl, diesem Karriereversauer eine Kugel in den Kopf zu jagen. Du hättest ihn sehen müssen, wie er da gelegen hat, ohne Nase in seinem Blut. Die Leiche des Verräters habe ich übrigens in einem See versenkt. In welchen, werde ich nicht verraten. Er soll dort, wo er ist, langsam verfaulen. Leider bleibt mir nun nichts anderes übrig, als mich von diesem Leben zu verabschieden. Es gibt ja auch nichts, was mich noch in diesem Leben hält. Die Frau seit Jahren weg, keinen vernünftigen Job mehr, ein toter bester Freund, der sich als Verräter entpuppt hat. Nur noch ich und der Suff, so möchte ich nicht mehr leben. Außerdem, in den Knast möchte ich auf meine alten Tage auch nicht mehr. Nun wirst du einigen Ärger haben, dafür möchte ich mich jetzt schon mal entschuldigen. Als Entschädigung bekommst du ja das Haus und das Grundstück. Sieh zu, dass du es gut verkauft kriegst, komm bloß nicht auf den Gedanken, hierher zu ziehen. Denn dann würdest du immer die Schwester von einem Mörder und einem Selbstmörder sein. Ich hoffe, du wirst nicht allzu sehr trauern. Wir haben uns ja in letzter Zeit nur noch selten gesehen. Bleibt Dir zu wünschen, dass ich Deiner Familie eine Freude mache, mit dem Geld für das Haus.

Sorge dafür, dass Deine Kinder „Onkel Harald" in guter Erinnerung behalten, so wie sie ihn von früher kennen. Nun mache ich der Sache ein Ende, wenn du den Brief erhältst, wirst du das meiste schon wissen. Eines will ich Dir aber noch auf den Weg mitgeben: Denke niemals, so schwer die Zeiten auch sein mögen, dass Alkohol eine Hilfe ist, sonst hast du schon verloren!!! Vielleicht sehen wir uns ja eines Tages in einer anderen Welt wieder, bis dann.

Dein Harald

PS: Falls von meinem Körper etwas übrig bleibt, lasse es bitte einäschern!

Den Brief legte Meichsner mitten auf den verdreckten Tisch.

„Du hast doch noch ein Auto, oder?", erkundigte er sich bei dem inzwischen heulenden Grünwald.

„Na klar hast du eins", beantwortete er die Frage gleich selbst, „wie solltest du sonst diese Mengen an Suff hergeschafft haben."

Grünwald hörte abrupt zu heulen auf und kicherte trotz seiner vertrackten Lage rostig. Sie gingen raus auf den Hof. Und tatsächlich: In einer ollen Brettergarage stand ein alter, rostiger Skoda Favorit.

Meichsner startete ihn und fuhr ihn inmitten einer blauen Rauchfahne rückwärts vor die Eingangstür. Dann klappte er die Kofferraumklappe quietschend auf. Sie zerrten die Leiche in den Kofferraum. Als sie losfuhren, war schon blaue Stunde. Es versprach eine kalte Nacht zu werden. Ihr Atem ließ die Scheibe beschlagen. Keiner von beiden sagte etwas. Grünwald rieb seine kalten Hände, Meichsner hatte zum Glück seine Handschuhe an.

Sie durchquerten die Dörfer Bergfelde und Schönfließ. Danach fuhren sie durch Mühlenbeck. Hinter dem Rathaus bog Meichsner in eine verlassene Straße ein. Mittlerweile hatte die Dunkelheit vollends Besitz von der Umgebung ergriffen. „Und der Abend wirft ein Tuch aufs Land", sang Meichsner leise einen Rocksong, passend zur Situation.

„Wo willst du denn hier hin?", unterbrach Grünwald sein Gesang.

„Hier geht es zur wahrscheinlich verlassensten Autobahnbrücke der Welt", antwortete Meichsner ungehalten, „und nun lass mich machen, ich weiß, was ich tue."

Grünwald drehte sich beleidigt zur Seite. Im Auto stank es elendig. Der Aschenbecher, aus dem wegen Überfüllung ständig die Asche rieselte, mochte seinen Teil dazu beitragen. Auch der Gestank des undichten Auspuffs, von dem irgendwie etwas in die Fahrgastzelle geriet, war ekelerregend. Am Schlimmsten aber war der Geruch, der aus den Sitzen kam. Bei jeder Bodenwelle drückten ihre Hinterteile eine neue Geruchswelle aus den muffigen Stoffen. Es stank nach altem Suff, nach Altmännerschweiß von Leuten, die sich selten waschen, und nach Hilf- und Trostlosigkeit. Meichsner war einiges an schlechten Gerüchen gewöhnt, daher war er nicht besonders beeindruckt. Schließlich hatte er schon fast in einer Güllegrube gebadet.

Die letzte Laterne der Straße lag schon einige hundert Meter zurück, es war stockdunkel. Als sie das letzte Haus passiert hatten, schaltete Meichsner das Licht aus. Die Straße war als dunkles Band in einer Fläche aus Dunkelheit zu erkennen. Kein einziges Auto begegnete ihnen noch.

Plötzlich Autoscheinwerfer von der Seite, aber tiefer als sie – dort unten war die Autobahn. Die Brücke war in der Dunkelheit nicht zu erkennen, selbst das Brückengeländer war dunkel gestrichen.

Meichsner bremste den Wagen ab und stellte den Motor aus. Anschließend fasste er in seine Tasche, wo sich der Elektroschocker befand. Diesen zog er heraus, was Grünwald aufgrund der Dunkelheit nicht sehen konnte. „Wir müssen noch deinen Personalausweis bei Plonzka in die Tasche stecken", erklärte er Grünwald.

Daraufhin wühlte der Alte den Pass aus der Innentasche seiner Winterjacke und stieg aus, um zu Kofferraum zu gelangen. Meichsner stieg ebenfalls aus, atmete tief die abendliche Winterluft ein und ging dann auch zum Kofferraum. Grünwald hatte sich tief in den Kofferraum gebeugt und Meichsner hörte ihn vor sich hin brabbeln: „… hättest mich eben nicht verraten sollen, du Idiot! Wenn ich gewusst hätte, dass …"

Dort brach er abrupt ab, weil er zwei Metallkontakte an seinem Hals spürte. Nun drückte Meichsner auf den Auslöser der Elektroimpulswaffe. Fünf Sekunden später ließ er den Knopf wieder los. „Das müsste reichen, um einen alten Säufer bewegungsunfähig zu machen", war sich er sicher.

Wie um das zu bestätigen, rutschte Grünwald langsam am Auto herunter und setzte sich mit dem Hosenboden auf die gefrorene Straße. „Pass auf, dass du dir keine Hämorriden zuziehst", spottete Meichsner.

Grünwald schaute entsetzt. Seine Augen kamen, soweit Meichsner das in der Dunkelheit erkennen konnte, weiter heraus als normal. Grünwald konnte keine Regung zeigen, außer blöde zu aus der Wäsche zu gucken. Sein Nervensystem war offensichtlich gelähmt. „Na Grünwald, kannst du dich gar nicht mehr erinnern, was ihr mir angetan habt?", fragte Meichsner.

Grünwald glotzte weiter nur doof.

„Nein?", fragte Meichsner, „dann werde ich dir das mal wieder in Erinnerung rufen. Ihr habt mich mit euren beschissenen Aussagen für fast zwanzig Jahre in den Knast gebracht."

Grünwalds Stirn legte sich ein ganz kleines Bisschen in Falten. Seine Augenbrauen stiegen fragend in die Höhe.

„Und deshalb lege ich euch nacheinander um", erklärte Meichsner weiter, „und du bist der Letzte. Deinen polnischen Freund hast du ja selbst umgelegt. Übrigens: Ich wusste gar nicht sicher, ob er dich verraten hatte."

Jetzt konnte der Alte schon erste zittrige Bewegungen machen. „Die Lähmung lässt also nach, jetzt heißt es aber Dampf machen", trieb sich Meichsner an.

Sicherheitshalber versorgte er den Alten noch einmal mit einigen Sekunden Elektroschock. Dann zog er ihn über die Fahrspur Richtung Hamburg, die etwas stärker befahren war. Am Geländer legte er seine Last erstmal ab. Von Weitem erkannte er die orangen Rundumleuchten eines Schwertransports. Als der Tross näher kam, erkannte er drei Tieflader, die die Flügel von Windrädern geladen hatten. Zwei Begleitfahrzeuge eskortierten die monströsen Gefährte, keiner davon war ein Polizeiwagen. „Das passt ja, wie der Arsch aufn Eimer", dachte er zufrieden.

Er buckelte die gelähmte Gestalt auf das Geländer. Plötzlich leistete der Alte leichten Widerstand. Dadurch rutschte er wieder vom Geländer. „Scheiße", brummte Meichsner, „Die Lähmung lässt schon wieder nach."

Er versuchte, den Alten wieder auf das Geländer zu hieven. Der Widerstand wurde immer stärker. Der Elektroschocker lag in sicherer Entfernung beim Auto. Er musste es also so schaffen. Meichsner schwitzte trotz eisiger Kälte. Sein Atem pfiff. Grünwald konnte schon wieder mit den Armen fuchteln.

Der Schwerlastkonvoi war inzwischen auf zweihundert Meter heran. Nun versuchte Grünwald energisch, ihn mit dem Kopf zu treffen. Meichsner tauchte nach unten ab und griff nach den Beinen des Feindes, zog diese nach oben, und schob sie über das Geländer. Der Konvoi war nur noch wenige Sekunden von der Brücke entfernt. Grünwalds Beine schwangen über das Geländer, doch er konnte sich noch drei Sekunden daran festhalten. In seinem Gesicht stand die nackte Angst um sein Leben. Meichsner fühlte sich gut, als er sah, wie Grünwalds Finger ganz langsam vom Geländer rutschten. Die dürre Gestalt stürzte direkt hinter dem ersten Begleitfahrzeug auf den Asphalt und wurde von allen drei Tiefladern und dem letzten Begleitfahrzeug überrollt. Ein zerfetztes Gebilde blieb auf der Straße liegen, als die Lastwagen darüber hinweg waren. Die Lastwagen bremsten träge ab.

Meichsner ließ Grünwalds alte Rostkarre stehen und suchte schnell das Weite. Er flüchtete die alte löchrige Teerstraße entlang und schlug sich dann linker Hand in eine baumbesäumte Sandstraße. Er kannte die Gegend von früher. Das war der kürzeste Weg zum S-Bahnhof des Dorfes. Er lief, was die Beine hergaben, die dunkle Sandstraße entlang. In einer festgefrorenen Kuhle verlor er das Gleichgewicht und knickte heftig um. „Mist verdammter!", rief er laut aus und hielt sich den schmerzenden Knöchel.

Dann besann er sich und hielt Ausschau, ob in dem einzigen Haus in dem Ziegeleiweg jemand sein Brüllen gehört hatte. „Scheint nicht der Fall zu sein", beruhigte er sich selbst.

Dann hinkte er weiter. An einer alten Bahnhofskneipe an einer stillgelegten Eisenbahnstrecke humpelte er vorbei. Als er bei den Kleingärten angekommen war, ließ der Schmerz schon nach.

Er sah unzählige Reihen voll liebevoll gestalteter Bungalows, die man zu Ost-Zeiten auch Datschen genannt hatte. Deren Besitzer wurden von den Einwohnern des Dorfes auch gerne als ‚Tonnenscheißer' bezeichnet.

Nun konnte er wieder etwas schneller gehen und brauchte nur noch fünf Minuten zum S-Bahnhof. Dort stieg er in die Bahn, drei Stationen später war er schon in Hohen Neuendorf, wo am Bahnhof sein Auto stand.

Weitere zwanzig Minuten später war er wieder in dem kleinen Hotel im Prenzlauer Berg.

Kapitel 32

Es war Sonntag.

Luigi, Meichsner und Tanja waren auf der Autobahn unterwegs in Richtung Harz. Sie waren schon eine Stunde und fünfzig Minuten gefahren und passierten gerade das Autobahnkreuz Magdeburg. Gleich früh morgens um sechs Uhr waren sie losgefahren. Es war noch stockdunkel gewesen, die Stadt war noch nicht aufgestanden. Diese Ruhe, gepaart mit der Kälte und der Dunkelheit, ergab ein seltsames Gefühl der Abgeschiedenheit inmitten der Großstadt. Der Winter zeigte sich mit fünfzehn Grad minus von seiner unbarmherzigen Seite. Ihr Atem stand weiß vor ihren Mündern. Dazu wehte auch noch ein schneidender Ostwind. „Komm bloß nicht an mein Ohr", hatte Tanja zu Meichsner gesagt, „sonst bricht es noch ab."

In Luigis geräumigen Leihwagen war es dann allerdings sehr gemütlich gewesen. Jeder hatte ein dampfenden Becher Kaffee in der Hand, die Kälte von draußen kämpfte vergeblich gegen die Heizung an, Coldplay spielte im Radio. Dazu fühlte Meichsner eine Aufregung, wie er sie als Kind immer vor einer Reise gespürt hatte. Diese wurde nur noch von der Vorfreude auf ihren Schatz übertroffen.

Leitpfosten und Verkehrsschilder flogen vorbei. Tanja drückte die Blase, doch sie ekelte sich vor den Toiletten an der Autobahn. Sie hoffte, bis Altenau durchzuhalten. Dort hatte Luigi ein nettes Hotel reserviert. Sanft schnurrte der A8 über die Autobahn. Die Hälfte des Weges lag schon eine Weile hinter ihnen. Noch anderthalb Stunden Fahrt lag vor ihnen.

„Sind doch ruckzuck vorbei", dachte Luigi.

Tanja sah es nicht so locker. Ihre volle Blase ließ sie die Beine zusammenklemmen.

***

Das Schild neben der Autobahn forderte: ‚Runter vom Gas!'

Unter dem Schild war ein VW Golf zu sehen, dessen Vorderseite praktisch nicht mehr vorhanden war.

Walter Peters beschleunigte auf zweihundertzwanzig Stundenkilometer. Hier, kurz vorm Autobahndreieck Magdeburg, hieß es dranbleiben. Die, die er verfolgte blieben allerdings auf der A2.

„Die führt bis Holland", dachte er, „wer weiß wo die noch hinwollen."

Es half aber alles nichts, hinterher düsen musste er sowieso.

„Und wenn sie durchfahren bis Rotterdam und dort ein Schiff nach Großbritannien besteigen, ich werde immer hinter ihnen sein", war er überzeugt.

***

Telefongespräch, zwei Tage zuvor:

Angerufene:

„Gemeindeverwaltung Oberharz, Dezernat für Umweltfragen und Naturschutz, Frau Berger. Was kann ich für Sie tun?"

Anrufer:

„Guten Tag, Doktor Rosso mein Name. Ich soll im Auftrag des Umweltministeriums im Bruchberg die Einsturzsicherheit der alten Stollen überprüfen. In letzter Zeit häufen sich die Unfälle, weil Teile von Bergen abbrechen. Immer waren eingestürzte Stollen schuld. Ich muss den Sanierungsbedarf der Stollen feststellen."

Angerufene:

„Aber wir haben doch eine Bergsicherungsfirma, die die Berge unserer Umgebung regelmäßig überprüft."

Anrufer:

„Schon, aber da sind keine Wissenschaftler dabei. Außerdem haben wir auf alten Zeichnungen einen alten Stollen entdeckt, dessen einziger Eingang verschüttet ist. In diesem kann die Bergsicherung noch nicht gewesen sein."

Angerufene:
„Wer wird Ihren Einsatz denn bezahlen, wir haben keine Gelder mehr frei.“
Anrufer:
„Keine Sorge, die Mittel kommen zur Hälfte aus dem Gebirgserhaltungsfond des Bundesumweltministeriums und zur anderen Hälfte aus dem Topf des Bundeslandes Niedersachsen. Von Ihnen brauche ich nur die Genehmigung zum Befahren des Nationalparks Harz. Wir müssen nämlich mit einem großen Lastwagen bis an den Berg fahren, da wir eine Menge an Technik mitführen müssen. Außerdem könnten sie mir vielleicht eine Firma vermitteln, die den Eingang zum Stollen frei räumt.“

Angerufene:
„Das wäre kein Problem, aber haben Sie denn etwas Schriftliches?“

Anrufer:
„Natürlich, ich habe einen Auftrag direkt aus dem Bundesumweltministerium. Diesen kann ich Ihnen gerne rüberfaxen und wenn ich dann in Altenau bin, bringe ich das Original persönlich vorbei. Das lasse ich mir nicht nehmen, bei so einer netten Stimme!“

Angerufene: (lachend)
„Nein, nein! Sie brauchen es nicht vorher zu faxen. Es reicht, wenn …“

***

„Endlich“, dachte Tanja, als sie auf dem Marktplatz in Altenau angekommen waren.

Sie stürzte aus dem Auto und stakste mit zusammengekniffenen Beinen zur öffentlichen Toilette. Luigi ging zur Oberharzer Gemeindeverwaltung, er hatte dort etwas zu erledigen. Detlef ging sich die Beine vertreten und genoss eine Zigarette an der frischen Luft. Minuten später trafen sie am Auto wieder zusammen.

Nun fuhren sie zu einer Lastwagenvermietung und mieteten sich für die nächsten Tage ein schweres Kofferfahrzeug. Meichsner hatte zu seiner Armee-Zeit einen LKW-Führerschein gemacht.

Von der netten Dame aus der Gemeindeverwaltung hatte Luigi in ihrem ersten Gespräch die Kontaktdaten einer Landschaftsbaufirma bekommen und hatte schon von Berlin aus angerufen. Nun brauchten sie sich nur noch ihre reservierte Bleibe suchen.

Diese fanden sie in einem netten Hotel in der Altstadt. Es hieß ‚Hotel Harzblick'.

Auf der anderen Straßenseite checkte ein unauffälliger Mann mit einem karierten Hut in das Hotel ‚Hexenzauber' ein. Aus seinem Zimmer im ersten Stock hatte er einen hervorragenden Ausblick auf die alte Pflasterstraße.

Auch das Hotel ‚Harzblick' gegenüber lag gut im Sichtfeld.

Tanja, Meichsner und Luigi wanderten durch die schöne Altstadt Altenaus. Sie tranken einige Glühwein und machten eine Stadtrundfahrt mit der Bimmelbahn. Sie verhielten sich wie Touristen, waren aber innerlich sehr aufgewühlt, ob dem, was ihnen bevorstand. Nach dem Mittagessen wollten sie zum ersten Mal an die Stelle fahren, wo vor Jahrzehnten der Eingang ihres Stollens gesprengt wurde.

Ernst wurde es erst am folgenden Tag. Dann sollte gleich morgens die Landschaftsbaufirma den Eingang räumen. Der Lastwagen zum Abtransport würde bereitstehen. Außerdem eine ganze Armada von Hilfskräften, die bei der Verladung helfen sollten.

Auch diese hatte Luigi organisiert. Es handelte sich um eine kleine Armee von einheimischen Umweltaktivisten. Diesen hatte Luigi weisgemacht, dass sich unter dem Berg Kisten mit Gift befänden, welches die Wehrmacht zum Vergiften von Getreidefeldern der Feinde benutzen wollte. Das Gift hatte angeblich eine Spätwirkung, die sich erst dann einstelle, wenn das Mehl zu Lebensmitteln weiterverarbeitet würde. Zum Glück ist das Militär nicht mehr dazu gekommen, dieses Gift einzusetzen. Dann setzte Luigi den stärksten Hebel an. „Laut unseren Papieren können die Dichtgummis nur sechzig Jahre dichthalten", erzählte er den Öko-Freaks, „und die sind ja bald vorbei. Dann kann Wasser eindringen und vergiftet wieder herauslaufen. Millionen von Kubikmeter Wasser wären gefährdet."

Das blanke Entsetzen spiegelte sich daraufhin in den Gesichtern der Aktivisten wieder. „Die Behörden und die Medien nehmen diese Aussagen nicht ernst und bezweifelten die Echtheit dieser Papiere", hatte Luigi weiter gelogen.

Diese Aussage hatte die Umweltschützer auf die Palme gebracht. „Wir müssen das auf eigene Faust bereinigen", hatte Luigi geschwafelt, „wir können das Gift aus dem Berg holen, auf unseren Lkw verladen und dann bringe ich es zu einer Entsorgungsfirma, die gehen damit verantwortungsvoll um."

Sofort waren die Gefragten bereit gewesen und die drei Schatzjäger um eine Sorge ärmer.

Im Hotel nahmen Sie ein leckeres Mittagessen zu sich. Sie saßen am Fenster, genossen ihren kross gebratenen Okerzander mit Lauchgemüse und Maccairekartoffeln und schauten aus dem Fenster.

Draußen bot sich ein romantisches Bild. Es hatte zu schneien begonnen. Die schmale gepflasterte Altstadtstraße mit ihren nostalgischen Laternen wurde langsam von einem weißen Hauch gepudert. Detlef und Tanja berührten sich kurz, beide hatten einen leichten Glanz in den Augen. Selbst Luigi, der sich aus solchem sentimentalen Zeug nichts machte, hatte verträumt aus dem Fenster geschaut. Der Fisch schmeckte hervorragend.

Den unauffälligen Mann, der einige Tische weiter seine Zeitung las und seinen Espresso schlürfte, bemerkt keiner von den Dreien.

Wenn man die drei Leute so am Tisch sitzen sah, käme man nicht auf die Idee, diese für Verbrecher zu halten. Wenn sie nicht unterschwellig so eine Aufregung verspüren würden, würden sie es selbst nicht glauben.

„Morgen sind wir vielleicht schwerreiche Leute", hatte Meichsner zwischendurch angedeutet, worauf Luigi nachdenklich nickte.

Tanja begnügte sich damit, zu hoffen, dass alles gut ging.

Der Trupp wackerer Schatzsucher war nach langer holpriger Fahrt an dem Stollen angekommen. Die Fahrt hatte keine Komplikationen hervorgebracht. Die alten Aufzeichnungen und Karten schienen immer noch zu stimmen. Alle Straßen und Wege fanden sich wieder. Für die

Schlösser der Nationalparkschranken hatte Luigi einen Schlüssel von der Dame der Gemeindeverwaltung erhalten.

So standen sie jetzt an einer steilen Klippe des Bruchbergs. Die Stelle, an der der Eingang zum Stollen lag, war sofort zu erkennen. Der Rest des Hanges war schon saniert worden. Den ehemaligen Eingang des Stollens hatte man als sicher eingestuft, da sich bei der Detonation vor fast sechzig Jahren eine große Menge Gestein vor den Hang gelegt hatte. Ehrfurchtsvoll betrachteten Luigi, Detlef und Tanja den Geröllhang. „Dahinter verbirgt sich unser Schatz", flüsterte Luigi, dessen Hals wie zugeschnürt war.

Meichsner war überrascht, dass der sich sonst so stark gebende Italiener in dieser Situation so viel Gefühl zeigte. Er selbst hätte ebenfalls weinen können vor Ergriffenheit. Luigi setzte noch eins drauf. Er faltete die Hände und sprach ein Gebet auf Italienisch. Auch Tanja ließ sich davon verleiten, faltete ebenfalls die Hände und schloss die Augen, allerdings ohne zu beten. „Ist ja hier wie an der Klagemauer", amüsierte sich Detlef heimlich.

Doch dann siegte auch seine Ergriffenheit. Da er, wie der größte Teil der Ostdeutschen nicht gläubig war, wusste er nicht, wie man betet. Er wünschte sich und den anderen beiden einfach nur Glück.

***

Walter Peters wusste nicht, was er von dem halten sollte, was er beobachtete.

„Diese drei Idioten stehen wie die Orgelpfeifen vor dem Berg", wunderte er sich, „aber eins steht fest – das ist die Stelle, um die es geht."

190

Kapitel 33

Bruchberg, morgens um sieben.

Zehn Männer und eine Frau standen in der Kälte und traten mit den Füßen, um diese warmzuhalten. Alle hielten Tassen mit dampfendem Kaffee in den Händen. Der Frost hatte eine weiße Kruste auf die Welt gezaubert. Atemwölkchen stiegen hinauf. Die Männer von der Landschaftsbaufirma betrachteten beim Kaffeeschlürfen die Stelle, die sie räumen sollten.

Meichsner musste vor Aufregung mehrere Male im Wald verschwinden. Der Kaffee machte alles nur noch schlimmer. „Nun geht es also los", sagte er zu Luigi, „bald werden wir wissen, ob wir Erfolg haben werden."

Luigi nickte nur, dann schluckte er hörbar. Tanja versuchte, die beiden aufmunternd anzulächeln. Es sah sehr gequält aus. Keiner der Drei hatte gefrühstückt. Die Aufregung wirkte wie ein Magenband.

Dann fingen die Räumarbeiten an. Die Arbeiter lockerten die oberflächlich liegenden Steine, luden sie in einen Radlader und schütteten sie auf einen bereitstehenden Kipper.

Bald kamen sie so nicht mehr voran. Die Jahre hatten den Schlick zwischen den Steinen hart werden lassen. Es war wie eine schräge gemauerte Wand aus Natursteinen. Daher mussten die Leute Bohrungen ansetzen und leichte Sprengungen vornehmen. Peu à peu trugen die Arbeiter so die massive Natursteinwand ab.

Die drei Schatzsucher trampelten in der Zeit mit den Füßen den gefrorenen Boden noch fester, gaben überflüssige Ratschläge oder standen einfach nur im Weg. Bei der nächsten Sprengung wurde viel abgetragen, doch von oben rutschte eine Menge nach. Reichlich mussten sie nun in den Radlader füllen. Diese Arbeit brachte die Beteiligten ordentlich ins Schwitzen. Manche Geröllstücke konnten nur mit drei kräftigen Männern bewältigt werden.

Eine Sprengung später war schon für einen kurzen Moment der Hohlraum des Stolleneingangs zu sehen. Aber nicht lange, dann rutschte das Geröll von oben wieder nach.

Vor Ungeduld und um sich warm zu halten, fasste Meichsner mit an. Die anderen Arbeiter trieb er zur Eile an. „Macht hinne, bis spätestens Mittag müssen wir hier fertig sein", rief er.

Nun halfen auch Luigi und Tanja mit. Trotz der Kälte schwitzten sie wie die Tiere. Luigi, der zum ersten Mal körperlich schwere Arbeit verrichten musste, hatte bald erste Blasen an den Händen. „Ich sollte mal meinen verdammten Schädel untersuchen lassen", brummte er.

In Wirklichkeit war er zufrieden, sich von der Aufregung ablenken zu können.

Bald war es soweit, dass nur noch loses Geröll wegzuräumen war. Die Blasen an Luigis verwöhnten Händen wuchsen. Es machte ihm nichts aus. Umso mehr von dem Eingang zum Stollen zu sehen war, desto verbissener arbeiteten Detlef und Luigi. Auch Tanja ackerte nicht schlechter als die Anderen.

Endlich war es soweit - der Eingang zum Stollen war freigelegt. Dunkelheit erwartete sie. Es roch nach Moder und verbrauchter Luft. Luigi ließ die Arbeiter abziehen. Die Umweltaktivisten standen in einhundert Metern Entfernung auf Abruf bereit. Detlef, Luigi und Tanja standen Schulter an Schulter vor der Öffnung. Sie sahen aus wie Brüderchen und Schwesterchen, bloß, dass noch ein Brüderchen zusätzlich da war.

Luigi ging einen Schritt vor und blieb dann stehen. Die beiden Anderen folgten sofort. Zu Dritt betraten sie den Stolleneingang. Sie liefen gegen eine Wand aus Sauerstoffmangel. Es fand so gut wie keine Luftzirkulation statt. Daher blieben sie erst einmal stehen.

„Können wir ersticken?", fragte Tanja.

„Ich glaube nicht", antwortete Luigi, „aber vielleicht sollten wir noch ein wenig warten, bis wir in die Grube gehen. Die Luftzirkulation muss erst in Gange kommen."

Dieser Vorschlag fand allgemeine Zustimmung. Sie gingen trotz ihrer Ungeduld wieder hinaus. Sie rauchten und tranken noch einen Kaffee aus der Kanne. Der Anführer der Umweltschützer kam herüber. „Sollen wir schon kommen?", erkundigte er sich.

„Nein, erstmal nicht", wies Luigi ihn an, „aber du und noch einer von euch können sich vor dem Eingang der Höhle postieren und ihn bewachen."

„Okay", willigte der Umweltschützer ein. Man sah ihm an, wie wichtig er sich fühlte.

Luigi ließ ihn noch versprechen, die Höhle nicht eher zu betreten, bevor einer der Drei ihn dazu aufforderte. Zu gefährlich!

Daraufhin betrat er mit den beiden Anderen wieder die Höhle. Inzwischen hatte sich der Sauerstoffanteil merklich erhöht. Die Kälte blieb draußen. Hier drinnen war es angenehm warm. Die Lichtstrahlen ihrer starken Taschenlampen fraßen sich in die Dunkelheit. Sie leuchteten Wände, Decke und Boden ab.

Nichts Bemerkenswertes war zu erkennen. Langsam schlichen sie den dunklen Gang entlang. Ihnen war etwas unheimlich zumute, was Meichsner auch noch steigerte: „Die Leichen der Soldaten müssen hier auch noch irgendwo liegen. Es müssten eine ganze Menge sein."

„Danke, auf so eine Information habe ich noch gewartet", entrüstete sich Tanja, „hättest du auch für dich behalten können."

Luigi lachte leise, obwohl auch ihm nicht ganz wohl dabei war. Von Weitem konnten sie im Taschenlampenlicht erkennen, wie der Gang breiter und höher wurde und schließlich in eine große Höhle überging. Sie leuchteten nur noch in die Ferne.

Kurz bevor sie am Eingang der großen Höhle ankamen, stieß Tanja spitze Schreie aus. Detlef und Luigi drehten sich schnell in ihre Richtung. Tanja war gestolpert. Über was sie gestolpert war, gab das Taschenlampenlicht schnell preis. Eine graue, nur noch spärlich ausgefüllte Uniform lag dort am Boden. Neben dieser Uniform lag eine Maschinenpistole. Über diese war Tanja gestolpert. Nun hockte sie auf dem Boden und hielt sich die Hand vor den Mund.

„Das kann doch nicht wahr sein, das kann doch nicht wahr sein, das kann …", brabbelte sie immerfort vor sich hin.

„Leg doch mal ne' andere Schallplatte auf", forderte Detlef sie unfein auf, „das ist doch nicht die erste Leiche, die du siehst."

Nun fing sie auch noch an, laut zu schluchzen. Luigi stieß Detlef an, nickte mit dem Kopf in Richtung Tanja und bedeutete ihm, sie zu trösten. Meichsner hockte sich neben sie auf den Boden und schloss sie in die Arme. Allmählich beruhigte sie sich.

Endlich konnten sie weitergehen. Nach einem letzten Blick auf das Skelett in Uniform zogen sie weiter. Nun standen sie inmitten der großen Höhle. Sie leuchteten um sich herum. Überall standen Kisten. Überall lagen uniformierte Skelette. Andächtig hielt Meichsner den Atem an. Eine große Anspannung fiel von ihm ab. Fast zwanzig Jahre hatte er auf diesen Augenblick gewartet. Fast zwanzig Jahre, in denen er gefangen und gequält worden war, er obendrein unter der Ungerechtigkeit gelitten hatte. Verdammt, er hatte sich diesen Augenblick verdient. Plötzlich brach er in Tränen aus. „Endlich", stieß er hervor, „endlich ist es soweit. So lange musste ich warten. Endlich haben wir es!"

Selbst der ansonsten ziemlich unsentimentale Luigi war sehr ergriffen, sah aber auch verwundert aus. Tanja klärte ihn in Kurzform über das auf, was Detlef hatte durchmachen müssen.

„Endlich ist das alles vorbei", flüsterte Meichsner.

„Ja, das ist jetzt vorbei", stimmte Luigi zu, „jetzt haben wir Unmengen Geld. Nun bekommst du eine Entschädigung für achtzehn Jahre Ungerechtigkeit."

Detlef fiel ihm um den Hals. „Ohne dich hätte ich es sowieso nicht geschafft", sagte er zu ihm. Unerwartete Ströme freundschaftlicher Gefühle durchfluteten Luigi. So etwas war ihm bis jetzt unbekannt. „Was ist, wenn die Bosse entscheiden, Meichsner umzubringen?", fragte er sich. „Was mache ich dann?"

Zum ersten Mal zweifelte er an der Art, wie in seinen Kreisen gearbeitet wurde. „Na ja, erstmal unseren Triumph auskosten", redete er sich ein, „alles Weitere ergibt sich schon."

Sie betrachteten die Kisten. Um die Leichen einen großen Bogen machend, traten sie an jede Kiste heran. Sie waren alle fest verschlossen. „Das ist auch gut so", erklärte Luigi den Anderen, „so kann wenigstens niemand sehen, um was es sich tatsächlich bei dem Inhalt der Kisten handelt."

„Nun lass uns die Helfer holen", drängte Tanja, „wird Zeit, dass das Zeug auf den Lastwagen kommt und wir hier verschwinden können."

Sie machten sich auf den Rückweg nach draußen, um die Helfer hereinzuholen.

„Was passiert jetzt mit den Kisten?", fragte Meichsner.

„Ich werde jetzt die Bosse verständigen, dass wir Erfolg hatten", erklärte Luigi, „dann lassen wir die Kisten auf den Lastwagen verladen.

Bis das fertig ist, werden die Bosse zurückgerufen haben. Dann wissen wir, wo wir damit hinkommen müssen."

„So ein hoher Wert und doch so eine einfache Handlungsweise", dachte Meichsner überrascht.

Nach einigen Minuten waren sie wieder unter freiem Himmel. Sie riefen nach den Helfern. Diese strömten in den Stollen, jeder mit einer Grubenlampe auf dem Kopf. Ein Stromerzeuger und etliche Lampen wurden hineingetragen. Detlef fuhr den Lastwagen in Position. Danach ging auch er mit den zwei anderen in den Stollen.

Inzwischen war dieser hell ausgeleuchtet. Die ersten kleineren Kisten wurden schon hinausgetragen. Keiner stellte Fragen. Keiner regte sich über diesen Giftskandal auf. Eine merkwürdige professionelle Stimmung war zu spüren. Luigi beobachtete irritiert, wie alle emsig arbeiten. Dann entdeckte er einen Mann, der untätig auf einer Kiste saß und ihn beobachtete. Sofort erkannte er den unauffälligen Mann, der zeitweilig auch in der Absteige im Prenzlauer Berg gewohnt hatte. „Der Mann, der sich auch die Aufzeichnungen unter den Nagel gerissen hatte", kam es Luigi in den Sinn.

Der Mann, Walter Peters, lächelte ihn an. Erschrocken riss Luigi seine Waffe aus dem Mantel. Doch bevor er jemanden mit der Waffe bedrohen konnte, hatte der Unauffällige ebenfalls eine Waffe gezogen und einige der Helfer auch. „Umweltaktivisten, aha", flog es Luigi durch den Kopf.

In der äußersten Ecke seines Blickwinkels nahm er wahr, dass Detlef und Tanja die Hände erhoben hatten. „Diese Versager", fluchte Luigi in sich hinein.

Er wollte nicht aufgeben. Flugs stürzte er zu einem der toten Soldaten und riss ihm die Handgranate vom Uniformgürtel und sprang hinter einer der großen Kisten in Deckung. „Hoffentlich funktioniert sie noch", dachte er, während er hektisch den Deckel abschraubte. Dann schnellte er hinter der Kiste hoch, dabei riss er am Abreißring. Er warf die Granate genau in die Menge und flüchtete tiefer in den Stollen.

Was dann in der großen Grube passierte, bekam er nicht mehr mit. Die Granate landete genau in der Mitte der Menschenansammlung. Walter Peters warf sich, ohne zu überlegen, auf die Granate und bedeckte sie mit seinem Körper. Damit rettete er eine Menge Menschenleben und das Bernsteinzimmer.

Es folgte ein gedämpfter Knall und es flogen überall Fetzen von Menschenfleisch umher. Ein großer Schwall Blut klatschte auf die anderen Anwesenden. Die Schädeldecke mitsamt der Frisur flog Tanja genau ins Gesicht. Sie kreischte und kreischte. Dann klappte sie zusammen.

Einige„Helfer" folgten Luigi in den Stollen. Er hatte sich einen beachtlichen Vorsprung erarbeitet. Leider machte seine Taschenlampe langsam schlapp und das Licht wurde immer schwächer. Er lief und lief. Seine Situation ließ kein Überlegen zu. Er machte sich keine Gedanken darüber, wo er hinlief oder wo er ankommen würde. Die Lampe verlor zusehends an Licht. Langsam holten die Helfer auf. Sie hatten alle Grubenlampen, die ein schwaches Licht auf ihren Weg warfen. Dadurch waren sie klar im Vorteil gegenüber Luigi.

Dieser konnte seinen Weg nur noch erahnen. Auf einmal hörten die Verfolger ein lautes Klappern. Luigi war gegen ein Scherengitter gelaufen. Dieses, durch Korrosion massiv geschädigt, zerbrach krachend. Dann folgte ein lang gezogener leiser werdender Schrei, gefolgt von einem Aufschlag. Luigi war gegen das Absperrgitter eines alten Fahrstuhlschachts gelaufen, hatte es durchbrochen und war hinuntergestürzt. Für ihn ist die Geschichte der Suche nach dem Bernsteinzimmer nicht gut ausgegangen.

Kapitel 34

Meichsner saß im Vernehmungszimmer. Eine Nacht hatte er in Haft verbracht, ohne dass jemand mit ihm sprechen wollte. Wo Tanja war, wusste er nicht. Auch über den Verbleib Luigis wollte ihn niemand aufklären.

Er wusste auch nicht, wo er selbst war.

Die Umweltaktivisten, die sich letztendlich als BKA-Beamten herausstellten, hatten ihn in Haft genommen. Luigi war in den Stollen geflüchtet, das hatte er noch mitbekommen – mehr nicht.

In der großen Grube sah es aus, wie nach einem Schlachtfest. Tanja hatte auf dem Boden gehockt und weinte wie verrückt. Ihr klebten noch Reste der Schädeldecke im Haar. Meichsner wollte sie trösten, es wurde ihm untersagt. Er konnte noch beobachten, wie die Kisten weiter auf den Lastwagen verbracht wurden. Halbe Hundertschaften Polizisten und die Spurensicherung rückten an. Anschließend brachte man ihn weg.

Nachdem man ihn in einen geschlossenen Kastenwagen stieß, fuhr man mit ihm ungefähr eine Stunde lang herum. Da der Wagen keine Fenster hatte, wusste er nicht, wohin man ihn gebracht hatte.

Nun saß er hier und wartete. Er wusste nicht, was auf ihn zukommen würde. Nach einer Viertelstunde öffnete sich die Tür, herein kam ein Mann, der Meichsner irgendwie bekannt vorkam. Als dieser dann die ersten Worte sprach, wusste Detlef, mit wem er es zu tun hatte. Diese markige Stimme hatte er schon oft gehört, auch wenn es lange her war.

Oberleutnant Brömmer stand vor ihm, er war damals der Leiter der Abteilung ‚Sozialistische Kunst'. Nun hatte er anscheinend wieder eine Funktion gefunden.

„Detlef Meichsner", sagte Brömmer mit seiner durchdringenden Stimme, „wie er leibt und lebt."

„Mark Brömmer, lange nicht gesehen. Bist wohl jetzt beim Klassenfeind angestellt?", entgegnete Meichsner.

„Von irgendetwas muss man doch leben - und du bist jetzt also unter die Verbrecher gegangen?"

„Von irgendetwas muss man doch leben", gab Meichsner sarkastisch zurück.

Dann schwiegen beide ein paar Sekunden und starrten sich an. Brömmer holte eine Schachtel Zigaretten heraus und bot Meichsner auch eine an. Der nahm dankend an. „Was mache ich jetzt mit dir?", fragte ihn Brömmer.

Darauf konnte Meichsner nur mit einem Schulterzucken antworten.

„Euer kleines Hotel wird gerade von unseren Leuten auf den Kopf gestellt. Rate mal, was wir im Keller gefunden haben!", fuhr Brömmer kopfschüttelnd fort. „Wir werden alle deine Wege der vergangenen Monate ableuchten, mal sehen, was wir da noch zutage fördern, was wir noch nicht wissen."

Wieder Schulterzucken bei Meichsner. Schließlich sagte er resigniert: „Dann werde ich eben im Knast alt. Mir kann so wenigstens die Anhebung des Rentenalters egal sein."

Eigentlich war ihm nicht nach Humor zumute, vermutlich war es reiner Sarkasmus.

„Du darfst eines nicht verwechseln", mahnte Brömmer, „ich bin nicht bei der Polizei, ich muss dich nicht verhaften lassen. Ich bin beim Geheimdienst, und was mit dir passiert, bestimmt allein dein Verhalten, das du ab jetzt an den Tag legst."

Meichsner war verblüfft. Hatte er soeben richtig gehört? Einer der höchsten Stasioffiziere war jetzt beim BND und das scheinbar in sehr hoher Position? Er schöpfte wieder Hoffnung.

„Ich bin 1990 direkt in den Verfassungsschutz übernommen worden", fuhr Brömmer erklärend fort und zwinkerte dabei mit dem rechten Auge. „Die brauchten mein Wissen und ich hab mich seitdem stetig nach oben gearbeitet. Nun soll ein neuer übergeordneter Nachrichtendienst gegründet werden, das BSA – das Bundessicherheitsamt. Dieses Amt wird aus dem BND; dem Verfassungsschutz; dem MAD; dem BSI und Teilen des BKA´s gebildet. Ich werde eine Abteilung in diesem neuen Amt leiten, und du könntest dabei sein."

„Darfst du denn einfach einen Verbrecher rekrutieren?", zweifelte Meichsner.

„Natürlich, wenn in diesem Amt keine Verbrecher arbeiten dürften, würden die Flure wohl leer bleiben", entgegnete Brömmer schallend auflachend, „außerdem haben die Dienste in der BRD nicht weniger Macht als wir früher bei der Stasi. Diese Macht wirst du vielleicht noch zu spüren bekommen, wenn du nicht bei uns mitmachen willst."

„Was meinst du damit", erkundigte sich Meichsner, „ist das eine Drohung?"

„Eher eine klare Ansage und Angebot", antwortete Brömmer, „du brauchst nicht denken, dass du dieses Gebäude lebendig verlässt, wenn du hier nicht mitmachst. Außerdem wird niemand erfahren, wie es zum Auffinden des Bernsteinzimmers gekommen ist. Und die Hintermänner deines Freundes Luigi werden wir mit deiner Hilfe vielleicht auch noch bekommen. Erst mal darf die Öffentlichkeit von der Sensation gar nichts erfahren."

Meichsner war ein wenig geschockt, das sah man ihm auch an.

„Zieh nicht so ein Essiggesicht, hör dir mal lieber an, was ich dir zu erklären habe und was ich dir biete: Wir wussten immer, dass dieser Anton Müller, den du ins Jenseits befördert hast, wichtige Kenntnisse über Waffen- und Kunstschiebereien im Dritten Reich hatte. Leider konnten wir ihn, also du, erst kurz vor dem Fall der Mauer in die Hände bekommen und ausgerechnet du machst ihn platt. Dass du aber auch noch in der ganzen Hektik damals die wichtigen Papiere hast verschwinden lassen, war mehr als ärgerlich. Wir hätten dich gerne direkt in die Mangel genommen, aber das ging nicht mehr und hätte bei dir auch keinen Zweck gehabt. Bei deiner guten Ausbildung hättest du vermutlich nichts gesagt und die Papiere wären verschwunden geblieben. Also haben wir dich so richtig verknacken lassen. Im Knast haben wir alle Schikanen versucht, um das Versteck der Papiere herauszubekommen. Sogar mehrere angeblich tolle Mithäftlinge zum Aushorchen haben wir eingeschleust – aber nichts zog. Also haben wir dich von der ersten Sekunde an beschattet und es dir auch leicht gemacht, an eine Waffe heranzukommen. Dass du damit auch deine alten Kumpane, die dich verraten haben – dich verraten mussten -", hier lachte Brömmer laut auf, „umlegen würdest, war uns klar und kam uns zupass, denn es war zu erwarten, dass diese Pfeifen quatschen würden, wenn der Fund des Bernsteinzimmers durch die Presse geht. Etwas ärgerlich war allerdings, dass das LKA und BKA sich auch einzumischen begannen. Um die beiden Beamten tut es mir wirklich leid. Wirklich. Noch ärgerlicher war allerdings die Tatsache, dass noch andere von deinem Wissen Wind bekommen haben und dich durch diesen Luigi bewachen ließen. Wir wissen bis heute noch nicht, wie das passieren konnte und wer wirklich genau dahinter steckt. Aber ist jetzt auch egal. Du hast uns brav zu den Papieren und zum Bernsteinzimmer geführt. Dieser Luigi ist Geschichte und leider hat's auch einen unserer Besten erwischt, Walter Peters. Aber was für den einen schlecht ist, kann für andere gut sein. In diesem Fall für dich. Du sollst an seine Stelle rücken. Erstmal bekommst du und deine Freundin, eine neue Identität.

Dann als Schweigegeld, ein kleines Haus auf dem Land. In Hohen Neuendorf ist gerade eins freigeworden, aber das weißt du ja. Dazu Bezahlung nach gehobenem Beamtentarif, und zwar so, als ob du schon seit der Wende dabei bist. Jedes einzelne Jahr wird anerkannt."

Meichsner fiel die Kinnlade herunter, doch Brömmer war noch nicht fertig. „Außerdem gibt es noch eine Menge Vergünstigungen für Nachrichtendienstler der Bundesrepublik", legte er noch eins drauf, „aber die wirst du erst kennen lernen, wenn du dabei bist."

Er öffnete seinen Aktenkoffer und holte mehrseitiges Papier heraus. „Wenn du diesen Vertrag hier unterschreibst, dann hast du dich mit Leib und Seele der Bundesrepublik Deutschland verkauft. Wenn du diese verrätst, wirst auch du das nicht überleben", erklärte er.

„Und wenn ich den Vertrag nicht unterschreibe?", fragte Meichsner.

„Dann werdet ihr beide nicht überleben, es wird aber weniger schmerzhaft sein, als bei einem Verrat", berichtete Brömmer grinsend.

Er schien sich sehr sicher zu sein, stellte Meichsner erstaunt fest.

„Denk kurz nach!", fügte Brömmer noch hinzu.

Daraufhin ließ er Meichsner in Ruhe nachdenken und lehnte sich behaglich in seinem Armlehnenstuhl zurück.

Der Überlegungsvorgang dauerte wirklich nicht allzu lange. Meichsner zog das Papier zu sich, nahm den angebotenen Kugelschreiber und unterschrieb den Vertrag. Er war nun Beamter des neuen Nachrichtendienstes BSA, tätig zum Wohle der Bundesrepublik Deutschland, seinem einstigen Feindbild. Und alle seine Taten wurden nachträglich zum Wohle der neuen Heimat gut geheißen. Das Leben konnte wirklich ein Witz sein.

Kapitel 35

Aus einer Nachrichtensendung des öffentlich-rechtlichen Fernsehens:

Heute wurde bekannt gegeben, dass bereits vorige Woche Sonntag das legendäre Bernsteinzimmer wiedergefunden wurde. Das Bernsteinzimmer war ein Auftrag des ersten Preußenkönigs Friedrich I. Es handelt um einen Raum, dessen Wandverkleidungen aus Bernsteinelementen gefertigt sind. Ursprünglich war es im Berliner Stadtschloss verbaut. Im Jahr 1716 wurde es vom preußischen König Friedrich Wilhelm I. an den russischen Zaren Peter den Großen verschenkt. Fast zwei Jahrhunderte lang befand es sich im Katharinenpalast in Zarskoje Selo bei Sankt Petersburg. Dort wurde es von der Wehrmacht geraubt. Ab 1941 war es im Königsberger Schloss ausgestellt, seit dem Ende des Zweiten Weltkrieges ist es verschollen. Im Katharinenpalast befindet sich seit 2003 eine originalgetreue Nachbildung des Bernsteinzimmers. Gefunden wurde es nun in einem alten Erzstollen im Bruchberg, in der Nähe von Altenau. Möglich geworden ist der Fund durch die akribische Arbeit der deutschen Nachrichtendienste und durch alte Dateien der DDR-Staatssicherheit, die jetzt erst entschlüsselt werden konnten.

Es folgte ein Bericht über die Geschichte des Bernsteinzimmers, anschließend ein Interview:

Der Ministerpräsident des Landes Niedersachsen weilt am Ort des Geschehens und ist uns live zugeschaltet.
„Guten Abend, Herr Ministerpräsident."
„Guten Abend ins Studio."
„Wie haben Sie von der Sensation erfahren?"
„Sie haben Recht, das ist wahrlich eine Sensation. Mein Staatssekretär hat mich heute Morgen aus dem Bett geklingelt und hat mir die freudige Nachricht überbracht."

„Wieso hat es solange gedauert, bis die Öffentlichkeit informiert wurde? Und haben Sie es auch erst heute erfahren?"

„Wie ich schon sagte, habe ich es erst heute Morgen erfahren. Die Verantwortlichen wollten erst einmal abwarten, bis die Experten die Echtheit des Zimmers bestätigen konnten. Meines Erachtens nach war das auch vollkommen richtig so."

„Wo befindet sich das Zimmer jetzt?"

„Bitte haben Sie Verständnis dafür, dass ich Ihnen den genauen Lagerort des Bernsteinzimmers nicht nennen darf, zurzeit befindet es sich in einer sehr gut bewachten Lagerhalle in unserem Bundesland und wird derzeit weiter von russischen und deutschen Experten untersucht."

„Was wird mit dem Bernsteinzimmer weiter passieren?"

„Ich gehe fest davon aus, dass nach der Untersuchungsphase das Bernsteinzimmer dorthin zurückkehrt, wo es hingehört – nämlich nach Hause zu unseren russischen Freunden."

„Herr Ministerpräsident, ich danke Ihnen für Ihre Zeit."

„Gerne, und schönen Abend Ihnen."

Aus einer Nachrichten-Sendung eines privaten Fernsehsenders:

Liebe Zuschauer, es gibt anscheinend noch Wunder! Eine Sensation spielte sich am vorigen Wochenende am Bruchberg im Harz ab. Das legendäre Bernsteinzimmer wurde wiedergefunden. Dieses wurde von der Wehrmacht im zweiten Weltkrieg in Petersburg geraubt, nach Deutschland gebracht und vor der herannahenden roten Armee versteckt. Jahrelang war es verschollen. Nun hatten plötzlich aufgetauchte Dokumente der ehemaligen DDR-Staatssicherheit für Aufklärung gesorgt. Jedoch zweifeln jetzt schon erste Experten an der Echtheit des Bernsteinzimmers. Diese vermuten, dass der angebliche Fund nur dafür sorgen soll, dass weitere Suchen nach dem Zimmer nicht mehr stattfinden. Was sagen Prominente zu dem Fund im Harz:

Es folgen einige Kurzinterviews mit B-Promis ...

Und nun unser nächstes Thema: Die Kandidaten in unserer Abnehmshow ‚Durch Dick und Dünn' müssen sich heute wieder harten Aufgaben stellen. Im Abnehmcontainer werden sie von Diätcoach...

Drei Wochen später hatte sich der Hype um den Fund des Bernsteinzimmers beruhigt. Das Thema verschwand allmählich aus den täglichen Nachrichtensendungen. Die Echtheit der gefundenen Teile wurde inzwischen von den Experten bestätigt. Selbstverständlich sollte das Bernsteinzimmer zurück nach Russland gebracht werden, wo es gegen die Nachbildung ausgetauscht werden sollte. Die russische Regierung wollte die Nachbildung des Bernsteinzimmers als Zeichen des Danks und der Freundschaft der Bundesrepublik Deutschland schenken. Die Kisten mit dem echten Bernsteinzimmer wurden in die Frachthalle eines geheimen Flughafens am Rande des Harzes gebracht. Dort wartete es streng bewacht auf seine Abreise nach Russland.

Auszug aus dem Planungsprotokoll der feierlichen Übergabe des Bernsteinzimmers in St. Petersburg von der Bundesregierung an die russische Regierung:

09:00   *Landung des Airbus der Luftwaffe mit dem Bundespräsidenten, der Bundeskanzlerin und Mitgliedern des Bundestages auf dem Flughafen St. Petersburg*

09:15   *Empfang der deutschen Gäste durch den russischen Präsidenten und des russischen Ministerpräsidenten - herzliche Begrüßung und anschließendes gemeinsames Abschreiten der Ehrenformation*

09:35   *Abspielen der deutschen Nationalhymne*

09:38   *Abspielen der russischen Nationalhymne*

09:42   *Rede der deutschen Bundeskanzlerin zum Thema: Verheilung der Wunden des Zweiten Weltkrieges*

09:55   *Rede des russischen Präsidenten zum Thema: Neues deutsch-russisches Freundschaftsverhältnis*

10:17   *Salutschüsse*

10:21   *Landung des Transportflugzeuges (Landung muss zeitgenau stattfinden, Flugzeug hat großes Zeitfenster, Luftraum wird freigehalten, Transportflugzeug kann Schleifen fliegen bis zum geplanten Zeitpunkt der Landung)*

10:28   *Transportflugzeug wird von einem Schleppfahrzeug unter feierlichem Geleit (vorne geschmücktes Follow-Me-Fahrzeug, hinten Motorradstaffel der Polizei der Stadt St. Petersburg) zur endgültigen Parkposition im militärischen Bereich des Flughafens parallel zur Gästetribüne gezogen*

10:38   *Feierliche Öffnung des Flugzeuges unter den Klängen von Beethovens „Ode an die Freude"*

10:45   *Beginn der Entladung unter Klängen von …*

***

Sergej Ivanow Andrejew, Michail Nikolajew Komarow und Dimitrij Alexandrow Kalinin waren die Crew des Antonow-Transportflugzeuges An-32. Sie kannten sich noch nicht. Seitdem man dahinter kam, dass russische Piloten gerne über den Wolken einen heben, würfelte man Flugzeugbesatzungen fast immer wild zusammen. Wenn sich die Piloten nicht kannten, war bei ihnen die Hemmschwelle größer, zusammen einen zu trinken, so hoffte man bei den Verantwortlichen. Allerdings hatten alle drei einen kleinen Vorrat an durchsichtiger Alcoholica dabei. Zudem war Sergej noch mächtig verkatert vom Vorabend. Er hatte eine tolle Sause in einem Berliner Nobelhotel erleben dürfen – mit allem drum und dran. Dieser Brockmeier war schon eine Wucht gewesen.

Durch vorsichtiges Herantasten wurde während des Fluges schnell abgecheckt, ob die anderen Besatzungsmitglieder auch gerne mal einen wegschnatterten. Schnell waren sich Sergej, Michail und Dimitrij einig, dass gegen ein Schnäpperken im Cockpit nichts einzuwenden sei. Aber sie tranken vorsichtig. Immerhin waren seit dem Start auf dem kleinen Flughafen Salzgitter schon eine und eine Viertelstunde vergangen, und sie hatten gerade mal jeder einen halben Flachmann intus. Sie waren in polnischem Luftraum, wenige Minuten von Warschau entfernt. „Von mir aus hätten die die verdammte Bernsteinbude da behalten können, schließlich haben wir doch extra ein Bernsteinzimmer nachgebaut", brummte Dimitrij.

„Aber es ist unser Bernsteinzimmer", ereiferte sich Michail, „und die haben es geraubt."

„Genau", stand ihm Sergej bei, „die können froh sein, dass wir sie nicht ganz von der Landkarte geputzt haben. Manchmal frage ich mich überhaupt, wozu wir den Krieg gewonnen haben."

„Schon gut", verteidigte sich Dimitrij, „ich meinte ja bloß, was die damit für ein Theater veranstalten."

Plötzlich ließ sich ein penetrantes Piepen aus dem Cockpit hören. Eine Anzeige wies auf einen Leistungsabfall beim Triebwerk eins hin. „Mist verfluchter", schimpfte Michail, „was ist das denn jetzt für eine Scheiße?"

Sergej, der der fliegende Pilot war, stellte sofort lautstark fest, dass das Flugzeug sich nicht mehr vernünftig manövrieren ließ. „Fordere schon mal Landeerlaubnis in Warschau", sagte er zu dem nicht fliegenden Piloten Michail.

Dimitrij brabbelte: „Hab keine Lust mehr, auf dem alten Bock zu fliegen. Die können mich ruhig mal auf eine moderne Maschine setzen."

Nachdem Michail dem Area Control Center die Situation geschildert hatte, kam die Landeerlaubnis sofort. Fünfzehn Minuten später setzten sie auf der Landebahn auf. Nachdem sie zum Stehen gekommen waren, wurden sie von einem Follow me Fahrzeug zu den Technik-Hangars der polnischen Staatsairline geleitet. Nachdem bei der ersten Sichtprüfung am Triebwerk der Fehler nicht entdeckt wurde, wurde das Flugzeug in den Hangar geschoben. „Wollt ihr im Cockpit warten, oder wollt ihr drüben ins Flughafenrestaurant gefahren werden?", wurde die Besatzung gefragt, „die Überprüfung wird ungefähr ein Stunde dauern."

Selbstverständlich wollte die Crew ins Restaurant. Sergej trieb sie fast dorthin.

Nach fast einer Stunde wurden sie wieder abgeholt. „Es hat ein bisschen gedauert, bis wir drauf gekommen sind", erklärte einer der Mechaniker, „der Temperaturfühler am Triebwerk war eingefroren, deswegen hat die Anzeige weniger Leistung angezeigt, obwohl eigentlich keine Minderleistung stattgefunden hat. Aber jetzt ist alles wieder im grünen Bereich."

Sergej, der sofort nachdem Warnton behauptet hatte, die Maschine ließ sich nicht mehr vernünftig manövrieren, wurde ein wenig rot. Aber alle Drei waren froh, den Flug fortsetzen zu können.

Aufgrund der großzügigen Zeitplanung konnten sie mit höherer Geschwindigkeit Stunde aufholen und konnten sich das Schleifenfliegen sparen. Sie setzten pünktlich um 10:21 Uhr Ortszeit auf der Landebahn des Flughafens St. Petersburg auf.

Die Ehrengäste und die anderen Zuschauer, die hinter einer Absperrung bleiben mussten, beobachteten die Bilderbuchlandung der plumpen Maschine und applaudierten pflichtgemäß. Der alte Flieger rollte aus, er sah alles andere als majestätisch aus. Der Frachter wurde über das Vorfeld gezogen, kein anderes Flugzeug störte diese Aussicht. Der Flughafen war extra für dieses Ereignis gesperrt worden. Die Motorradstaffel der St. Petersburger Polizei folgte der Maschine. Kamerateams aus aller Herren Länder filmten das Geschehen und sendeten live in ihre Heimatländer. Die Maschine war an ihrer Parkposition angelangt. Beethovens Ode an die Freude wurde angestimmt und schallte blechern aus den Vorfeldlautsprechern. Die Frachtklappe wurde geöffnet. Eine Kamera eines deutschen Fernsehsenders ging in Nahaufnahme zur Frachtklappe, die andere zum Gesicht der deutschen Bundeskanzlerin, um ihre Ergriffenheit zu dokumentieren, wenn die wertvolle Fracht entladen wird.

Die Entlader gingen in den Frachtraum hinein und kamen wieder heraus. Sie schauten sich hilflos um und hoben die Arme. „Was ist denn da los?", fragte der Live-Kommentator des deutschen Nachrichtensenders.

Der Regisseur ließ die Kamera noch dichter heranzoomen. Einer der hilflosen Entlader lief zu einem Mann, der sich in der Nähe des Flugzeugs aufhielt, wahrscheinlich ein Vorgesetzter.

Die Beiden gestikulierten wild mit den Armen, der Entlader machte hilflose Gesten, der Vorgesetzte abwehrende und ungläubige. Dann rannte der Vorgesetzte zum Flugzeug und überzeugt sich von der Leere. Er kam raus, hob die Arme und schüttelte den Kopf. Nun hatte auch der letzte Zuschauer begriffen, dass das Flugzeug leer war.

Ein Raunen ging durch die Menge. Die Fernsehbilder in der deutschen Heimat zeigten eine Kanzlerin, die irgendwie nicht so richtig überrascht aussah.

So erging es auch dem russischen Fernsehzuschauer: Der russische Präsident schien Mühe zu haben, seine Überraschung zu zeigen. Nur der russische Ministerpräsident schaute sichtlich verwirrt drein.

***

Seit nunmehr 40 Jahren besaß Renate Lange ihren kleinen Tante Emma Laden inmitten des Berliner Stadtbezirks Prenzlauer Berg. Viel hat sie erlebt in den Jahren, aber die Straße, in der der Laden sich befand, war immer eine ruhige Straße gewesen. Solange, bis sich die Sache in dem Hotel gegenüber ereignete.

Zwei Tage war hier die Hölle auf Erden. Gefühlte eine Million Streifenwagen, andere Polizeiwagen, Wagen der Gerichtsmedizin, Fernseh-Übertragungswagen, Leichenwagen und ... und ... und ... trieben sich in der Straße herum. Für sie war es erstmal gut, ständig kamen Leute, die etwas kaufen wollten. Frau Lange hatte ihr Sortiment schleunigst um Coffee to Go erweitert. Das allein brachte ihr eine Verdoppelung ihres Umsatzes ein.

Gerüchte machten mit Höchstgeschwindigkeit die Runde. Leichen wurden angeblich gefunden. Die Besitzerin des Hotels hatte sich irgendwohin abgeseilt. Schließlich hatten sich die Polizisten, Gerichtsreporter, Presseleute, Gerichtsmediziner und Bestatter verzogen.

Dafür waren die Schaulustigen gekommen und hatten das Hotel belagert. Wieder war Coffee to Go der absolute Verkaufshit von Frau Lange. Auch die Gaffer waren irgendwann verschwunden. Übrig blieb nur ein geschlossenes Hotel, eine Menge Müll auf der Straße und ein Artikel im ‚Berliner Boulevardblick‘.

Frau Lange schlug dieses Revolverblatt auf. „Bersteinzimmer schon wieder geraubt“, prangte in großen Lettern auf der Titelseite.

Der Untertitel der Schlagzeile lautete: ‚Wie entdeckt, so versteckt – Dreiste Räuber entführen in Warschau Bernsteinzimmer aus Flugzeug‘.

Aber das interessierte Frau Lange genau so wenig wie das Mädchen von Seite drei, das dem geneigten Leser ihre runden Apfelbrüste entgegen reckte. Solche Bilder waren meist mit einem intelligenten Gedicht garniert wie: „Die Luft ist heute ein kalte, so friert Susis kleine Spalte. Sie wartet geduldig auf einen Mann, der ihr diese wärmen kann.“

Nein, das Bernsteinzimmer interessierte Renate Lange nicht. „Nun können sie wenigstens wieder ein paar Jahre danach suchen“, dachte sie, „ist doch viel interessanter, als das blöde Zimmer nur auszustellen.“

Was sie interessierte, war die Schlagzeile im Berliner Lokalteil. Sie lautete: „Der Schöne Luigi ist der Pökelmörder.“

Darunter stand, nur wenig kleiner: „Luigi Rosso hat Leiche in Salz eingelegt.“

„Mein hübscher Südländer soll ein Mörder sein?“, fragte sich die ältere Dame.

Es soll noch weitere Leichen geben, gab das Blatt bekannt. In Hohen Neuendorf, nördlich von Berlin, hatte man auch einen Toten gefunden, der wahrscheinlich von Luigi Rosso ermordet worden ist. Schon vorher hatte er vermutlich einen Mann von einer Autobahnbrücke gestoßen. Warum er das getan haben sollte, das gab die Zeitung nicht her.

Frau Lange war äußerst enttäuscht, aber was soll’s, das Leben musste weiter gehen. Und als sich ein Mann der Eingangstür ihres Ladens näherte, dachte sie typisch berlinerisch:

„Komm´se rin, könn´se rauskieken!“

Alle im AAVAA Verlag erschienenen Bücher sind
in den Formaten Taschenbuch und
Taschenbuch mit extra großer Schrift
sowie als eBook erhältlich.

Bestellen Sie bequem und deutschlandweit
versandkostenfrei über unsere Website:

www.aavaa.de

Wir freuen uns auf Ihren Besuch und informieren Sie gern
über unser ständig wachsendes Sortiment.

Titel: Das Komplott der Senatoren
Untertitel:
Autor: Hans-Jörg Anderegg
Genre: Umweltthriller

Taschenbuch Norm-Schrift:ISBN 978-3-86254-165-2
Taschenbuch Groß-Schrift: ISBN 978-3-86254-166-9
Preis: 11,95 € / je Norm-Schrift / Groß-Schrift - TB

Titel: Der hölzerne Engel
Untertitel:
Autor: Gisela Garnschröder
Genre: Kriminalroman

Taschenbuch Norm-Schrift:ISBN 978-3-86254-865-1
Taschenbuch Groß-Schrift: ISBN 978-3-86254-867-5
Preis: 11,95 € / je Norm-Schrift / Groß-Schrift - TB

Titel: Doppelte Gefahr
Untertitel:
Autorin: Hans Lebek
Genre: Thriller

Taschenbuch Norm-Schrift:ISBN 978-3-941839-21-2
Taschenbuch Groß-Schrift: ISBN 978-3-941839-24-3
Preis: 11,95 € / je Norm-Schrift / Groß-Schrift - TB

Titel: Im Westen geht die Sonne Unter
Untertitel:
Autor: Hans-Jörg Anderegg
Genre: Technik-Thriller

Taschenbuch Norm-Schrift:ISBN 978-3-86254-573-5
Taschenbuch Groß-Schrift: ISBN 978-3-86254-574-2
Preis: 11,95 € / je Norm-Schrift / Groß-Schrift - TB

Titel:	In der Hand des Killers
Untertitel:	
Autor:	Claudia Richards
Genre:	Thriller

Taschenbuch Norm-Schrift:ISBN 978-3-8459-0144-2
Taschenbuch Groß-Schrift: ISBN 978-3-8459-0145-9
Preis: 11,95 € / je Norm-Schrift / Groß-Schrift - TB

Titel:	Larissas Geheimnis
Untertitel:	
Autor:	Gisela Garnschröder
Genre:	Kriminalroman

Taschenbuch Norm-Schrift:ISBN 978-3-86254-137-9
Taschenbuch Groß-Schrift: ISBN 978-3-86254-138-6
Preis: 11,95 € / je Norm-Schrift / Groß-Schrift - TB

Titel:	Lobwedge
Untertitel:	Ein gefährlich guter Schläger
Autor:	Hans Lebek
Genre:	Kriminalroman

Taschenbuch Norm-Schrift:ISBN 978-3-8459-0432-0
Taschenbuch Groß-Schrift: ISBN 978-3-8459-0433-7
Preis: 11,95 € / je Norm-Schrift / Groß-Schrift - TB

Titel:	Mord statt Sport
Untertitel:	
Autorin:	Hans Lebek
Genre:	Kriminalroman

Taschenbuch Norm-Schrift:ISBN 978-3-941839-60-1
Taschenbuch Groß-Schrift: ISBN 978-3-941839-63-2
Preis: 11,95 € / je Norm-Schrift / Groß-Schrift - TB

Titel: Schleichender Wahnsinn
Untertitel:
Autor: Mario Lenz
Genre: Psycho-Thriller

Taschenbuch Norm-Schrift:ISBN 978-3-86254-009-9
Taschenbuch Groß-Schrift: ISBN 978-3-86254-010-5
Preis: 11,95 € / je Norm-Schrift / Groß-Schrift - TB

Titel: Shutdown
Untertitel: Wir schalten euch ab
Autor: Hans-Jörg Anderegg
Genre: Technik-Thriller

Taschenbuch Norm-Schrift:ISBN 978-3-8459-0420-7
Taschenbuch Groß-Schrift: ISBN 978-3-8459-0421-4
Preis: 11,95 € / je Norm-Schrift / Groß-Schrift - TB

Titel: Todeslogistik
Untertitel:
Autorin: Hans Lebek
Genre: Thriller

Taschenbuch Norm-Schrift:ISBN 978-3-941839-01-4
Taschenbuch Groß-Schrift: ISBN 978-3-941839-04-5
Preis: 11,95 € / je Norm-Schrift / Groß-Schrift - TB

Titel: WohlTöter
Untertitel:
Autor: Hans-Jörg Anderegg
Genre: Medizin-Thriller

Taschenbuch Norm-Schrift:ISBN 978-3-86254-950-4
Taschenbuch Groß-Schrift: ISBN 978-3-86254-952-8
Preis: 11,95 € / je Norm-Schrift / Groß-Schrift - TB

www.aavaa-verlag.com